Töchter des Feuers: Rom

Fire Maidens: Billionaires & Bodyguards

von Anna Lowe

Inhaltsverzeichnis

Weitere Titel in dieser Serie

Töchter des Feuers - Billionaires & Bodyguards

Töchter des Feuers: Paris (Buch 1)

Töchter des Feuers: London (Buch 2)

Töchter des Feuers: Rom (Buch 3)

Töchter des Feuers: Portugal (Buch 4)

Töchter des Feuers: Irland (Buch 5)

Töchter des Feuers: Schottland (Buch 6)

Töchter des Feuers: Venedig (Buch 7)

Töchter des Feuers: Griechenland (Buch 8)

Töchter des Feuers: Schweiz (Buch 9)

www.annalowe.de

Kapitel 1

Lena eilte mit schnellen Schritten den schmalen Bürgersteig entlang, die Hände zu Fäusten geballt. Ein Fiat Punto raste vorbei. Das Licht der Scheinwerfer brannte ihr in den Augen. Irgendwo in der Ferne brach Jubel in einer Kneipe aus. Es war spät – gerade spät genug für die Verlängerung bei diesem entscheidenden Fußballspiel, dem ganz Rom seit Wochen entgegengefiebert hatte. Italien lebte, atmete und träumte *calcio*, und Lena hatte sich auf die festliche Atmosphäre gefreut, die mit jedem Meisterschaftsspiel einherging. Im Augenblick jedoch...

Schmerzen schossen ihr durch den Hals, ihre Schultern krümmten sich. Die Wolken wanderten weiter, und der Mond tünchte die Straße in gedämpftes Licht – eine Szene, die sie unter anderen Umständen liebend gern fotografiert hätte. Aber ihre Finger krümmten sich, und ihre Nägel schmerzten.

Nein, nein, nein. Das durfte nicht passieren. Nicht schon wieder.

„Alles gut, alles gut“, belog sie sich, weil positives Denken ja immer half...

Mit einigen Ausnahmen. Zum Beispiel, wenn sich der Körper in den eines wilden Tiers verwandeln wollte.

Sie eilte die Straße hinunter, vorbei an der prachtvollen Villa mit dem zinnenbewehrten Turm, die ihr so gefiel. Doch an diesem Abend drehte sie kaum den Kopf, um sich zu fragen, wer darin lebte, wie sie es sonst immer tat. Stattdessen hastete sie schnurstracks auf den Eingang des Parks Villa Pamphili zu. Was immer sich gerade vollzog, sie musste außer Sicht, bevor *es* erneut geschehen würde.

Tröööööt! Ein Auto hupte, als sie über die Straße wankte, und der Fahrer rief etwas von zu viel Wein.

Aber Lena war nicht betrunken, verdammt. Ebenso wenig hatte sie Drogen eingeworfen. Sie konnte bloß ihre Beine nicht koordinieren, weil ihre Knie ständig nachgaben.

Wieder verhüllten Wolken den Mond, und ihr Zustand stabilisierte sich so weit, dass sie in die Schatten des Parks laufen konnte. Ein Ort, an den sich keine Frau bei klarem Verstand nachts allein wagen würde, doch Lena blieb keine Wahl.

Beeilung! trieb sie sich an und rannte auf die Hügelkuppe zu.

Noch vor einer Stunde war sie in ihrer winzigen Dachgeschosswohnung in einer Seitenstraße von Roms eigentümlichem Stadtviertel Trastevere gewesen. Aber das Gefühl der Rastlosigkeit, das sie seit Sonnenuntergang geplagt hatte, war schlimmer geworden, und sie war nach draußen gegangen. Zuerst war sie ziellos umhergeirrt, doch ein Instinkt trieb sie den nächstgelegenen der sieben Hügel Roms hinauf. Der Instinkt, sich an einen hohen, abgeschiedenen und weitläufigen Platz zu begeben. Und warum?

Tränen liefen ihr über die Wangen, weil sie den Grund kannte. Die schreckliche Veränderung, die ihren Körper während des vorigen Vollmonds dreimal verwüstet hatte, vollzog sich erneut. Zu dem Zeitpunkt war sie erst seit wenigen Wochen in Rom gewesen. Das seltsame, mit Kopfschmerzen verbundene Gefühl, das sie an jenem Tag geplagt hatte, wurde so intensiv, dass sie auf Händen und Knien endete und vor lauter Schmerzen in den Schultern stöhnte, während sie im Kopf die Stimme einer Fremden hörte.

Lass mich raus.

Beim ersten Mal hatte sie sich gekrümmt, sich die Hände über die Ohren geschlagen und sich gewiegt, bis die intensiven Qualen in den Gelenken nachließen. Beim zweiten Mal war sie auf alle viere gefallen und hatte das Gefühl, ihr Körper würde zerfetzt. Beim dritten Mal...

Lena schluckte und verdrängte die Erinnerungen. Eine Zeit lang hatte sie sich einzureden versucht, jemand hätte ihr etwas ins Essen oder Getränk gemischt. Aber nun, da es wieder passierte...

„Alles gut, alles gut“, murmelte sie. Ihr schulterlanges, braunes Haar wippte, als sie vorwärts hastete.

Auf der Kuppe des Hügels vor ihr ragte ein großer Bogen auf – der Bogen der vier Winde, wie Lena in den ersten Tagen der Erkundung ihrer neuen Nachbarschaft erfahren hatte.

Ostwind heute Nacht, murmelte diese innere Stimme. *Perfekt für einen schnellen Flug zur Küste und zurück.*

Sie biss die Zähne zusammen. Ihr Leben lang war sie ungewöhnlich empfänglich für Wind und Wetter gewesen, und obwohl sie neu in Italien war, empfand sie die Landschaft als so vertraut wie eine Kindheitserinnerung. Was eigentlich nicht möglich sein sollte. Ihre Mutter hatte den Kontinent vor Lenas Geburt verlassen, und Lena selbst hatte ihn zuvor nur einmal besucht.

Dann kam der schicksalhafte Tag, an dem sie durch Kürzungen im Unternehmen ihren Job verlor. Was zu ihrer spontanen Entscheidung führte, nach Rom zu ziehen, einfach, weil sie es konnte. Wenig später begannen die Anfälle. Jenes *Etwas*, das aus ihr hervorzubrechen versuchte.

Mit einem Blick auf ihre Hände stieß sie einen Fluch aus. Ihre Nägel waren drei Zentimeter lang, ihre Haut war rau, ihre Arme wurden ledrig. Wenn jemand sie so sähe...

Lena lief unter dem Bogen hindurch und hielt inne. Die Geräusche der Stadt blieben in der Ferne zurück, und die Stille der Nacht mutete unheimlich an. Eine Fledermaus flatterte vorbei, Büsche raschelten in der Brise. Fußwege strahlten in alle Richtungen aus. Lena eilte den Weg entlang, der zu einem Waldstück führte. Vielleicht könnte sie sich dort vor dem Mondlicht verstecken, das den Wandel voranzutreiben schien.

Niedrige Zweige peitschten gegen ihre Beine, als sie zwischen den Bäumen hindurchrannte und nach dem dichtesten Teil des Waldes suchte. Aber *dicht* war in den Stadtparks von Rom ein relativer Begriff, und nach nur wenigen Schritten wäre sie beinahe auf der anderen Seite hinausgeschossen.

„Verdammt.“

Sie wich zurück und kauerte sich an den Stamm einer hochaufragenden Schirmkiefer. Lena presste die Augen zu und kämpfte gegen die Verwandlung an.

Lass mich raus, beharrte die Stimme in ihrem Kopf. *Es ist in Ordnung, versprochen.*

Ja, klar.

Als sich eine Wolke vor den Mond schob, ließ das ziehende Gefühl in ihren Schultern nach, und sie atmete mehrmals tief durch. Sie würde das bewältigen… irgendwie. Sie konnte alles bewältigen. Genau, wie es ihr ihre alleinerziehende Mutter beigebracht hatte.

Andererseits hatte ihre Mutter nie etwas wie *das* erwähnt.

Ein leises, gedämpftes Knurren drang über ihre Lippen, und sie klatschte sich eine Hand auf den Mund. Oh Gott. Wenn sie sich in einen Drachen verwandelte – diesmal vielleicht sogar vollständig –, würde sie sich je zurückverwandeln können? Oder würde sie Amok laufen, plündern und feuerspeiend durch die Landschaft toben?

Die innere Stimme schnaubte. *Nur ein kleiner Flug zur Küste und zurück. Ich verspreche, ich werde brav sein.*

Die Wolken teilten sich, der Mond kam zum Vorschein, und Lena fiel stöhnend auf alle viere. Es fühlte sich an, als widerführe ihr jede Form mittelalterlicher Folter gleichzeitig. Als würden ihr die Nägel mit einer Zange ausgerissen, die Ohren abgeschnitten, die Gliedmaßen von Pferden in vier verschiedene Richtungen gezogen.

Hör auf, so schamlos zu übertreiben, brummelte die innere Stimme. *Es würde gar nicht wehtun, wenn du mir die Kontrolle überlässt.*

Verdammt, auf keinen Fall. Lena würde nichts und niemanden die Kontrolle übernehmen lassen. Und sie wollte ganz sicher keinen neuen Körper, nachdem sie ihren endlich mit all seinen Fehlern und Unvollkommenheiten akzeptiert hatte. Dafür hatte sie fast dreißig Jahre gebraucht, verdammt.

Es ist in Ordnung.

Lena knirschte mit den Zähnen.

Wirklich. Hör auf, gegen mich zu anzukämpfen, dann wirst du's sehen.

Aber Lena wollte es nicht sehen. Sie wollte sich einrollen und aus diesem Alptraum erwachen, der sich so sehr von den angenehmen Träumen unterschied, die sie jahrelang gehabt hatte. In ihnen hatte sie sich in einen Drachen verwandelt und war furchtlos über die wunderschönen Landschaften der Toskana geflogen.

Stattdessen ertappte sie sich dabei, dass sie die Finger in ein strubbeliges Rasenstück krallte und um die Kontrolle kämpfte. Ihre Zähne schmerzten. Ihr Mund wurde heiß, beinah feurig, und sie konnte ein Stöhnen nicht zurückhalten. Dann folgte ein weiteres und noch eines, bis der Mond hinter einer Wolke verschwand und die Schmerzen wieder nachließen.

Lena keuchte in den Boden. Schritte schrammten über einen nicht allzu weit entfernten Weg. Lena erstarrte und konzentrierte sich auf den Verursacher des Geräuschs. Ein Hund. Und herrje: ein verdammt großer Hund. Warum war er nicht angeleint?

Plötzlich schluckte sie. Denn es handelte sich nicht um einen Hund – sondern um einen Wolf.

Sie verharrte in kauernder Haltung und betete, dass er weitergehen würde. Aber der Wolf ließ sich auf die Hinterbeine nieder, hob die Schnauze und begann zu heulen – ein langes, einsames, an- und abschwellendes Geheul. Glasklar und doch gedämpft, als wäre das Tier genauso sehr auf Verstohlenheit bedacht wie sie. Es sang eine schwermütige Note nach der anderen. Insgesamt hörte es sich wie eine Ballade von Einsamkeit und Kummer an. Dann verstummte der Wolf abrupt. Sein Kopf wirbelte herum.

Lena wollte sich tiefer ducken, stattdessen jedoch fiel sie, als ein weiterer Krampf ihren Körper durchschüttelte. Die Rückseite ihres Shirts teilte sich mit einem schrecklichen, reißenden Geräusch.

Lass mich raus. Nimm an, wer du bist, verlangte die innere Stimme.

Lenas Sicht verschwamm, aber ihr Geruchssinn wurde schärfer, und sie nahm ein Dutzend intensiver neuer Aromen wahr. Zum Beispiel den trockenen Pflanzenduft der Erde unter ihren Fingernägeln. Die durchdringende Note von verrottendem Laub. Und das waren nur die frischesten Gerüche. Lena schnappte auch andere auf, beispielsweise die gewundene Spur, die ein Hund mit stark ausgeprägtem Sexualtrieb hinterlassen hatte, oder die gerade verlaufenden Rückstände von abgestandenem Schweiß, die den Weg kennzeichneten, den ein Jogger vor Stunden entlanggelaufen war.

Wuff.

Natalie erstarrte. Das Geräusch ertönte leise, aber das Tier, von dem es ausging, befand sich nur wenige Schritte entfernt. Ihre Sicht war immer noch unscharf, dennoch bekam sie mit, dass sich die Büsche rührten. Dann kam der moschusartige Geruch von Hund näher.

Oh Gott. Der Wolf. Jeden Moment würde er die Zähne in sie schlagen.

Aber Lena konnte weder fliehen, noch konnte sie sich verstecken. Sie konnte nur auf dem Boden kauern und die Finger in die Erde krallen.

„Husch", murmelte sie. „Geh weg." Krämpfe durchzuckten ihre Muskeln, und ihre Ellenbogen beugten sich in einem unnatürlichen Winkel.

Ein Schnuppern ertönte an ihrem Ohr, und der heiße Atem des Wolfs wärmte ihre Wange.

Wuff, machte das Tier erneut im Flüsterton.

Lenas verwirrte Gedanken überschlugen sich vor gemischten Botschaften. *Hör auf. Hilf mir. Lass mich in Ruhe.*

Sie konnte nicht sehen, wie sich die Wolken bewegten, aber sie spürte, wie sie sich wieder teilten, und sie stöhnte kläglich.

„Nein... "

Ihre Finger verschwanden. Ihre Arme auch. Eine schwere Decke breitete sich über ihre Schultern aus. Dann zerriss noch mehr Stoff, und als sie wild um sich schaute, erhaschte sie verschwommene Blicke auf ihre Umgebung. Die Bäume bilden ein Blätterdach über... einem Wolf, der den Kopf fragend schieflegte... und Flügel.

Moment. Flügel?

Ihre Wange und ihre Nase brannten, und sie spürte ein Ziehen. Der Wolf wich zurück. Gleich darauf jedoch flimmerte die Luft, und der Wolf richtete sich auf die Hinterbeine auf.

Lenas Puls raste. Oh Kacke. Er würde sie anfallen. Jeden Augenblick würde er die Zähne in ihr Fleisch schlagen.

Aber er sprang nicht. Stattdessen verwandelte er sich wie in Zeitlupe, bis er kein Tier mehr war, sondern ein Mensch. Ein großer, muskulöser Mann mit pechschwarzem Haar derselben Schattierung wie das Fell des Wolfs. Er ging in die Hocke und musterte Lena, bevor er mit einem tiefen, weichen Bariton das Wort ergriff.

„Stai bene?"

Nein, es war nicht alles *bene*. Nicht im Geringsten.

Bitte mach, dass es aufhört. Bitte hilf mir! wollte sie rufen.

Aber sie brachte nur heraus: „Geh weg." Denn verdammt noch mal: Immerhin befand sie sich allein in einem Park, noch dazu mit halb zerfetzter Kleidung. Wer wusste schon, was dieser Gestaltwandler tun würde?

Ihre Worte mussten undeutlich gewesen sein, denn der Mann hielt inne, bevor er auf Englisch mit italienischem Akzent flüsterte: „Alles in Ordnung?" Dann verfluchte er sich und fügte auf Italienisch hinzu: „Natürlich ist nicht alles in Ordnung." Er wechselte zurück zu Englisch. „Lass mich dir helfen. Ich verspreche, es wird alles gut."

Lena wollte ihm glauben, aber warum sollte sie? Es half auch nicht, dass er sie auf Anhieb so vertraulich duzte. Ihr Körper fühlte sich an, als stünde er in Flammen und als könnten ihre Gliedmaßen jeden Moment brechen.

„Atme. Kämpf nicht dagegen an. Das ist dein erstes Mal, oder?", murmelte der Fremde.

Lena öffnete den Mund, brachte jedoch nur ein Husten heraus. Ihre Kehle brannte, und winzige Funken erhellten die Nacht.

Fluchend lehnte sich der Fremde zurück. *Drago.*

Nein, wollte Lena protestieren. *Kein Drache. Ich bin bloß ich.*

Aber verdammt: Ihre Arme sahen Flügeln verflucht ähnlich, und ihre Nase wuchs in ihr Blickfeld, nahm die Form einer Schnauze an.

„Nein." Sie stöhnte, als Schmerzen durch ihre Nerven fuhren.

„Ist schon gut. Atme einfach.“

Am liebsten hätte sie höhnisch geschnaubt. Atmen würde nicht helfen, vor allem nicht, wenn die Gefahr bestand, dass sie Feuer spie. Doch Lena stellte fest, dass sich ihre panische Atmung durch die gebieterische Stimme des Mannes und seine sanfte Berührung tatsächlich verlangsamte.

„*Sì*. Genau so“, murmelte er und berührte ihren Rücken. „Tiefe Atemzüge.“

Sie runzelte die Stirn. Was machte ihn zu einem solchen Experten? Und wer zum Teufel hatte ihm erlaubt, sie anzufassen?

Allerdings empfand sie seine Berührung als irgendwie tröstlich. Ihr wild pochender Herzschlag verlangsamte sich, und die imaginäre Decke hob sich von ihr, wodurch die Flügel wieder Armen wichen.

Red weiter. Berühr mich weiter, wollte sie ihn anflehen. Was immer er tat, es funktionierte.

Langsam wurde ihre Sicht klarer. Lena stellte fest, dass sie am Boden kauerte und Stofffetzen links und rechts von ihren Seiten hingen. Dann durchlief ein Schauder ihren Körper. Sie schaute auf und blickte in die dunkelsten, tiefsten Augen, die sie je gesehen hatte. Ehrliche, intensive Augen, die in die ihren blickten und ihr versprachen – nein, ihr *schworen* –, dass alles gut werden würde.

„Gut“, murmelte er. „Siehst du? Ist schon besser. Versuch mal…“

Ein Zweig knackte, und sein Kopf fuhr nach links herum. Lenas Kopf ebenfalls.

„Wolf“, stieß sie atemlos hervor, als sie einen zweiten Wolf erblickte. Er war heller als der andere und wirkte bedrohlicher. Beinah grausam, völlig anders als der Erste.

Der Mann – Ihr Retter? Ihr vermeintlicher Angreifer? – richtete sich zu voller Größe auf, überragte sie und scheuchte sie weg.

Der Wolf bellte einmal, der Mann runzelte daraufhin die Stirn.

„Nein. Geh“, befahl er in einem wesentlich barscheren Ton als Lena gegenüber.

Sie hatte keine Ahnung, was vor sich ging. Lena wusste nur, dass die Wolke, die den Mond verdeckte, groß sein musste. Groß genug, um ihr eine Pause zu gönnen und sich vielleicht sogar von diesen beiden Tieren davonzustehlen.

„Geh, habe ich gesagt. Letzte Warnung", herrschte der Mann den Wolf an.

Das Tier klemmte den Schwanz zwischen die Hinterbeine und wich einen Schritt zurück, ging aber nicht. Es beobachtete Lena mit gierigen Augen und leckte sich die Lippen.

Der Mann murmelte auf Italienisch etwas bei sich – irgendetwas von leichter oder harter Tour, soweit Lena es mitbekam. Dann setzte er sich in Bewegung, verließ den Schutz der Bäume.

Und siehe da: Sein Hintern war nackt. Tatsächlich nicht nur der Hintern, sondern der gesamte Körper. Und tja – was für ein Anblick. Der Mann glich einer lebenden Statue mit sorgfältig gemeißelten Muskeln, wie ein zum Leben erwachtes Meisterwerk aus der Galleria Borghese. Hitze schoss durch Lenas Körper, und ihr Instinkt drängte sie, ihm zu folgen und eine dieser definierten Konturen zu berühren.

Dann riss sie sich zusammen. Herrgott noch mal. Gehörten zur Verwandlung in einen Drachen auch entfesselte Begierden? Sie sollte lieber schleunigst verschwinden, statt einem Mann auf den Allerwertesten zu glotzen, so perfekt er auch sein mochte.

Langsam entfernte sie sich rückwärts durch den Wald, während der Mann den Wolf verjagte.

Warte, rief etwas in ihr. *Wir brauchen ihn, und er braucht uns.*

Dennoch zwang sich Lena, die Geschwindigkeit zu erhöhen. Das war ihre Chance, zwei Wölfen zu entkommen – und vielleicht sogar der in ihrem Körper wütenden Bestie. Wenn sie es nach Hause schaffte und sich vor dem Mond versteckte, könnte sie das Ungeheuer vielleicht in Schach halten.

Ihre ersten paar Schritte fielen wacklig aus, die nächsten jedoch schneller, und schon bald raste sie in vollem Lauf aus dem Park, während sie ihre zerrissene Kleidung an sich drückte. Was auch passieren mochte, sie würde es bewältigen... irgendwie. Das hatte sie bisher immer.

Und was den Wolfsmenschen anging, der ihr geholfen hatte – der wusste sich offensichtlich seiner Haut zu wehren.

Lena wagte noch einen Blick zurück, dann rannte sie nach Hause. Ein Ort, an dem sie sich vor dem Mond verstecken konnte – und vor dem Grauen dessen, was vielleicht aus ihr werden würde.

Kapitel 2

Lena senkte die Hand in den Springbrunnen am Fuß der Spanischen Treppe und ließ kühles Wasser zwischen ihren Fingern hindurchfließen. Fingern, nicht Klauen. Gott sei Dank.

Sie schüttelte sich fast unmerklich. Seit jener schrecklichen Nacht im Park war eine Woche vergangen. Da mittlerweile abnehmender Mond herrschte, hatte ihr Körper keine weiteren Veränderungen durchgemacht.

Rasch trocknete sie die Hände ab, richtete die Kamera auf die Spanische Treppe und schoss ein paar Aufnahmen. Alles war in Ordnung. Rundum bestens. Sie war bloß ein normaler Mensch – vorläufig zumindest. Theoretisch blieben ihr drei Wochen, um herauszufinden, was vor sich ging und wie man es aufhalten konnte. Allerdings hatte sie in der Zwischenzeit auch Rechnungen zu bezahlen, daher musste sie arbeiten.

Also passte sie die Kameraeinstellungen an und knipste ein paar weitere Fotos. Aber selbst das erforderte Konzentration, denn ihre Fantasie platzierte *ihn* in der Aufnahme. Den Wolfsmenschen aus dem Park – den einzigen guten Teil ihres Albtraums. Sie konnte sich nicht mehr genau an sein Gesicht erinnern. Dafür hallte seine Stimme deutlich in ihrem Kopf wider. Außerdem suchte sie schon die ganze Woche die unerklärliche Sehnsucht heim, ihn wiederzusehen. Es war wie bei einer ihrer Schwärmereien als Teenager, nur hundertmal intensiver. Vom Aufwachen bis zum Schlafengehen – und herrje, sogar dann – dachte sie an ihn. Wer genau war er? *Was* war er? Und vor allem: Würde sie ihn je wiedersehen?

An der Stelle riss sich Lena zusammen. Ihre Mutter hatte sie immer gewarnt: je größer die Anziehungskraft, desto schlimmer die Enttäuschung, die sich letztlich einstellen würde.

So ist es bei allen Männern.

Außerdem war der Mann aus dem Park ein völlig Fremder und noch nicht mal menschlich.

„Verdammt. Konzentriert dich", murmelte Lena in sich hinein.

Sie fingerte an ihrer Kamera, dann sah sie auf die Armbanduhr. Die Frau, mit der sie sich treffen sollte, verspätete sich, und die leuchtenden Farben der Morgendämmerung am Himmel hinter der Kirche namens Trinità dei Monti würden schnell verblassen.

Jetzt bleib auf dem Boden und mach das Beste aus einem weiteren wundervollen Morgen in Rom, befahl sie sich.

Und es stimmte. Wie oft hatte eine Frau eines der Wahrzeichen Roms für sich allein? In wenigen Stunden würde die Spanische Treppe vor Touristen und Liebespaaren strotzen. Im Augenblick jedoch war es still genug, um das Gurgeln des Brunnens am Fuß der Stufen zu hören. Die perfekte Ablenkung von all den Sorgen, die ihr im Kopf herumspukten.

Sie vergrößerte die Ansicht durch das Objektiv und betrachtete eine Ecke der Stufen mit gerunzelter Stirn. Straßenreiniger waren vorbeigekommen und hatten alles abgespritzt. Allerdings hatten sie einen Kaugummi übersehen, der in einem Herz mit eingeritzten Initialen klebte. Lena schoss mehrere Aufnahmen davon und verfasste in Gedanken mögliche Bildunterschriften. *Ewiger Schaden in der Ewigen Stadt?* Oder vielleicht: *Nur Bilder mitnehmen, nur Erinnerungen zurücklassen?*

Lena holte tief Luft und hielt sich vor Augen, dass Rom im Verlauf der Jahrhunderte schon wesentlich Schlimmeres überlebt hatte. Trotzdem würde sie diese Bilder demnächst in den sozialen Medien veröffentlichen. Sowohl Einheimische als auch Touristen brauchten solche subtilen Erinnerungen an richtiges Verhalten. Und verdammt: Es würde dabei helfen, sie von dem Vorfall im Park abzulenken.

„Herrgott noch mal", drang eine schnippische Stimme aus einer Seitenstraße zu ihr. „Dieses Kopfsteinpflaster ruiniert mir die Absätze."

Lena holte erneut tief Luft. Anscheinend schaffte es Amber doch noch zum Shooting.

„Lena!", sprudelte Amber hervor und beschleunigte die Schritte. Hinter sich schleifte sie einen... drei Meter langen Brautschleier her.

Lena drehte das Gesicht hin und her, als Amber ihr Luftküsse auf die Wangen hauchte.

„Amber. Wie schön, dich wiederzusehen."

Das war nicht geflunkert, denn Lena schätzte wiederkehrende Kunden. Andererseits schlug ihr innerer Brechreiz-Radar an, denn wow: Ambers Lippen waren doppelt so groß und prall, wie Lena sie in Erinnerung hatte. Ähnliches galt für die Brüste der Frau. Amber hatte immer eine üppige Figur gehabt, aber anscheinend hatte sie ihre ersten Gagen aus dem Showgeschäft in ihre, äh, körperlichen Aktivposten investiert.

Amber McClosky – alias Amber van Love – grinste und drückte ihre Brüste hoch.

„Oh, dir sind die Mädels aufgefallen. Geht jedem so. Hab sie ein bisschen aufmotzen lassen. Sind sie nicht toll geworden?"

Lena rang sich ein schmallippiges Lächeln ab. Sie war mit ihrer bescheidenen Körbchengröße C rundum zufrieden, schönen Dank auch. Aber hey, wenn es Amber glücklich machte...

Sie sah dem angehenden Starlet in die Augen, doch Glück ließ sich zwischen all dem Ehrgeiz schwer ausmachen. Eher entdeckte sie Ansätze von Angst und Einsamkeit, ganz zu schweigen von einer gehörigen Portion Gier.

Lena räusperte sich und schaute weg. Auch wenn die Augen als Fenster zur Seele galten, sie musste aufhören, sich als Amateurpsychologin aufzuspielen.

„Fangen wir besser an, bevor wir das Licht verpassen", schlug sie vor und deutete auf die kultige Treppe.

„Vicente wird jeden Moment hier sein." Amber warf das toupierte, platinblonde Haar zurück. „War 'ne lange Nacht, wenn du verstehst, was ich meine."

Lena lächelte, als wüsste sie alles über wilden, hemmungslosen Sex, der die halbe Nacht dauerte. Dann deutete sie auf Ambers Kleid. „Sind Glückwünsche angebracht?"

Amber kicherte laut genug, um halb Rom zu wecken. „Wir sind nicht verlobt – noch nicht. Aber sobald diese Bilder veröffentlicht sind, wird es in der Gerüchteküche brodeln." Sie rieb sich die Hände. „Gary wird so was von eifersüchtig sein."

Lena schürzte die Lippen. Als Amber vor zwei Wochen angerufen hatte, um das Fotoshooting zu vereinbaren, hatte sie als neuen Freund Alberto erwähnt, nicht Vicente. Die einzige Konstante verkörperte Gary – der um Jahrzehnte ältere Hollywood-Produzent, der Amber vor nicht allzu langer Zeit abserviert hatte.

„Kannst du glauben, dass Gary mich ein zweitklassiges Starlet genannt hat?", brummelte Amber. „Dem werd ich's zeigen."

Lena beschloss, nicht direkt darauf einzugehen. „Wollen wir anfangen? Wir könnten zum Aufwärmen ein paar Soloaufnahmen machen."

„Tja, was soll's?" Amber verdrehte zwar kurz die Augen, dann jedoch spitzte sie die Lippen sofort zu einem Kussmund à la Marilyn Monroe.

Lena knipste pflichtbewusst und hielt sich vor Augen, wie viel ihr für den Auftrag bezahlt wurde.

„Gut so. Kannst du den Schleier über die Schulter zurückwerfen?"

Amber tat, wie ihr geheißen, und das rosa Morgenlicht, das durch den Schleier schimmerte, sorgte für einen großartigen Effekt. Lena merkte sich in Gedanken vor, dasselbe beim nächsten Hochzeitsfotoshooting zu versuchen.

„Wie wär's damit?" Amber hievte ein Bein auf den Rand des Brunnens und ließ das Kleid hochrutschen, bis Spitzenstrümpfe mit Strumpfbändern zum Vorschein kamen und geradezu riefen: *Fessle mich, Baby!*

„Prima", murmelte Lena und bemühte sich, nicht zu würgen. Gleichzeitig versuchte sie, nicht zu gähnen, weil ihr schon die ganze Woche Albträume – und versaute Träume über den Mann im Park – den Schlaf raubten.

Sie rollte die Schultern, vergewisserte sich, dass sie keine Flügel hatte, und konzentrierte sich wieder auf ihre Arbeit. Aber plötzlich wandte sich Amber ab.

„Endlich. Da bist du ja."

Eine Frau mit einem Schminkkoffer eilte herbei und begann sofort, Ambers Haare zu richten.

„Das ist Antonia, meine Visagistin", stellte Amber vor. „Lena ist die Fotografin, von der ich dir erzählt habe. Die Bilder, die sie in New York gemacht hat, haben mich zu Ruhm katapultiert."

Lena war sich nicht sicher, ob man eine Reality-Show im Kabelfernsehen als „zum Ruhm katapultiert" bezeichnen konnte, aber was sollte es? Sie wusste die Anerkennung zu schätzen.

„Als ich erfahren habe, dass Lena in Rom ist, habe ich mich direkt an sie gewandt. Stimmt doch, oder?"

Lena nickte. „Und ob."

Antonia lächelte und ergriff auf Englisch mit deutlichem Akzent das Wort. „Deine Strähnchen gefallen mir total gut. Wo hast du sie machen lassen?"

Lena berührte ihr schulterlanges Haar. Der Großteil war schokoladenbraun, die Spitzen jedoch wiesen eine goldene Schattierung auf.

„Hab ich gar nicht. So ist mein Haar einfach."

„Du Glückliche", warf Amber ein. „Mein Haar braucht massenhaft Arbeit, um so gut auszusehen." Sie warf die gefärbte Mähne zurück, dann kicherte sie und schob ihre Brüste hoch. „Zum Glück sind wenigstens die Mädels pflegeleicht." Plötzlich wirbelte ihr Kopf nach links herum, und sie winkte. „Oh, da kommt er. Vicente! Ju-huu!"

„*Ciao, bella*", rief der Mann, der sich die Straße entlang näherte.

Eigentlich waren es drei Männer. Vicente und zwei andere, alle jung und so durchtrainiert, als wären sie geradewegs einer Bodybuilding-Zeitschrift entstiegen. Vicente steuerte schnurstracks auf Amber zu, während sich die beiden anderen Kerle verteilten und die Umgebung aufmerksam wie Bodyguards beobachteten.

Lena sah genauer hin. Sie *waren* Bodyguards, wenn man nach ihren starren Blicken ging, die an Agenten des Secret Service erinnerten.

Lena schaute weg, während Amber und Vicente knutschten. Und dabei praktisch schlürfende Laute verursachten. Und pfui: Mussten sie die Hüften wirklich so heftig aneinander reiben?

Schließlich löste sich Amber von ihm, um Luft zu holen, gerötet und glücklich. „Er kann die Hände nicht von mir lassen."

Lena rang sich ein verhaltenes Lächeln ab. Offensichtlich.

„Lena, das ist Vicente." Amber klopfte auf die megabreite Brust ihres Lovers und brachte damit das dicke Kruzifix aus Gold zum Klimpern, das er um den Hals trug.

„Freut mich, dich kennenzulernen." Lena ergriff seine Hand.

Kaum hatten sie sich berührt, wollte sie zurückschrecken. Vicente trug ein penetrantes Eau de Cologne, trotzdem roch Lena etwas Fauliges. Und als sie ihm in die Augen sah...

Sie zwang sich, nicht zurückzuweichen, aber ihr Herzschlag beschleunigte sich, als sich ihr Fluchtinstinkt regte. Oberflächlich war Vicente bloß ein weiterer attraktiver Italiener des Typs, der vor Testosteron strotzte, ob natürlich oder künstlich. Aber seine Augen...

Sie schluckte. Aus diesen dunklen, hochmütigen Augen sprach nur kalte, berechnende Gier. Es waren die Augen eines Verbrechers, der vor nichts zurückschrecken würde, um zu bekommen, was er wollte.

Zum Glück ließ er nicht das geringste Interesse an ihr erkennen – was sie wohl ihrer Körbchengröße C und ihrer schlichten, nichtssagenden Jeans zu verdanken hatte. Gleich darauf ließ er ihre Hand los und brummte beiläufig: „*Piacere. Freut mich auch, dich kennenzulernen.*"

Lena wandte sich ab und wünschte, sie könnte vergessen, was sie in Vicentes Augen gesehen hatte. Etwas Grausames, Böses, beinah Animalisches – und nicht animalisch auf die gute Weise.

„Tja, dann fangen wir mal an." Amber zog ihren Lover zur Treppe.

Lena schluckte erneut und versteckte sich hinter ihrer Kamera. Vicente löste jeden Alarm in ihrem Kopf aus. War er ein Mafioso? Ein angehender Mussolini? Ein Serienvergewaltiger?

Amber, hätte sie gern geflüstert. *Was willst du mit dem Kerl?*

Aber das konnte sie nicht und tat es auch nicht. Sie schoss einfach Bilder, während ihr Herz raste. Je früher sie den Auftrag beendete, desto schneller konnte sie weg von Vicente und seinen Brutalos.

Meist arbeitete sie mit Hochzeitspaaren, die behutsame Anweisungen brauchten. *Leg die Hand dorthin, neig den Kopf, schmieg dich näher* – so was in der Art. Aber Amber besaß ein Gespür für elektrisierende Posen. Zuerst drehte sie Vicente mit dem Rücken zur Kamera und lugte über seine Schulter, bohrte dabei in einer pornografisch anmutenden Pose die Fingernägel in den Stoff seiner Jacke. Dann hielt sie seine Hände und lehnte sich zurück, bis sich ihr Oberkörper der Kamera fast verkehrt herum präsentierte.

„Wow", murmelte Lena. Wusste Amber, wie viele von ihren Mädels sie aus dieser Perspektive zeigte?

Natürlich weiß ich das, besagten Ambers funkelnde Augen. *Sorg dafür, dass du den Anblick richtig einfängst.*

Einige Frühaufsteher erschienen und beobachteten das Geschehen interessiert, aber die Leibwächter hielten sie auf Distanz. Amber brachte Vicente für einen dieser nach hinten gebeugten Küsse à la *Vom Winde verweht* in Stellung, eine Pose, die auch einige Hochzeitspaare benutzten. Das letzte von Lena abgelichtete Pärchen hatte sich danach kichernd und mit Herzen in den Augen angesehen, durch und durch verliebt. Amber hingegen hatte eher Dollarzeichen in den Augen, während Vicentes Gesichtsausdruck besitzergreifend wirkte, und nicht auf niedliche Art. Eher nach dem Motto: *Du gehörst mir und wirst mir alles geben, was ich verlange.*

Lena schluckte in ihr aufsteigende Galle hinunter. Das war das Problem, wenn man einen merkwürdigen, röntgenähnlichen Blick besaß: Manchmal hätte sie schwören können, dass sie direkt in die Seele von Menschen sehen konnte. Aber noch nie hatte jemand sie so verstört wie Vicente.

Aus heiterem Himmel nahmen die Bodyguards drohende Haltung ein, dann entspannten sie sich, als sich ein anderer

Mann näherte. Sie nickten einander beiläufig zu, dann warfen sie sich wieder in gefährliche Pose.

Der Neuankömmling ähnelte den anderen, und doch unterschied er sich irgendwie von ihnen. Er trug das kurze schwarze Haar ordentlich gestutzt und einen perfekt maßgeschneiderten Anzug. Seine Bewegungen wirkten zugleich locker und anmutig.

Lenas Herz setzte einen Schlag aus, und der Atem stockte ihr. Kannte sie ihn etwa?

„Was kommt als Nächstes?", rief Amber.

Lena wirbelte zurück herum zu ihrer Kundin, obwohl es ihr schwerfiel, sich zu konzentrieren. „Wie wär's da drüben?"

Während Amber ihren Freund neu in Stellung brachte, flüsterte Lena der Visagistin zu. „Wer ist das?"

Antonia drehte sich um und seufzte. „Sergio. *Bello,* was?" Wieder seufzte sie leicht, dann deutete sie ausholend mit dem Arm und wechselte zu Italienisch. „Das sind sie alle. Wie Tolino. Das ist der da drüben." Sie zeigte auf einen der Leibwächter. Dann schwenkte ihr Blick zu Vicente, und sie senkte die Stimme. „Aber Vicente ist mit einem Vermögen von über zweihundert Millionen Euro Roms begehrtester Junggeselle. Wie viel ist das in Dollar?"

Lena zuckte mit den Schultern. Viel, auch wenn es sie nicht interessierte.

Stattdessen spähte sie zu dem Neuankömmling. Na ja, zumindest wollte sie unscheinbar hinsehen. Aber kaum waren sich ihre Blicke begegnet, schien die Zeit stillzustehen, und sie starrte ihn unverhohlen an.

Wer bist du? fragten seine besorgt wirkenden Augen. *Warum habe ich das Gefühl, dich zu kennen?*

Lena fragte sich dasselbe. Dann ereilte sie eine Erkenntnis, und um ein Haar wäre ihr ein spitzer Schrei herausgerutscht.

Du.

Du, besagte sein verdutzter Gesichtsausdruck.

Lenas Herz drohte, aus der Brust zu springen. Es war der Wolfsmensch aus dem Park. Sie war überzeugt davon. Arbeitete er für Vicente?

Irgendwie zweifelte sie daran. Seine Augen waren tiefschürfend. Gefühlvoll. Ehrlich. Aber auch zurückhaltend auf eine Weise, die in ihr den Wunsch weckte, tiefer zu graben.

Nicht, schien alles an ihm zu rufen. *Wag es ja nicht.*

Bei den Augen von manchen Menschen verhielt es sich so. Menschen, die Schreckliches ertragen hatten, das sie vergessen wollten. Menschen, die auch Schreckliches *getan* hatten. Menschen mit Geheimnissen, die sie ihr Leben lang hüteten.

Also grub Lena nicht tiefer. Und dennoch schimmerte einiges durch seine mentale Panzerung. Zum Beispiel Sehnsucht. Liebe. Ehre.

Was er in ihr sah, vermochte sie nicht zu sagen. Aber verdammt: Er stand genauso still und atemlos da wie sie.

Sergio, hauchte eine schwärmerische Stimme in ihrem Hinterkopf. *Sein Name ist Sergio.*

Ein scheues Lächeln erschien in ihrem Gesicht, und ihre Wangen wurden heiß.

Von der Treppe ertönte ein Rascheln, als Amber ihren Lover anwies, den Schleier neu anzuordnen. Das Geräusch ließ Lena und Sergio hinüberschauen. Dann schwenkte Sergios Blick zurück zu Lena und verdüsterte sich.

Lady, fragten seine Augen, *was hast du in der Nähe dieses Kerls verloren? Weißt du nicht, wie gefährlich er ist?*

Um ein Haar wäre Lena herausgerutscht: *Bist du nicht auch gefährlich?* Immerhin hatte sie mit eigenen Augen gesehen, wie er sich von einem Tier in einen Menschen verwandelt hatte. Ihrer Ansicht nach verhieß das Gefahr.

Sergio sah sich um, beobachtete die anderen. Dann heftete er einen pointierten Blick auf Lena und schaute bewusst vollkommen ausdruckslos drein.

Lena runzelte die Stirn. Was ging hier vor sich?

Vertrau mir, vermittelte er ihr mit einem letzten, eindringlichen Blick.

Ihm vertrauen? Sie kannte ihn ja nicht mal. Und herrje: Er wusste über ihr Geheimnis Bescheid.

Andererseits kannte sie das seine.

„Wie wär's damit?", rief Amber.

Lena riss die Kamera hoch und blies sich den Schweiß von der Stirn. „Das ist großartig. Bleib so.“

Klick-klick-klick, machte die Kamera, während Lena versuchte, sich zusammenzureißen.

Amber hob jäh die Hand an den üppigen Busen. „Scheiße.“

Das Wort hallte durch die morgendliche Stille und sorgte für herumgerissene Köpfe, was Amber jedoch nicht bemerkte.

„Ich habe meine Halskette vergessen. Verdammt. Accessoires. Ich brauche Accessoires! Lena?“ Sie schnippte mit den Fingern. „Hattest du letztes Mal nicht so ’ne Wundertüte dabei?“

Lena fühlte sich kilometerweit entfernt. Ihre Gedanken kreisten nach wie vor um Sergio.

„Richtig – die Wundertüte. Moment.“

Kaum hatte sich Amber von Vicente entfernt, zog er ein Handy hervor und blaffte auf Italienisch in das Gerät. Lena kramte in ihrer Tasche und holte ein Accessoire nach dem anderen daraus hervor.

„Okay, ich habe das hier dabei... und das ... “

Sie hielt die Requisiten hoch, die manchmal dabei helfen konnten, eine Aufnahme aufzupeppen. Ein geblümter Schal; ein gepolsterter Karton mit einer Miniaturflasche Champagner und zwei Gläsern; ein Fläschchen für Seifenblasen...

„Nein. Gott, nein. Auf keinen Fall.“ Amber lehnte nacheinander alles ab, bis ihr plötzlich ein zustimmender Laut herausrutschte. „Warte. Das. Genau das will ich.“

Lena hätte es beinah übersehen, weil ihr Blick wieder zu Sergio gewandert war. Dann bemerkte sie, was Amber meinte, und verdeckte die Kette, die sie ihr eigentlich gar nicht zeigen wollte. Es handelte sich um eine Diamanthalskette, die Lena am Vortag auf einem Flohmarkt entdeckt hatte. Na ja, zumindest sah der Stein wie ein Diamant aus, aber für 5,50 Euro konnte er nur eine Fälschung sein. Trotzdem schön.

Ursprünglich wollte Lena die Kette als Requisit verwenden, aber das fühlte sich falsch an. Richtig falsch, als wäre es ein Erbstück, das niemand außer ihr anfassen durfte.

Allerdings zog Amber den Diamanten bereits aus Lenas Händen und setzte dazu an, sich die Kette um den eigenen Hals zu hängen.

„Hilf mir mal."

Lena biss sich auf die Unterlippe. Sie konnte den falschen Edelstein nicht gut zurückverlangen, ohne eine Szene zu veranstalten. Was hatte sie also schon für eine Wahl? Wie so oft im Leben konnte sie nur die Zähne zusammenbeißen und sich damit abfinden. Also ergriff sie die Enden der Halskette und fädelte sie unter Ambers gefärbtem Haar hindurch.

„Wow, seht nur, wie der Stein funkelt", hauchte die Visagistin.

Lenas schürzte leicht die Lippen. Dasselbe war ihr durch den Kopf gegangen, als sie den Diamanten entdeckt hatte. Und nun, da die Morgensonne durch ihn schien...

„Atemberaubend", murmelte sie.

Ambers Augen leuchteten, und sogar die Männer drehten die Köpfe. Die Bodyguards wechselten unbehagliche Blicke, und Vicente sah genauer hin. Genau wie Sergio, dessen Gesichtsausdruck geradezu ehrfürchtig wurde.

Lena wollte spöttisch anmerken: *Der ist nicht echt, Leute.* Allerdings sah der Stein nicht wie ein Imitat aus. Ganz im Gegenteil.

Vicente verengte die Augen zu Schlitzen, und ein unerklärliches Gefühl von Panik breitete sich in Lena aus. Rasch hielt sie ein anderes Schmuckstück hoch.

„Ich finde, das hier wäre besser."

Aber Amber winkte ab. „Die Halskette ist perfekt. Gefällt sie dir nicht, Vicente?"

Lena hielt den Atem an. Vicente wirkte interessiert. Entschieden zu interessiert. Aber kaum senkte Amber das Juwel zwischen ihre üppigen Brüste, stumpfte der Glanz des Edelsteins ab. Vicente betrachtete ihn noch kurz, dann bedachte er Lena mit einem finsteren Blick.

„Sind wir bald fertig?"

„Nur noch ein paar letzte Fotos", versicherte ihm Amber. „Jetzt halt meine Arme hoch..."

Lena versuchte, die Aufnahme auszurichten, aber ihre Hände zitterten entsetzlich. Ihre Gedanken sprangen unablässig zwischen Sergio und dem Edelstein hin und her.

Wer war dieser Mann? Und dieser Edelstein – warum erschien er ihr als so entscheidend?

Hol ihn zurück! Bewahre ihn sicher auf! brüllte ihr Verstand.

„Okay, letzte Pose. Neigt die Köpfe in diese Richtung", zwang sie sich zu sagen.

Amber drückte die Wange an die von Vicente, und Lena wurde übel. Ambers Freund stank so nach Grausamkeit, wie alles an Sergio von *Ehre* zu zeugen schien. Warum?

Die ersten Touristen des täglichen Ansturms tauchten auf, und Vicentes Leibwächter rückten näher zusammen.

„Und das war's", verkündete Lena und bemühte sich, locker und flockig zu klingen. „Super Shooting. Danke euch allen."

Amber hatte ein Lächeln aufgesetzt, strahlend wie die Sonne, doch bei Lenas Worten stellte sie es abrupt ab. „Gott sei Dank. Diese Schuhe bringen meine Füße um. Trägst du mich zum Auto, Baby?"

Aber Vicente hatte sich bereits entfernt und hielt sich sein Handy ans Ohr.

Du kannst was Besseres kriegen, Amber, hätte Lena gern geflüstert. Allerdings brachte sie nicht den Mumm dafür auf, schon gar nicht mit Sergio in der Nähe. Sein Blick wanderte über die Gebäude, die den Platz säumten, dennoch spürte Lena, dass sein Augenmerk zugleich genauso sehr ihr galt wie das ihre ihm.

Sie lenkte sich damit ab, Amber einige der Bilder zu zeigen. Dabei streute sie beiläufig ein: „Ach ja, die Halskette brauche ich bitte zurück."

Amber nickte abwesend. „Gute Aufnahme. Oh, und die ist spitze! Mann, Gary wird so was von eifersüchtig sein."

Die Visagistin öffnete den Verschluss der Halskette unter Ambers aufgedonnertem Haar und gab sie Lena zurück. Als Lena die Hand danach ausstreckte, erfasste die Morgensonne den Diamanten so, dass er gleißend erstrahlte.

„Wow. Unglaublich", meinte Antonia staunend.

Einen Moment war Lena von dem Licht wie gebannt. Dann ließ sie den Edelstein flugs in ihrer Tasche verschwinden.

„Tja, danke", sagte sie und versuchte, die Verabschiedung zu beschleunigen. Amber hatte bereits online bezahlt, deshalb konnte es Lena kaum erwarten, den nervenaufreibenden Auftrag zu beenden.

„Liebling? Baby?", rief Amber, doch Vicente antwortete nicht. Sie verzog das Gesicht zu einer Grimasse, bevor sie ein gekünsteltes Lächeln aufsetzte. „Mein Mann ist ständig am Arbeiten."

An seinem nächsten Verbrechen? Lena war überzeugt davon, doch sie hütete tunlichst die Zunge.

„Mein Agent wird begeistert von den Bildern sein. Und Gary..." Ein schadenfrohes Funkeln trat in Ambers Augen. „Sag mal, hast du Zeit für ein weiteres Shooting? Mir schweben Bilder von mir und Vicente am Trevo-Brunnen vor."

„Trevi-Brunnen", murmelte Lena. „Äh, da müsste ich in meinem Terminplan nachsehen."

Einem weitgehend leeren Terminplan. Und verdammt: 250 Euro die Stunde waren schwer auszuschlagen. Aber wäre es das wert?

Hinter Amber schüttelte Sergio kaum merklich den Kopf. *Ist es nicht. Sag nein.*

Er gab kein Wort von sich, trotzdem wusste Lena irgendwie, was er meinte. Aber verdammt: Sie brauchte keinen Mann, der ihr sagte, was sie tun hatte. Sie konnte eigenständig denken.

„Ja, muss ich auch", meinte Amber. „Vicente ist ein vielbeschäftigter Mann. Und ich beschäftige ihn zusätzlich." Sie wackelte mit den Überresten ihrer gezupften Augenbrauen. „Ich rufe dich an, okay?"

Lena nickte. „Gern. Das wäre spitze."

Ein Liefermoped brauste vorbei und erfüllte die Luft mit Abgasen. Amber fächelte mit der Hand vor ihrer Nase. „Ich bin dann mal weg. Bis dann."

Damit entfernte sie sich, folgte Vicente und dessen Bodyguards. Antonia reihte sich hinter ihnen ein, Sergio hingegen blieb zurück.

„Tu's nicht", brummte er. Seine Lippen bewegten sich dabei kaum.

Lena hätte schwören können, dass seine Augen schwach leuchteten. Wie machte er das? Und verdammt: Woher kam nur diese Anziehungskraft – die sie direkt zu ihm zu locken schien? Sie rückte näher zu ihm... und näher...

Auch Sergio beugte sich ihr entgegen. Seine Lippen zuckten, in seinen stürmischen Augen schien es zu wirbeln. Einen Moment lang hob sich der Schleier vor dem Ausdruck darin, und Lena sah... Kummer. Bedauern. Sehnsucht. So intensiv, dass sich ihr Herz schmerzhaft zusammenzog.

Seine Augen leuchteten, und plötzlich klappte ihr Mund auf, denn was sie als Nächstes erkannte... war Verlangen. Kein Verlangen der animalischen, dominanten Art. Es vermittelte vielmehr das Versprechen, dass er sie lieben, ehren und beschützen würde. Für immer.

Für immer, flüsterte etwas in ihr.

Dann rief Tolino etwas, einer der anderen Leibwächter, und der tarnende Vorhang senkte sich wieder über Sergios Blick. Er wirbelte herum, folgte den anderen und ließ Lena leerer – und verwirrter – zurück, als sie sich je zuvor gefühlt hatte.

Kapitel 3

Sergio ließ einen schier endlosen Vormittag bei Vicente über sich ergehen, bevor er sich schließlich absetzen konnte. Er empfand es immer als Folter, sich in der Nähe des Mannes aufzuhalten. Aber da er geistig völlig abwesend war, zogen sich die Stunden doppelt so lange hin. Seit einer Woche träumte er praktisch nur noch von der Frau im Park. Und nun hatte das Schicksal sie erneut zusammengeführt.

Wer war sie? *Was* war sie? Und warum fühlte sich sein innerer Wolf so aufgewühlt?

Schicksal, murmelte das Tier in ihm. *Es muss Schicksal sein.*

Sergios Herz hämmerte immer noch wie wild, und ständig hallte dasselbe Wort durch seinen Verstand.

Gefährtin.

Unsere Gefährtin, pflichtete sein Wolf ihm bei.

Was sonst konnte bei ihm so etwas bewirken? Sein Herzschlag beschleunigte sich sprunghaft, sein Geist füllte sich mit seligen Bildern von ihr und ihm.

„*Scusi*", murmelte er entschuldigend zu einer Person, die er unterwegs die Straße hinunter versehentlich rempelte.

Mann oh Mann. Er musste sich wirklich zusammenreißen.

Aber er sah ständig nur die Frau vor sich – Lena, so hieß sie. Kurzes, gewelltes Haar, ein Lächeln wie Julia Roberts, berauschend nach Jasmin und Oleander duftend. Vor allem sah er ihre dunkelgrünen Augen. Augen, die ihn ohne den Schutzschirm, hinter dem er sich verbarg, geradewegs durchschaut hätten. Nach dem zu urteilen, was er im Park gesehen hatte, war sie mehr Mensch als Gestaltwandlerin. Ihre Augen jedoch hatten so forschend in seine geblickt, wie es nur eine mächtige

Gestaltwandlerin konnte. Normalerweise schützte er sich dagegen. Aber schon ein Blick auf sie hatte gereicht, um seine gesamte Verteidigung ins Wanken zu bringen.

Schicksal, wiederholte sein Wolf atemlos.

Er runzelte im Gehen die Stirn. Was um alles in der Welt hatte Lena mit einem Arsch wie Vicente zu schaffen, einem der kriminellen Superhirne von Rom? Die andere Frau – Amber – konnte seinetwegen tun, was immer sie wollte. Aber auf keinen Fall würde Sergio seine Gefährtin in der Gefahrenzone von Vicente dulden.

Warum hast du sie dann gehen lassen? fragte sein Wolf knurrend.

Sergio verzog das Gesicht zu einer Grimasse. Hätte Vicente sein Interesse an Lena bemerkt, wäre sie verwundbar gewesen. Genau wie er, und das wäre neu. Die vergangenen zehn Jahren hatte er in der französischen Fremdenlegion verbracht, wo er den Luxus der Ungebundenheit nie wirklich zu schätzen gewusst hatte. Dort hatten sich ausschließlich seine Waffenbrüder um ihn gekümmert. Keine Achillesferse – keine Freundin, keine Ehefrau...

Keine Geliebte, fügte sein Wolf murmelnd hinzu.

Sergio fuhr sich mit den Händen durch das kurz gestutzte Haar und rückte die Krawatte zurecht, um sicherzustellen, dass er adrett aussah und nicht wie ein Verbrecher. Wobei er wahrscheinlich wie üblich überkompensierte.

Gut auszusehen und sich gut fühlen, waren natürlich zwei verschiedene Paar Schuhe.

Oh, ich fühle mich auch gut, meldete sein Wolf. *Und noch besser würde ich mich fühlen, wenn wir unsere Gefährtin aufspüren könnten.*

Fußgänger wichen ihm aus, als er sich den Weg die Straße entlang bahnte. Serio sah auf die Uhr und bemühte sich, langsamer zu gehen, da er zwanzig Minuten zu früh für sein Treffen mit Marco dran war. Allerdings ließen sich seine Beine ebenso wenig verlangsamen wie seine wild rotierenden Gedanken.

Zum Glück war Marco nicht Liam, der Löwengestaltwandler. Liam kam immer zu spät, Marco hingegen immer zu früh. Und tatsächlich war er bereits da, der portugiesische Drachengestaltwandler, haargenau am vereinbarten Ort: in einem Café am Flussufer, ein Lokal, das gerade schäbig genug war, um als schick zu gelten.

„Sergio", rief Marco. „Soll ich dir einen *Doppio* bestellen?"

„Nein."

Sergios Kiefer mahlten, während er darauf wartete, dass Marco bezahlte. Dann schloss er die Augen und lauschte den wenigen Spuren der Natur in der Stadt. Dem Rascheln der frühherbstlich goldenen, welken Blätter. Dem leisen Gurgeln des Tiber auf dem Weg zum Meer. Dem Flattern der Schwingen von Vögeln und dem Chor ihrer Rufe. All den flüchtigen Geräuschen, die zwischen dem Hupen von Autos und hochtourig fahrenden Mopeds hindurchdrangen.

„Kein guter Tag?", erkundigte sich Marco, als sie sich in Bewegung setzten.

Sergio verzog das Gesicht. In gewisser Weise war es ein großartiger Tag. Immerhin hatte er seine vorbestimmte Gefährtin gefunden. Ein Engelschor frohlockte in seinem Geist und schilderte ihm, wie schön das Leben sein konnte.

Andererseits: Lena war Vicente entschieden zu nah für seinen Geschmack gekommen, und das passte ihm gar nicht.

Dann war da noch dieser Diamant, der ein schillerndes Licht abstrahlte, das keinem Gestaltwandler entgehen konnte. Vicente hatte es mit Sicherheit bemerkt.

Kurz fasste Sergio den Morgen für Marco zusammen und wünschte, sein Freund hätte den Edelstein mit eigenen Augen gesehen. Sergio war ein schlichter Typ der Arbeiterklasse. Marco hingegen entstammte einer der reichsten Drachengestaltwandler-Dynastien Portugals. Er hätte mehr über den Edelstein gewusst.

Wen interessiert schon der Edelstein? Wen interessiert Vicente? Alles, was wir brauchen, ist unsere Gefährtin, warf sein innerer Wolf ein.

Das Problem war nur: Alle drei waren miteinander verbunden. Schlimmer noch: Sergio hatte das unerfreuliche Gefühl, dass sich das Schicksal gerade erst dazu anschickte, Spielchen mit ihm zu treiben.

„Bist du sicher, dass der Diamant nicht bloß das Licht der Sonne reflektiert hat?", hakte Marco nach.

Sergio nickte. „Er hat gestrahlt wie eine Blendwaffe."

Marco verzog das Gesicht. Zweifellos erinnerte er sich gerade an eine haarige Situation mit einer solchen Waffe.

„Er hat seine Macht entsandt. Ich konnte sie spüren", beteuerte Sergio.

„Aber nur für diesen Augenblick?" Als Sergio erneut nickte, fuhr Marco fort. „Tja, das gestaltet meinen ersten Arbeitstag interessant."

Marco kam wie Sergio frisch vom Militärdienst. Und wie Sergio vor einem Monat drückte sich Marco davor, nach Hause zurückzukehren. Daher der neue Job in Rom. Und Sergio war fest entschlossen, seinem Freund durch seinen ersten Tag zu helfen. Also musste er aufhören, sich Tagträumen über Lena hinzugeben.

„Wird schon schiefgehen. Nur sollten wir uns besser nicht verspäten. Obwohl die Hüter hier nicht ganz so altmodisch wie die in London sind, haben auch sie ihre Standards."

Jede europäische Stadt wurde von einer Elite der Gestaltwandler beschützt, die man als Hüter bezeichnete. Allerdings hatte diese altehrwürdige Institution schon bessere Zeiten erlebt. Die heutigen Hüter hatten schwer zu kämpfen, um Frieden und Stabilität in den Städten aufrechtzuerhalten, die sie liebten.

Marco nickte und sah sich um. „Im Rat sind überwiegend Wölfe, richtig?"

Sergio zählte an den Fingern ab. „Traditionell werden die Sitze an drei Wölfe, einen Bären, einen Adler und zwei Drachen vergeben. An je einen Vertreter für jeden der sieben Hügel Roms."

Er beschloss, die Einzelheiten vorerst wegzulassen, beispielsweise die Tatsache, dass zwei der sieben Sitze derzeit unbesetzt waren.

Marco rückte sein Jackett zurecht, bereit, bei seinem Vorstellungsgespräch zu glänzen. Sergio hatte dieselbe Tortur vor einem Monat durchgemacht, als er zögerlich nach Rom zurückgekehrt war. Für Marco würde es einfacher sein, weil er keine Vorgeschichte mit dem Ort hatte. Sergio hingegen…

„Das ist es?", fragte Marco, als sie um eine Kurve bogen und die Tiberinsel, in Sicht geriet, die Isola Tiberina.

Sergio stählte die Nerven, als sie sich dem Wasser näherten, das stürmisch um die winzige Insel strömte.

„Das ist es." Er seufzte. Die Isola Tiberina.

So viel Geschichte und so viele Intrigen, zusammengefasst in zwei kleinen Worten. Immerhin: Die Hüter hatten ihm die Rückkehr nach Rom gestattet. Das kam an sich schon beinah einem Wunder gleich, wenn man bedachte, was seine Familie getan hatte.

Er schluckte die Galle hinunter, die ihm bei solchen Gedanken immer hochkam. Dann führte er Marco über die alte römische Brücke auf die Insel.

Die Isola Tiberina maß gerade mal vierhundert Meter in der Länge. Die Anlage der Hüter nahm die gesamte Südspitze der Insel ein – eine baufällige Ansammlung uralter Türme, ummauerter Innenhöfe und imposanter Versammlungssäle. Wenige Minuten später erreichten Marco und Sergio das Haupttor, wo sie ein mürrischer alter Wolfgestaltwandler durch ein winziges Guckloch in Augenschein nahm.

„Ihr seid früh dran", raunte der Wächter, der Sergio erkannte.

„Und?", entgegnete Sergio mit knurrendem Unterton, da er die ablehnende Haltung, die ihm allseits entgegenschlug, allmählich satt hatte. Was konnte er dafür, dass er in den Monserratti-Clan hineingeboren worden war?

Mit einem Brummen entfernte sich der Wächter. „Wartet hier."

Bald darauf kehrte der Mann zurück, öffnete widerwillig die Tür und winkte sie hindurch. Er schlug die Tür hinter ihnen zu und zeigte mit dem Arm. „Du kennst den Weg ja."

Marco war überrascht, Sergio nicht. Die Hüter von Rom waren ein geradliniger Menschenschlag, und die Wächter… nun, sie waren so griesgrämig wie eh und je.

Marco und er schritten den düsteren, schmucklosen Flur hinunter. Die Festung war zur Verteidigung gebaut worden, nicht um zu beeindrucken, und durch die dicken Mauern war es drinnen stets einige Grad kühler als draußen.

Bald traten sie in das blendende Sonnenlicht eines offenen Hofs. Beim Anblick der Bronzestatue in der Mitte stieß Marco einen Pfiff aus.

„Diese Wölfin sieht genauso aus wie das Original im Kapitolinischen Museum."

„Das *ist* das Original."

„Sollte sie nicht Romulus und Remus säugen?"

Sergio schüttelte den Kopf. „Das ist die menschliche Version der Legende. Wir halten uns an die Fakten."

„Die da sind?"

„Rom wurde von einer Werwölfin gegründet, nicht von einer Handvoll Menschen. Mal ehrlich, wer hat die Geschichte von den Zwillingen denn je geglaubt?"

Marco schmunzelte. „Da hast du wohl recht."

Sie durchquerten die zweite Hälfte des Hofs und gelangten zu einer schweren Eichentür mit einem kräftigen Wächter, der sie nach einer sorgfältigen Musterung durchließ. Ein kurzer Gang führte zu einer riesigen Kammer. Es war kein so prunkvoller Saal wie Lionsgate Hall in London, dennoch beeindruckender durch die Schlichtheit des Raums. Dunkle Eichenholztäfelung bedeckte die Wände, und die Decke zierte ein so altes Fresko, dass man kaum noch die Farben erkennen konnte. Bei genauerer Betrachtung jedoch offenbarte sich ganz Rom in einer pastoralen, jahrhundertealten Szene. Wölfe heulten von drei der Hügel Roms, während zwei Drachen, ein Bär und ein Adler über die übrigen vier herrschten.

Am hinteren Ende des Versammlungssaals stand ein riesiger Tisch. Um ihn scharten sich die Hüter. Einige standen, andere saßen auf harten Stühlen mit hohen Rückenlehnen. Ariana, die einsame Wölfin der Gruppe, schaute mit einem herzlichen Lächeln auf, und Sergio nickte ihr zu. Ariana war in Ordnung. Was die anderen Hüter anging, hatte er sich noch nicht entschieden.

Die Hüter beratschlagten weiter in leisen Tönen, als sich Sergio und Marco näherten.

„... aus Europa vertrieben ... nach Amerika verbannt ... und jetzt sind sie zurück", murmelte einer.

„Zurück, aber erfolglos bei ihrem Bestreben, eine neue Machtbasis zu schaffen. Bisher zumindest."

Sergio warf Marco einen Blick zu. Die Hüter diskutierten das Thema, das derzeit Gestaltwandler in ganz Europa beschäftigte: die Lombardis, ein skrupelloser Drachenclan, der die Macht in Europa an sich reißen wollte. Die jüngsten Angriffe in Paris und London konnten mit Müh und Not vereitelt werden, und jeder wusste, dass es nur eine Frage der Zeit war, bis die Lombardis wieder zuschlagen würden. Die Frage lautete: wo und wann?

„Unsere Vorgänger waren zu großzügig. Sie hätten sie nicht verbannen, sondern hinrichten sollen." Dante, der Älteste der Hüter, blickte traurig in seinen Weinkelch.

Marco zog fragend eine Augenbraue hoch, und Sergio seufzte innerlich. *Das ist Dante, der Drache. Der Älteste der Hüter – und ich meine richtig alt.*

„Unsere Vorgänger? *Eure* Vorgänger", sagte ein kräftiger Mann mit silbrigem Haar in anklagendem Ton. „Wir Adler haben vor genau diesem Problem gewarnt."

Das ist Gaius, flüsterte Sergio. *Ein Adlergestaltwandler. Unheimlich streng.*

Marco schnaubte. *Gibt es überhaupt andere Adlergestaltwandler?*

Remo, der aufbrausende Wolf vom Palatin, hieb mit der Faust auf den Tisch. „Ist es denn eine Überraschung, dass die Lombardis zurück sind und Unruhe stiften?"

„Meine Herren, bitte." Ariana klopfte auf den Tisch. „Die Frage ist doch, wie wir unsere Stadt am besten vor möglichen Angriffen schützen können."

„Oder vor Unterwanderung." Remo warf einen Seitenblick auf Sergio, der sich weigerte, den Köder zu schlucken.

Gaius legte die Stirn in noch tiefere Falten. „Meine Späher haben bereits eine Reihe von Schurken gemeldet."

Ariana blickte in die Ferne. „Obwohl wir unser Bestes geben, hält der Ärger an. Und je instabiler die Welt der Gestaltwandler ist, desto mehr Probleme schleichen sich auch in die Welt der Menschen ein.“

„Kein Wunder, dass die Regierung im Schlamassel steckt“, meinte Dante missbilligend.

Ernesto Orsini, der Bärengestaltwandler, nickte mit ernster Miene.

„Die Regierung steckt immer im Schlamassel.“ Ariana seufzte. „Aber ich stimme zu, dass es schlimmer geworden ist.“

Sergio und Marco wechselten einen Blick. Unter sich hatten sie die gleichen Bedenken geäußert. Die politischen Parteien an der Spitze Italiens wurden zunehmend fremdenfeindlicher, isolationistischer und extremer – wie in vielen anderen Ländern Europas und in Nordamerika.

„Aber wir dürfen die Hoffnung nicht aufgeben“, fuhr Ariana fort. „Ebenso wenig dürfen wir die unmittelbareren Bedrohungen ignorieren.“ Sie bedeutete Sergio, näher zu kommen. „Signore Monserratti, treten Sie vor.“

Sergio gab seinem Freund ein Zeichen. „Wie gewünscht habe ich einen ehemaligen Kameraden eingeladen. Marco da Silva aus Portugal.“

Marco ließ seinen reichlich vorhandenen Charme spielen und machte händeschüttelnd die Runde um den Tisch. Offensichtlich ein Mann, der an Sitzungssäle und aufgeblasene alte Männer gewöhnt war.

Bei der Erwähnung von Marcos Nachnamen horchte Dante auf. „Verwandt mit den da Silvas aus Porto?“

Sergio verdrehte die Augen. Drachen und ihre hehren Dynastien. Typisch.

Marco verneigte sich leicht. „Die väterliche Seite der Familie. Meine Mutter stammt aus Madeira.“ Seine Augen funkelten ein wenig wie die eines Soldaten, wenn er von der Heimat sprach. Was bei Marco selten vorkam, und Sergio hatte ihn nie nach dem Grund gefragt.

„Ah, Madeira.“ Dante seufzte anerkennend. „Hervorragender Wein.“

Dante war zu seiner Zeit ein legendärer Krieger gewesen, aber an seinem Lebensabend... Nun, Sergio fand nicht als Einziger, es wäre an der Zeit, dass sich der alte Drache in seine Villa in der Toskana zurückzog.

„Nehmen Sie doch Platz." Dante gestikulierte.

Sergio rührte sich nicht, denn es war klar, dass die Einladung ihn nicht miteinschloss. Marco legte eine Hand auf den nächsten freien Stuhl am Tisch. Plötzlich jedoch versteiften alle den Körper, und Marco sah sich überrascht um.

„Nicht diesen", sagte Dante schnell. „Der bleibt zum Gedenken an unseren gefallenen Kameraden Leonardo D'Accardi frei."

Bei dem Namen klingelte bei Sergio etwas, wenngleich er nicht zu sagen vermochte, weshalb.

Marco hob die Hände. „Entschuldigung. Dann bleibe ich ihm zu Ehren stehen."

Sergio seufzte. Warum fielen ihm keine so eleganten Sätze ein?

Wahrscheinlich, weil er der Sohn eines durch und durch zwielichtigen Schlitzohrs war. Oder weil er mit einer alleinerziehenden Mutter aufgewachsen war, die es nach dem Kappen der Verbindung zum verbrecherischen Teil der Familie kaum über die Runden geschafft hatte.

„Signore da Silva, wir würden uns freuen, Sie an Bord zu haben. Sind Sie mit den Bedingungen des Vertrags einverstanden, den wir Ihnen zugeschickt haben?", fragte Ariana.

Wieder verneigte sich Marco leicht. „Ich nehme ihn mit Freuden an."

Und auf einmal hatte Sergio einen Freund unter den Helfern der Hüter. Einen waschechten Freund, keinen Feind.

Erfrischend, murmelte sein Wolf.

Ariana nickte. Die anderen taten es ihr gleich. „*Allora*. Signore Monserratti, was haben Sie zu berichten?"

Sergio holte tief Luft und schilderte die Ereignisse des Vormittags. Nun, die meisten Ereignisse. Lena ließ er zwar nicht aus, allerdings sprach er auch nicht allzu ausführlich über sie. Je weniger Interesse die Hüter an einer unschuldigen Unbeteiligten hatten, desto besser.

„Interessant." Gaius strich sich übers Kinn. „Was haben Sie über Vicente erfahren?"

Sergio ließ sich Zeit, bis er in Gedanken sämtliche Kraftausdrücke abgearbeitet hatte. Vicente war ihm vom ersten Tag an totunsympathisch gewesen. Außerdem hatte der Mann etwas an sich, das ihm auf unangenehme Weise vertraut vorkam. Oder lag es nur an seiner Skrupellosigkeit, dem völligen Fehlen von Mitgefühl?

Remo, ganz der zappelige Wolf, fuchtelte durch die Luft. „Kommen Sie schon, Signore Monserratti. Sie wurden aufgrund Ihrer Kenntnisse der Welt des Verbrechens damit beauftragt, Vicente zu folgen."

Sergios Wange zuckte. Nur mühsam konnte er sich verkneifen, zu erwidern: *Oh Mann, schönen Dank auch.*

Marco warf ihm einen Seitenblick zu.

Sergio seufzte in den Gedanken seines Freunds. In der Fremdenlegion hatte niemand nach seiner Vergangenheit gefragt. Sie hatte niemanden interessiert. Aber in Rom wussten alle darüber Bescheid – und Mann, wie sich alle dafür interessierten. Vor allem Remo.

Man könnte sagen, dass Remo ein Problem mit meiner Familie hat.

Und deine Familie ist? fragte Marco.

Der größte Mafia-Clan in der Geschichte der Gestaltwandler. Für alle Ewigkeit aus Rom verbannt.

Marcos Augenbrauen schossen hoch. Er stand Sergio näher als ein Bruder, trotzdem hatten sie noch nie über ihre Familien gesprochen. Manchmal fragte sich Sergio, warum er die bequeme Anonymität der Fremdenlegion verlassen hatte.

Tja, weil dich die Hüter engagiert haben, merkte Marco an. *Also müssen sie dir wohl vertrauen.*

Sergio schaute finster drein. Die Hüter hatten lediglich eine Ausnahme gemacht, damit er Vicente beschatten konnte.

Mir vertrauen? Einige von ihnen vielleicht, aber nicht Remo. Ich schwöre dir, der sucht bloß nach einem Vorwand, um mich zu kreuzigen.

„Ja, welchen Eindruck haben Sie von Vicente?", fragte Adriana etwas taktvoller.

Er ist ein Stinktier. Ein Drecksack. Ein Psychopath der übelsten Sorte.

„Ich habe nichts Handfestes gegen ihn vorzuweisen – noch nicht. Heute Morgen, nach dem Treffen mit seiner Freundin…“

Remo verzog das Gesicht und murmelte: „Dieser drittklassigen Schauspielerin aus Amerika…“

Sergio nickte und ließ die unschöneren Details weg. „Anfang dieser Woche hat Vicente an einer Versammlung der Ecco-Gruppe teilgenommen, einem Konglomerat von Industriebeteiligungen. Aber soweit ich das beurteilen konnte, war alles im grünen Bereich.“

Gaius zog die scharf konturierten Augenbrauen hoch. „Soweit Sie es beurteilen konnten?“

„Ja. Seine Geschäfte scheinen alle legitim zu sein. Trotzdem wittere ich etwas Verdorbenes unter der Oberfläche. Aber an Beweisen konnte ich noch nicht das Geringste finden. Das ist das Problem bei dieser neuen Art von Verbrechern.“

Remo ließ die Zähne aufblitzen. „Sie bevorzugen die alte Schule?“

Sergio weigerte sich, den Köder zu schlucken. Seine Familie und ein rivalisierender Mafia-Clan hatten sich gegenseitig ausradiert, nachdem der Tod seines Onkels, des Paten, eine Lücke hinterlassen hatte. Allerdings hatte kein anderer Clan das Machtvakuum ausgefüllt, sondern es hatte sich allmählich eine neue Art junger Nachwuchsverbrecher herausgebildet. Sie nannten sich selbst *Geschäftsleute*. Die meisten hielten sich nach außen hin ans Gesetz, aber alle hatten unter der Oberfläche Dreck am Stecken.

„Nein, tu ich nicht“, entgegnete Sergio. „Aber Überflieger wie Vicente haben es geschafft, in unheimlich kurzer Zeit so stattlichen Reichtum anzuhäufen, dass er unmöglich rechtmäßig sein kann.“

Ernesto, der Bärengestaltwandler, zog eine zottige Augenbraue hoch. „Was ist mit dem Edelstein, den Sie erwähnt haben?“

Sergio runzelte die Stirn. „Ich hatte gehofft, dass könnten Sie mir sagen.“

Die Hüter sahen sich gegenseitig an. Schließlich nickte Ariana. „Gestatten Sie mir, das zu erklären. Wir haben unlängst einen verzauberten Diamanten in Umlauf gebracht und gehofft, er würde eine Feuertochter anlocken."

Sergio und Marco wechselten einen misstrauischen Blick. Diese Strategie hatte bei den Hütern von Paris und London zwar funktioniert, barg allerdings entsetzliche Risiken. Die gute Nachricht war, dass es noch Frauen gab, die von der mächtigen Drachenkönigin Liviana abstammten, und dass sie die uralten Zauber zum Schutz ihrer Heimatstädte verstärken konnten. Aber auch dunkle Mächte begehrten diese Feuertöchter, und Sergio hatte aus nächster Nähe miterlebt, wie das Leben unschuldiger Frauen aufs Spiel gesetzt worden war.

Ariana legte den Kopf schief, erst auf die eine Seite, dann auf die andere. „Woanders hat diese Strategie funktioniert. Aber nur die Zeit wird zeigen, ob Rom auch so viel Glück dabei hat, eine Nachkommin Livianas anzulocken. Was ist Ihnen an dem Diamanten sonst noch im Gedächtnis geblieben, Signore Monserratti?"

Sergio zuckte mit den Schultern. „Dazu kann ich nur sagen, dass er geleuchtet hat, wie es kein gewöhnlicher Edelstein tun würde."

Dante beugte sich näher. „Hat er mit einem pulsierenden Muster geleuchtet?"

„Nein, es war eher wie ein Strahlenkranz."

Einen Moment lang verspürte Sergio Erleichterung, denn das wies darauf hin, dass es sich nicht um den Diamanten handelte, den die Hüter im Sinn hatten. Eine Gefahr weniger in Lenas Umfeld.

Allerdings nickte Dante plötzlich wissend, und Sergio begriff, dass ihn der Hüter lediglich auf die Probe gestellt hatte.

„Das ist er", verkündete der alte Drache. „Der Eruzzi-Diamant aus dem Schatz von Augusta, einer direkt von Königin Liviana abstammenden Feuertochter."

Sergio schloss die Augen. Nicht gut. Jedenfalls nicht, wenn Lena dabei im Spiel war.

„Und Sie sagen, er hat bei Kontakt mit dieser... Amber van Love aufgeleuchtet?" Gaius rümpfte die Nase.

„Ja. Blendend grell. Allerdings nur kurz. Dann ist er verblasst."

Dante runzelte die Stirn. „Das ist ungewöhnlich. Vielleicht muss sich ihre Macht erst entwickeln."

Sergio schmunzelte. Teile von Amber waren überentwickelt, andere hingegen... nun ja, praktisch nicht vorhanden. Was vor allem für die Qualitäten galt, die eine Feuertochter brauchte.

Unsere Gefährtin wäre eine gute Feuertochter, brummte sein Wolf.

Davon war Sergio überzeugt. So tief, wie Lena in seine Seele geschaut hatte, konnte er umgekehrt in ihre sehen. Daher wusste er, dass sie ehrlich war. Fürsorglich. Kompetent.

Gleichzeitig gab es so viel, was er nicht über sie wusste. Dinge, die er nur zu gern herausfinden wollte. Ihr Italienisch war mittelmäßig und hatte einen starken Akzent. Woher kam sie? Was tat sie in Rom? Warum hatte sie sich noch nie verwandelt?

„Wir müssen diese van Love aufmerksam im Auge behalten", erklärte Remo.

Gaius legte die Stirn in Falten. „Sie klingt völlig ungeeignet als Feuertochter."

Ernesto strich sich übers Kinn. „Vergessen wir nicht, dass nicht jede Feuertochter ein Musterbeispiel an Anstand gewesen ist. Erinnert ihr euch an Viola Viduzzi?"

Alle verzogen das Gesicht, und Dante murmelte: „Wie könnten wir sie vergessen? All diese Soireen, all die unangemessenen Liebschaften... "

Auch Sergio runzelte die Stirn. Viola Viduzzi war lange vor seiner Geburt gestorben, aber Mann, was hatte er für Geschichten über sie gehört.

Ariana seufzte. „Die Wege des Schicksals sind unergründlich. Es hat früher unvollkommene Feuertöchter gegeben, und es wird sie mit Sicherheit wieder geben."

Einer der Gründe, warum Europa in einem solchen Schlamassel steckt, wäre Sergio beinah herausgerutscht.

Europa steckt seit Jahrhunderten in einem Schlamassel, meinte Marco seufzend, als er seine Gedanken las.

„So oder so, jede Feuertochter kann den Schutzzauber wiederbeleben, zumindest bis zu einem gewissen Grad. Eine so würdige Feuertochter, wie man sie in London und Paris entdeckt hat, können wir uns nur wünschen. Aber selbst eine schwache Feuertochter würde unsere gegenwärtige Lage verbessern."

Remo runzelte die Stirn. „Vicente ist ein gefährlicher Mann, der still und heimlich Macht angehäuft hat. Das Zusammensein mit einer Feuertochter – sogar einer so bedauerlichen – würde ihn in eine völlig neue Sorgenkategorie für uns katapultieren."

Alle schauten bedrückt drein, besonders Dante. „Es wäre wesentlich besser, wenn sie sich mit jemandem von uns paart. Zum Beispiel mit meinem Sohn."

Der damit gemeinte Mann, Domenico, schrak zurück. Sergio bemerkte, wie der betroffene Blick des jüngeren Drachen zu der Frau wanderte, die gerade durch eine Seitentür hereinkam, um Getränke zu servieren. Zweifellos eine Mitarbeiterin des Rats. Keine geeignete Gefährtin für einen Mann von edlem Drachenblut.

Sergio durchbohrte Dante mit einem eindringlichen, wilden Blick. Es kam nicht oft vor, dass ein Angestellter einem Hüter widersprach, aber an der Stelle musste er eine Grenze ziehen.

„Ich bin auch der Meinung, dass ein anderer Gefährte sicherer wäre. Aber ich werde mich nicht daran beteiligen, das Leben einer unschuldigen Frau zu manipulieren. Mit Liebe spaßt man nicht."

Marco seufzte. *Gesprochen wie ein wahrer Wolf.*

Liebe ist heilig, verdammt, schoss Sergio zurück. Jeder Wolf wusste das.

Liebe ist eine Lüge, murmelte Marco verbittert.

„Keine Sorge, Signore Monserratti." Adriana warf Dante einen tadelnden Blick zu. „Wir sind nicht die Löwen von London. Wir respektieren die Wünsche von Frau van Love – wenn sie sich von ihrem Herzen leiten lässt."

Remo schnaubte. „Wohl eher von Gier. Vicente ist millionenschwer."

Den Punkt musste Sergio ihm zugestehen.

Ariana hob die Hand. „So oder so, wir müssen diese Frau – und den Edelstein – aufmerksam im Auge behalten. Wir müssen herausfinden, ob Amber van Love wirklich die Feuertochter ist, die wir suchen. Signore Monserratti, Sie bleiben in Vicentes Nähe und beobachten diese Frau. Und behalten Sie auch den Diamanten im Blick."

Sergio lag auf der Zunge, dass Lena den Edelstein an sich genommen hatte. Dann jedoch beschloss er, es für sich zu behalten.

„Und Sie, Signore da Silva." Ariana wandte sich Marco zu. „Betrachten Sie Ihre Probezeit als angelaufen. Ihre Hauptaufgabe besteht darin, Patrouillen zu fliegen. Wir dürfen die Bedrohung durch die Lombardis nicht vergessen. Wenn es die Zeit erlaubt, unterstützen Sie Signore Monserratti bei dem Edelstein. Als Drache dürften Sie am ehesten spüren, ob er echt ist."

Marco nickte. „Ja, meine Dame."

„Danke, meine Herren. Das wäre dann alles", verkündete Ariana.

Die ersten paar Schritte bewegte sich Sergio rückwärts – und wäre beinah mit der Frau mit den Getränken zusammengestoßen.

„Entschuldigung", murmelte er, allerdings erst, nachdem Domenico ein leises Knurren von sich gegeben hatte.

Marco verdrehte die Augen. *Und wieder fällt ein Narr auf das Märchen der Liebe herein.*

Sergio drehte sich zur Tür und stellte sich Lena vor. Liebe war kein Märchen. Lena war seine vom Schicksal vorgesehene Gefährtin. Die Frage war, was er als Nächstes tun sollte.

Kapitel 4

Sergio fuhr sich mit der Hand durchs Haar, während er auf dem Kopfsteinpflaster in Trastevere auf und ablief – einer dieser engen, verwinkelten Gassen entlang eines trapezförmigen Blocks von jahrhundertealten Gebäuden. Nur ein Stück entfernt lockten Restaurants die ersten Abendgäste mit dem Duft von Knoblauch, der in Olivenöl köchelte. Fünfzehn Gehminuten dahinter lag sein Zuhause – ein Häuschen hinter einer der Villen hoch auf dem Gianicolo-Hügel. Wieso also spürte er hier Lena nach?

Wir befolgen nur Befehle, murmelte sein Wolf unschuldig. *Du weißt schon, den Diamanten im Auge behalten.*

Er schaute an dem baufälligen, viergeschossigen Gebäude hoch. Nicht die Befehle hatten ihn dazu gebracht, Lenas Jasmin- und Oleanderduft durch halb Rom zu folgen – er konnte sich gar nicht erklären, wie er dieses Kunststück vollbracht hatte. Jemanden über ein paar Straßen hinweg aufzuspüren, war eine Sache. Aber durch den Großraum von Rom mehrere Stunden, nachdem sie sich getrennt hatten?

Nur ein weiterer Beweis, dass sie unsere Gefährtin ist, meinte sein Wolf selbstgefällig.

Er rollte die Schultern im Versuch, sie zu lockern. Ja, das stimmte, und darin lag das Problem. Die Männer in seiner Familie zogen Ärger von Natur aus an – Ärger der Art, durch die ihre Lieben umkamen, ganz gleich, welche Maßnahmen man zu ihrem Schutz ergriff.

Er machte kehrt, bereit zu gehen. Doch als er die Ecke erreichte, drehte er sich zurück.

Wir müssen sie warnen, beharrte sein Wolf. *Ihr helfen. Sie wiedersehen.*

Warnen und *helfen*, das war schön und gut. Aber der überwältigende Drang, Lena zu sehen, verhieß Ärger.

In dem Moment bog eine bucklige alte Witwe mit einem Stock und einem kläffenden Chihuahua um die Ecke.

Böse, böse, böse, bellte der lächerlich winzige Hund schrill.

Sergio setzte eine finstere Miene auf. *Gut* und *böse* bildeten so ziemlich die einzigen Wörter im Hundevokabular eines Chihuahuas. Ähnlich waren *Spaß* und *Juhu* die einzigen Konzepte, die ein Golden Retriever begreifen konnte. Im Zweifelsfall gingen Chihuahuas in der Regel auf Nummer sicher und hielten sich an *böse.* Denn *gut* war für wenige, geradezu heilige Dinge im Leben der kleinen Penner reserviert. Zum Beispiel für alten Damen, die diese mickrigen Tölen aus Sergio unverständlichen Gründen mochten.

Stai zitto, murmelte Sergio im schwachen Geist des winzigen Tiers. *Halt die Klappe.*

Die meisten Hunde zogen beim Befehl eines Wolfgestaltwandlers den Schwanz ein. Dieser dumme kleine Köter jedoch kläffte munter weiter.

„Sie da", rief die von Kopf bis Fuß schwarz gekleidete Witwe. Ihr Gesichtsausdruck glich einer Gewitterwolke. „Was machen Sie hier?"

Sergio seufzte. Warum begegneten ihm nur alle Menschen mit Misstrauen?

Er hob die Hände und bemühte sich um einen freundlichen Ton. „Ich suche nach Lena."

„Tja, dann suchen Sie woanders", fauchte die alte Dame genauso furchtlos wie ihr Hund.

Wieder seufzte Sergio. Wäre er doch nur mit Marcos Charme geboren.

„Es ist nur so, dass ... " Sergio verstummte und überlegte, wie sich umschreiben ließ: *Meine Gefährtin könnte in Gefahr schweben, und ich muss sie beschützen.*

„*Vai via! Hauen Sie ab.*" Die alte Dame hielt auf ihn zu und schwenkte dabei ihren Stock, während ihr Hund die Zähne fletschte.

Sergio geriet in Versuchung, die Wolfsfänge zu blecken und dem Chihuahua zu verdeutlichen, wer der Boss war. Dann jedoch stieg ihm ein vertrauter Geruch in die Nase. Gleich darauf bog Lena um die Ecke. Sergio erstarrte, konnte kaum atmen. Er stand nur da und ließ seine Gefährtin auf sich wirken. Die untergehende Sonne schaffte es nicht in den schmalen Schlund der Gasse. Trotzdem schillerten ihre Haarspitzen golden, während ihre Augen moosgrünen Teichen ähnelten.

Gefährtin, brummte sein Wolf.

Lenas Schritte stockten, und sie starrte ihn an.

„Signorina Castamolino", ergriff die alte Dame auf Italienisch das Wort. „Dieser Mann behauptet, mit Ihnen befreundet zu sein."

Lena verengte die Augen, als sie ihm gegenübertrat und zu Englisch wechselte. „Ein Freund, ja?"

Ihre Worte klangen wie eine Herausforderung. Eine New Yorker Herausforderung, wenn er ihren Akzent richtig einordnete.

An sich fehlten Sergio in der Gegenwart von Frauen nie die Worte. Aber Lena schloss sein Hirn irgendwie kurz. Er konnte sie nur flehentlich ansehen. *Ich schwöre, ich bin nicht irgendein gruseliger Spinner. Ich muss nur mit dir reden.*

„Ich halte nichts vom Besuch junger Männer bei meinen Mieterinnen", schimpfte die alte Frau in schnellem Italienisch.

„*Solo cinque minuti*", versprach Sergio. *Nur fünf Minuten.* „Wir müssen reden."

Lenas Augen schwenkten zwischen ihnen hin und her, während sie überlegte. Dann holte sie tief Luft und wandte sich an ihre Vermieterin. „*Per favore, Signora Donatelli.*"

Ohne die mürrische Antwort ihrer Vermieterin abzuwarten, führte Lena ihn ins Gebäude und eine knarrende Treppe hinauf, die in einem Zickzackmuster verlief.

„Was machst du hier?", flüsterte Lena, als sie den Absatz im dritten Stock passierten.

Sergio spähte hinunter zum Erdgeschoss, wo Signora Donatelli stand und jede seiner Bewegungen mit Argusaugen beobachtete.

Er antwortete mit leiser Stimme. „Ich bin gekommen, um dich zu warnen. Vicente verheißt Ärger."

Lena schnaubte. „Was du nicht sagst."

„Ich meine richtig schlimmen Ärger. Gefährlichen Ärger."

„Ja, das dachte ich mir schon. Gefahr im Sinne der Mafia, habe ich recht?"

Sergio erstarrte bei der Frage, dann zupfte er an seinem Kragen. „Ich denke, so könnte man es ausdrücken."

Im obersten Stockwerk trat sie ein Paar Stiefel beiseite und steckte ihren Schlüssel in die Wohnungstür.

Sergio blickte nach unten. Wanderstiefel. Und sie waren schmutzig. Ein gutes Zeichen, hoffte er zumindest. Genoss Lena ausgedehnte Spaziergänge genauso sehr wie er? Bei der Fremdenlegion standen lange Märsche auf der Tagesordnung, und Sergio hatte sich als einziger Soldat nie darüber beklagt. Neigte Lena beim Wandern das Gesicht der Sonne zu und weidete sich an der frischen Luft, wie er es tat?

Sein Wolf wedelte mit dem Schwanz, als ihm unzählige Fantasien durch den Kopf schossen. Er könnte mit ihr spazieren gehen. Erkundungsgänge unternehmen. Nach Herzenslust wandern...

Aber erst musste er ihr Vertrauen erlangen. So nervös, wie sie mit dem Schlüssel fuhrwerkte, würde dafür einiges an Arbeit nötig sein.

Endlich bekam Lena den Schlüssel ins Schloss. Dann zögerte sie.

„Hör mal, ich weiß zu schätzen, dass du hergekommen bist und so... "

Er schüttelte den Kopf. „Es geht nicht nur darum. Auch um das neulich Nacht. Du brauchst Hilfe."

Brauche ich nicht, widersprachen ihre funkelnden Augen. Gleich darauf jedoch ließ sie die Schultern hängen und schlang unbewusst die Arme um sich. Ja, sie wusste, was er meinte. Die Verwandlung. Oder Teilverwandlung in ihrem Fall. Wie genau lautete ihre Geschichte?

Vier Stockwerke tiefer knarrte das Geländer, als sich die Vermieterin darauf lehnte, um besser zu ihnen nach oben zu sehen. Lena zauderte noch kurz, dann winkte sie Sergio in ihre Bleibe. Die sich als beengte Ein-Zimmer-Wohnung mit abblätternder Farbe, einer winzigen Küchennische und Wasserflecken in einer Ecke erwies. Dafür strömte goldenes Licht durch eine Doppeltür aus Glas herein, und der schmale Sims von einem Balkon draußen strotzte vor Pflanzen. Insgesamt bewegte sich die Wohnung auf einem schmalen Grat zwischen freigeistigem Charme und heruntergekommener Behausung.

Lena ging zur Balkontür und blickte über die Terrakotta-Dächer. „Neulich Nacht bist du zuerst ein Wolf gewesen."

„Ich habe mich verwandelt. Du dich auch. Na ja, fast. Ich hatte den Eindruck, dass es... neu für dich war."

Lena brach in Gelächter aus, obwohl keinerlei Humor darin mitschwang. „Das könnte man so sagen."

„Es ist vorher noch nie passiert?"

Sie schüttelte den Kopf, während sie weiter zerstreut in die Ferne blickte. „Nie. Na ja, jedenfalls nicht, bevor ich nach Rom gezogen bin."

Sergio runzelte die Stirn und fragte sich, was die Verwandlung ausgelöst haben könnte. Die meisten Gestaltwandler erlebten sie zum ersten Mal in der Pubertät. Lena musste Ende zwanzig bis Anfang dreißig sein. Warum war es bei Lena so spät passiert?

„Haben dich deine Eltern nicht darauf vorbereitet?"

Sie schnaubte. „Meine Mutter hat keine Ahnung."

„Was ist mit deinem Vater?"

Ihr Gesichtsausdruck verhärtete sich. „Den habe ich nie kennengelernt. Er hatte kein Interesse an einer Familie."

Wieder legte Sergio die Stirn in Falten. Die meisten Gestaltwandler standen mit inniger Hingabe zu ihren Gefährten und Sprösslingen. Was für ein erbärmlicher Schuft war der Mann, dass er seine eigene Tochter im Stich gelassen hatte?

„Jedenfalls", fügte sie etwas zu unbekümmert hinzu, „ist er nie Teil meines Lebens gewesen."

„Was weißt du über ihn?"

Sie zuckte mit den Schultern. „Genug."

„Vielleicht doch nicht genug."

Wieder verhärteten sich ihre sanften Züge zu einer skeptischen Miene. „Laut meiner Mutter war er ein reicher Arsch, der sie an der Nase herumgeführt hat. Als er erfahren hat, dass sie schwanger war, schien es in Ordnung für ihn zu sein. Aber als er herausfand, dass sein Kind – ich – eine Tochter sein würde, hat er meine Mutter dafür bezahlt, zu verschwinden. Wie ein Callgirl oder so.“ Ihr Ton klang verbittert – zweifellos so, wie sie ihn von ihrer Mutter gehört hatte. „Offensichtlich war eine Tochter nicht gut genug für ihn.“

Sergio schaute skeptisch drein. Weibliche Drachen waren so selten, dass sich die meisten männlichen Drachen mit Menschen oder Gestaltwandlern einer anderen Spezies paarten. Und sie freuten sich immer über die Geburt einer Tochter.

Lena seufzte. „Nicht lange, nachdem meine Mutter Italien verlassen hatte, ist er gestorben. Tatsächlich noch vor meiner Geburt. Und wir sind auch ohne ihn gut zurechtgekommen.“

Der letzte Teil klang ein wenig gezwungen, aber Sergio griff einen anderen Anhaltspunkt auf.

„Deine Mutter stammt aus Italien?“

Lena nickte und schaute weiterhin nach draußen. „Aus Rom. Aber als sie schwanger wurde, ist sie nach New York zu ihrer Schwester gezogen.“ Ein weiteres Seufzen. „Meine Mutter wollte so sehr einen Neuanfang, dass sie nicht mal Italienisch mit mir gesprochen hat. Nur ein paar Worte, und meistens, wenn sie wütend wurde.“ Lenas Lippen krümmten sich zu einem sentimentalen Lächeln. „Ich habe erst am College angefangen, die Sprache zu lernen.“

„Und erst jetzt hast du angefangen, dich zu verwandeln“, murmelte Sergio mehr zu sich selbst als zu ihr.

„Erst, seit ich hierhergezogen bin. Jahrelang hatte ich das Gefühl, dass Rom nach mir ruft. Und jetzt. . .“ Lena schluckte. Dann schüttelte sie sich entschlossen und straffte die Schultern. „Egal, ich komme schon klar.“

Da war sie wieder – diese harte und zugleich doch nicht so harte Fassade. Eine qualvoll dünne Schicht, die kaum einen Hilferuf verbarg. Aber wie sollte er anfangen?

Behutsam, murmelte sein Wolf.

„Also, du hast richtig gehandelt, indem du außer Sicht geblieben bist“, erklärte er. „Du darfst es niemanden sehen lassen. Jedenfalls keine Menschen.“

Lena senkte den Blick auf ihre Hände, und ein gequälter Ausdruck huschte über ihre Züge.

Beinah hätte er mit etwas weitergemacht wie: *Wieso zum Geier hast du sich so sehr dagegen gewehrt?* Aber das wäre nicht hilfreich. Stattdessen fuhr er fort: „Der Trick ist, sich schnell zu verwandeln."

Sie schaute mürrisch drein. „Oder überhaupt nicht."

Das war Sergio noch nie in den Sinn gekommen. Niemals seiner zweiten Seele die Freiheit gewähren? Sich die Gelegenheit verweigern, auf vier Beinen herumzutrotten und zu heulen?

„Das wird nicht funktionieren", warnte er. „Genauso wenig wie der Versuch, nicht zu schlafen. Früher oder später vollzieht sich die Verwandlung einfach. Entscheidend ist, sie zu kontrollieren."

Lena beugte die Finger und runzelte die Stirn. „Wie?"

Sergio trat näher. „Indem du entscheidest, wann und wo du dich verwandeln willst. Indem du dem Tier in dir die Erlaubnis dazu gibst oder es zurückhältst." Langsam und zart nahm er ihre zitternden Finger in die Hände. „Indem du verstehst, was in dir steckt und was es braucht."

Sie schreckte nicht vor seiner Berührung zurück, obwohl ihre Hände weiter zitterten. „Was steckt denn in mir?"

Ein Drache, wäre ihm beinah herausgerutscht. Aber das erschien ihm ein wenig plump. Also tastete er krampfhaft nach einer hilfreicheren Antwort. Früher oder später würde sie sich vollständig verwandeln, und das könnte in eine Katastrophe münden – für sie und für Gestaltwandler überall. Die Hüter könnten sie eliminieren lassen, damit sie nicht alle Gestaltwandler verriet. Die Gefahr bestand tatsächlich.

Sein innerer Wolf knurrte. *Also bringen wir es ihr bei. Wir beschützen sie. Bleiben dicht an ihrer Seite.*

Leichter gesagt als getan. Wenn Vicente ein außergewöhnliches Interesse an Lena witterte. . .

Sergio verdrängte den Gedanken. „Du musst nicht fürchten, was in dir steckt. Es ist lediglich eine andere Seite deiner Seele mit einem anderen Körper."

Lena wirkte nicht überzeugt, also fuhr er fort.

„Es ist wie mit Hunden oder Pferden. Entscheidend ist, dass man verdeutlicht, wer der Boss ist, ganz gleich, wie groß sie sind.“

Oder wie klein, brummte sein Wolf beim Gedanken an den Chihuahua.

„Du musst das Kommando übernehmen“, fuhr er fort. „Deine menschliche Seite muss wie bei einem Tier das Sagen haben. Gib der Bestie, was sie braucht, und behalte gleichzeitig die Kontrolle.“

Lena schaute zweifelnd drein. „Was ist mit dem Mond? Wie kann ich den kontrollieren?“

„Der Mond kann ein Einflussfaktor sein, aber nicht mehr, als er das menschliche Verhalten beeinflusst. Nimm zum Beispiel meinen Wolf. Er ist wie ein Hund.“

Gar nicht wie ein Hund, grummelte die Bestie.

Sergio achtete nicht darauf und fuhr fort. „Ich sage ihm, wann und wo er frei herumlaufen darf. Ich behalte ihn unter Kontrolle.“

Nun ja, zumindest die meiste Zeit. Aber in einer Nacht, die sein Leben verändert hatte, war seine innere Bestie übermächtig geworden, und Sergio hatte einen Mann getötet. Seinen eigenen Onkel, den Mafiapaten.

Es musste getan werden, brummte sein Wolf.

Sergio runzelte die Stirn. Das stimmte zwar, aber die Folgen hätten verheerend sein können. Eigentlich hatte er es nur getan, um seine Mutter zu beschützen. Aber als sein Onkel tot vor ihm lag, hatte ihn die aus dem Nichts über ihn gekommene Versuchung entsetzt, die Macht und den Reichtum des Mannes an sich zu reißen. Irgendwie hatte er die Kraft aufgebracht, dem zu widerstehen und Italien zu verlassen, um der Fremdenlegion beizutreten. Und alles, um zu vermeiden, was sonst mit Sicherheit eingetreten wäre: Der Clan hätte darauf bestanden, dass Sergio den Familienbetrieb als neuer Boss übernahm, wie es die Tradition vorschrieb.

Wie durch ein Wunder hatte sich kein starker Anführer herauskristallisiert. Und die darauffolgenden Machtkämpfe hatten den Clan so sehr geschwächt, dass die Organisation völlig auseinanderfiel.

Seine Züge verhärteten sich, weil das Machtvakuum allmählich von Leuten wie Vicente gefüllt wurde. Von einer gerisseneren, subtileren Art Mafiaboss, aber genauso tödlich. Sergio war überzeugt davon. Aber bis er einen Beweis dafür hätte...

Er blinzelte und lenkte die Gedanken wieder auf Lenas missliche Lage.

„Ich habe versucht, es zu kontrollieren", flüsterte sie. „Aber es passiert einfach."

Er beugte sich näher zu ihr – aber hoppla. Sergio war ihr schon ziemlich nah gewesen. *Näher* bedeutete daher, dass er sich praktisch an sie schmiegte. Doch die Berührung erwies sich als angenehm. Behaglich warm, trotz der Hitze des Tags in der Dachgeschosswohnung. Ein Gefühl, jemanden an der Seite zu haben, mit dem man sich der Welt stellen konnte, komme was wolle.

Lenas Zittern hörte auf. Erlebte sie dasselbe?

Behutsam drehte er ihre Hände in seinen herum. „Wenn deine tierische Seite ruft, du dich aber nicht verwandeln kannst, dann stell dir vor, dass dein menschlicher Körper so bleibt, wie er ist. Fang mit den Fingern an."

Lena wackelte skeptisch damit, aber er fuhr fort.

„Stell dir vor, wie die Finger in die Handgelenke übergehen, die Handgelenke in die Unterarme, die Unterarme in die Ellbogen und so weiter. Denk daran, aufrecht auf zwei Beinen zu stehen. Und was immer du tust, denk nicht an das Vergnügen, mit dem Schwanz zu wedeln."

Lenas Augenbrauen schossen hoch. „Vergnügen?"

Sein Wolf nickte enthusiastisch. Was würde er nicht dafür geben, die Freiheit der Verwandlung mit ihr zu teilen! Hinaus in die Wildnis und auf vier Beinen herumtollen. Springen, spielen und heulen.

Sergio lächelte. „Ja, das Vergnügen. Aber manchmal muss man damit warten. Andererseits wird die Bestie rebellieren, wenn du sie zu lange warten lässt. Daher ist es gut, vorauszuplanen. Für die ersten paar Verwandlungen, meine ich. Du brauchst Platz, bis du gelernt hast, deine zweite Seite zu kontrollieren. Der Park Villa Pamphili war eine gute Idee, aber..."

Lena hob den Blick zu den dicht gedrängten Dächern draußen. „Nicht groß genug. Es gibt in Rom keinen Ort, der groß genug ist.“

Den gibt es auf der ganzen Welt nicht, besagte ihr niedergeschlagener Tonfall, der Sergio regelrecht das Herz brach. Lena verdiente es, die Freude an der Verwandlung kennenzulernen, statt sie zu fürchten. Und zu lernen, in ihrem tierischen Körper genauso zu schwelgen, wie sie ihren menschlichen Körper genoss.

Ein versauter Winkel seines Verstands hakte bei *ihren menschlichen Körper genießen* ein und beschwor Bilder von ihnen beiden im Bett herauf. Innerhalb von Sekunden geriet sein Blut in Wallung, und sein Wolf wurde rastlos.

Sergio räusperte sich und trat einen Schritt zurück. Gleichzeitig jedoch ließ ihn sein Wolf flüstern: „Ich kann dich mal mitnehmen.“

So viel dazu, dem Tier zu zeigen, wer das Sagen hatte.

Ihre Augen, so groß und voller Hoffnung, blickten in die seinen und brachten seine abgehärtete Kriegerseele zum Schmelzen. „Wirklich? Wohin?“

Er deutete nach Südosten. „Es gibt ein paar Plätzchen nicht weit außerhalb der Stadt.“

Konkret dachte Sergio an seinen Lieblingsplatz – das kilometerlange, grasbewachsene Areal jenseits der Via Appia, gesäumt von einer Reihe von Bogenkonstruktionen. Für die alten Römer waren die Aquädukte lediglich eine Möglichkeit, um Wasser in ihre Metropole zu leiten. Oder galten die anmutigen Linien dieser Bögen schon damals genauso sehr als Kunst wie heute? So oder so, er liebte den *Parco degli Acquedotti,* nur wenige Kilometer hinter den Caracalla-Thermen am Stadtrand. Ein Ort, an dem man sich austoben und frei sein konnte.

„Das wäre schön“, meinte Lena in so sanftem Ton, dass er sich fragte, ob sich die Bilder aus seinem Geist in den ihren übertragen hatten.

Weißt du, Gefährten können das, merkte sein Wolf an. *Gedanken austauschen, ohne zu sprechen.*

Was Sergio natürlich wusste. Allerdings versuchte er verzweifelt, nicht daran zu denken. Dafür gab es im Augenblick zu viele andere Komplikationen.

Dennoch konnte er nicht umhin, sich an dem Anblick der perfekten Kurven von Lenas Körper neben seinem zu erfreuen. Das Gefühl des Friedens füllte seine Seele wie einen Kraftstofftank – es würde reichen, um ihn die harte Wirklichkeit der Welt der Gestaltwandler einen weiteren Tag lang ertragen zu lassen.

„Ein Plätzchen wie dieses?", flüsterte Lena und zeigte auf eines der Fotos an der Wand.

Es handelte sich um eine Aufnahme des Wasserfalls in Tivoli, nicht weit von Rom.

Er nickte. „Das könnte auch funktionieren."

Schweigend studierte er die Einzelheiten. Das Foto hatte die Unschärfe des von sattem Grün umgebenen, rauschenden Wassers eingefangen. Durch die Wolken brechende Sonnenstrahlen tünchten es in Gold. Eine einmalige Aufnahme. Dutzende weitere zierten die Wände der Wohnung, jede einzelne davon ein Meisterwerk.

„Sind die alle von dir?"

Stumm nickte Lena.

Sergio wandte sich dem nächsten Bild zu – einer Nachtaufnahme des Pantheons. Ein glückliches Paar lief durch das Licht eines antiken Laternenmasts, während in den Schatten ein Obdachloser kauerte. Daneben befand sich ein Foto einer Mauer mit einem politischen Plakat einer jener rechten Gruppierungen, die Einwanderern vorwarfen, Italien zu ruinieren. Im Vordergrund half ein junger Afrikaner einer älteren italienischen Dame, ihren Einkaufswagen auf einen Bürgersteig zu heben.

Kontraste. Jede Menge Kontraste. Und überaus deutliche, wortlos vermittelte Botschaften.

„Die sind gut. Richtig gut. Warum verschwendest du deine Zeit mit Amber?"

Lena verzog das Gesicht. „Aus demselben Grund, warum ich Hochzeitsfotos und Porträts mache. Bezahlt die Rechnungen." Sie seufzte leise. „Ich bin nach Rom gekommen, um für eine gemeinnützige Organisation namens *Vicino al Vicino* zu arbeiten – Nachbar für Nachbar." Hoffnungsvoll sah sie ihm in die Augen.

„Kenne ich leider nicht", gestand er, um sie so behutsam wie möglich zu enttäuschen.

Sie nickte traurig. „Das ist das Problem. Die leisten großartige Arbeit, von Integrationshilfe für Einwanderer über den Austausch von Fertigkeiten in der Gemeinde bis hin zu gemeinschaftlicher Kinderbetreuung. Aber leider durch das derzeitige politische Klima..."

Sergio verzog das Gesicht zu einer Grimasse. Randgruppen, die konservative, fremdenfeindliche Bestrebungen vorantrieben, waren auf dem Vormarsch – nicht nur in Italien, sondern weltweit.

„Jedenfalls haben sie ihre Finanzierung verloren", fuhr Lena fort. „Und ich war arbeitslos. Es war nur ein Teilzeitjob, aber ich habe gehofft, er würde zu anderer Arbeit führen. *Bedeutungsvoller* Arbeit. Und wer weiß? Könnte immer noch passieren."

Für gewöhnlich verdrehte Sergio angesichts so blinder Hoffnung die Augen. Ein von harten Schicksalsschlägen gezeichnetes Leben und ein Jahrzehnt beim Militär hatten ihn zu sehr abgestumpft, um leicht an etwas zu glauben. Aber bei Lena... Irgendwie schwoll sein Herz an und ließ ihn auch hoffen.

„Ich musste mehr freiberufliche Aufträge annehmen, aber das ist in Ordnung. Es lässt mir Zeit für Bilder wie diese. Und um Plattformen zu finden, die daran interessiert sind, sie zu veröffentlichen. Menschen und Organisationen, die unsere Gesellschaft mit ihren Ungerechtigkeiten konfrontieren wollen."

Sergio lächelte. Eine wahre Kreuzritterin mit Leib und Seele, ähnlich wie Gemma in London.

Lena schürzte die Lippen. „Das habe ich von einem Nachbarn gelernt – meinen Mentor, könnte man sagen. Er hat die örtliche Feuerwehr – oben ohne – für einen Kalender fotografiert. In dem Jahr hatten sie Rekordeinnahmen an Spenden. Und wichtiger noch: Die Menschen schienen wirklich innezuhalten, nachzudenken und wertzuschätzen, was sie für die Gemeinschaft tun. So etwas will ich machen."

Sergio lachte. „Oben-ohne-Kalender?"

Sie knuffte ihn in die Schulter. „Das habe ich nicht gemeint."

Einen Moment lang standen sie da und grinsten sich gegenseitig an. Schließlich hob und senkte sich Lenas Brust mit einem leichten Seufzen, und sie biss sich auf die Unterlippe. Dann gestikulierte sie erneut ausladend um sich herum.

„Wie auch immer, das alles braucht Zeit. Die mir das verschafft, was ich durch kommerzielle Fotografie verdiene."

Zusammen betrachteten sie schweigend Lenas Meisterwerke.

„Du hast ein gutes Auge", murmelte Sergio schließlich.

„Die Komposition ist das Entscheidende", sagte Lena. „Siehst du den streunenden Hund, der vor dem Restaurant auf Essensreste lauert?"

Sergio folgte ihrem Finger. Weitere Kontraste. Hunger und Sehnsucht direkt neben drallen Wangen und vollen Weingläsern.

Lena ging zu einem anderen Bild und sprach mit so leidenschaftlicher Stimme, dass Sergio ihr stundenlang hätte zuhören können. „Dieses Foto hier weist eine Symmetrie auf, aber sie wird durch die Reflexion in der Pfütze unterbrochen…"

Manche Aufnahmen zeigten Menschen, andere Orte. Einige wenige wie das Foto des Wasserfalls feierten schlicht die Schönheit der Natur, die meisten jedoch vermittelten eine soziale Botschaft.

Anscheinend verbarg sich in der talentierten Signorina Castamolino erheblich mehr als die Fähigkeit, angehende Starlets zu erdulden. In ihrer Arbeit steckte Leidenschaft. Wut und Freude, Verzweiflung und Hoffnung, alles in einem Paket.

„… so, dass die natürlichen Lichtpunkte auf das hinweisen, was wir nicht sehen wollen", beendete sie ihre Ausführungen und kehrte zur Aufnahme des Pantheons zurück.

Eine Weile schwiegen sie beide, und Sergio spürte, dass Lena diese Szene noch einmal durchlebte. Dann drehte sie sich ihm zu, und ihre Blicke begegneten sich. Große, strahlende Augen mit dem verräterischen Leuchten einer Gestaltwandlerin. Davor sollte er sie eigentlich warnen, doch er konnte sich nicht dazu durchringen, es in diesem Moment zu erwähnen. Nicht, solange er diesen schönen Anblick auf sich wirken lassen konnte. Ihr Duft umhüllte ihn wie ein Wirbelwind frischer, sauberer Luft, ihre Finger umschlossen die seinen.

Sergios Blick senkte sich auf ihre zitternden Lippen. Auf ihre Brust, die sich unterzunehmend tieferen Atemzügen hob und senkte, genau wie bei ihm. Auf die Röte ihrer Wangen, die besagte: *Küss mich.*

Das wollte er mehr als alles andere, und plötzlich verschwanden jegliche Gründe, es nicht zu tun, aus seinem Kopf. Sie waren Gefährten. Natürlich sollte er sie küssen.

Hitze flutete seinen Körper, als er sich näher beugte. Sein Herz setzte vorfreudig einen Schlag aus.

Sein Leben lang hatte er abfällig über Kitsch wie Liebe, Freude und Glück gedacht. Immerhin war er Soldat. Aber plötzlich... wow. Plötzlich wusste er Bescheid.

Liebe, meldete sich sein Wolf zu Wort.

Lenas Lippen zuckten nur einen Hauch von seinen entfernt.

Dann jedoch ertönte die schrille Stimme der Vermieterin vier Stockwerke unter ihnen. „Signorina Castamolino!"

Jäh sprangen sie auseinander.

„Signorina Castamolino", brummelte die Witwe. „*Sono più di cinque minuti.*"

Sergio seufzte. Mehr als fünf Minuten waren vergangen, angefühlt jedoch hatte es sich nach Sekunden. Nicht annähernd genug Zeit mit seiner Gefährtin.

Lena errötete und entzog langsam die Hände den seinen mit einer zugleich unschuldigen und sinnlichen Bewegung.

„Ich denke, du solltest jetzt gehen."

Der Nager von einem Hund kläffte, betonte die Botschaft seines Frauchens, und die Witwe hämmerte mit ihrem Stock gegen das Eisengeländer. Die Geräusche hallten durch das verwaiste Treppenhaus und ließen Sergio zusammenzucken.

„Wäre wohl besser." Er steuerte auf die Tür zu, dann drehte er sich noch einmal um. „Ich habe ernst gemeint, was ich gesagt habe. Halt dich von Vicente fern. Weißt du, er ist ein Wolfgestaltwandler."

Einen Moment lang wurde Lena blass, dann jedoch kehrte sie ihre harte New Yorker Fassade hervor. „War er der im Park?"

Sergio schüttelte den Kopf. Verdammt, nein. Das war ein unbedeutender Niemand gewesen, dem er eine Lektion erteilt hatte, nachdem Lena weg gewesen war.

„Du hättest es gemerkt, wenn es Vicente gewesen wäre", murmelte er stattdessen.

Langsam blies sie den Atem aus. „Du bist auch ein Wolf, und du arbeitest für Vicente. Bedeutet das nicht, ich sollte mich von dir fernhalten?"

Sergio unterdrückte ein Knurren. „Ich arbeite nicht für den Drecksack. Und ich bin nicht wie er."

Sergio sehnte sich danach, ihr alles zu erzählen. Wirklich alles, von seiner elenden Kindheit bis zu dem Tag, an dem sein Onkel versucht hatte, ihn für den Familienbetrieb zu rekrutieren. Es juckte ihn, Lena von der schicksalhaften Konfrontation mit seinem Onkel zu erzählen, von dem neuen Leben, das er in der Fremdenlegion gefunden hatte, und von dem nicht abstreifbaren Drang, nach Rom zurückzukehren. Aber dafür blieb keine Zeit. Die Vermieterin schien nämlich kurz davor zu stehen, die *carabinieri* zu rufen und ihn wegen Hausfriedensbruchs anzuzeigen.

Er trat halb durch die Tür hinaus und hoffte, die Vermieterin damit zu beruhigen. „Gestaltwandler sind wie Menschen. Manche sind *sfachimi* – doppelzüngige Mistkerle. Anderen kann man vertrauen."

Ihre unschuldigen Rehaugen besagten: *Ich vertraue dir.* Und es brach ihm geradezu das Herz. Was, wenn er sie nicht vor Leuten wie Vicente schützen könnte?

Sergio verdrängte den Gedanken und riss sich am Riemen. „Ich würde nie für jemanden wie Vicente arbeiten."

„Und für wen arbeitest du dann?"

„Für die Hüter", antwortete er, überrascht vom ehrfürchtigen Flüsterton seiner Stimme.

„Für wen?"

Er schwenkte die Hand. „Stell sie dir vor als... Wie hat die Organisation noch mal geheißen? *Vicino al Vicino?*"

Ein Lächeln bildete sich auf ihren Lippen, und sie nickte. „Nachbar zu Nachbar."

„So ähnlich, nur auf einer anderen Ebene."

Auf einer völlig anderen Ebene und mit Gestaltwandlern, von denen er einigen nicht vertraute, während andere ihm nicht vertrauten. Aber er hatte keine Zeit, das alles zu erklären.

„Meine Aufgabe besteht darin, im Auge zu behalten, was Vicente vorhat. Aber du… Vertrau mir, du musst Vicente um jeden Preis meiden."

Bei dem Namen legte sich ein Schatten über ihre Züge, dann erschien nach und nach ein verhaltenes Lächeln auf ihren Lippen. Hoffnungsvoll, beinah kokett.

„Dich muss ich nicht meiden, oder?"

Gern hätte Sergio gegrinst und zurückgeflirtet, aber sollte er es wagen? Es stand so viel auf dem Spiel – vor allem Lenas Sicherheit. Andererseits hatte er versprochen, ihr bei der Verwandlung zu helfen.

„Samstag", sagte er, bevor er die Dinge zerdenken konnte. „Würde das funktionieren? Um einen Ort für deine Verwandlung zu finden, meine ich."

Und um Zeit mit dir zu verbringen, wollte er hinzufügen.

Lenas Augen leuchteten auf, und sie straffte die hängenden Schultern. „Samstag wäre toll."

Und verdammt, was legte sein Wolf für einen Freudentanz hin. Zuerst würde er sie mit in seinen Lieblingspark nehmen und ihr beim Verwandeln helfen. Danach könnten sie zu ihm gehen und…

Sergio zügelte die außer Rand und Band geratenen Gedanken und zwang sich, die Stufen hinunterzusteigen.

„Dann bis Samstag. *Arrivederci*. Und Lena… " Er hielt an einer Biegung der Treppe inne und schaute zurück hinauf zu seiner Gefährtin. „Sei vorsichtig. Pass auf dich auf."

Kapitel 5

„Ein bisschen nach links... eine Spur nach rechts... “ Mit zusammengekniffenem Auge spähte Lena durch den Sucher.

„So?“ Amber schüttelte die Mädels auf und beugte sich zur Seite, versperrte die Sicht auf die Piazza Navona im Hintergrund.

Lena verbarg ihre Grimasse – wie so oft in den vergangenen fünf Tagen. Fünf Tage mit Fotoshootings in ganz Rom. Das Pantheon, das Forum Romanum, der Trevi-Brunnen... Amber wollte an jedem bedeutenden Wahrzeichen der Stadt abgelichtet werden, immer mit den Mädels prominent im Blickpunkt.

Insgesamt weit entfernt von der Art von Arbeit, nach der sich Lena sehnte. Von Zeit zu Zeit fokussierte sie die Kamera auf eine berührende Szene hinter Amber – zum Beispiel auf das gemischtrassige Paar, das ein Selfie schoss und Hals über Kopf verliebt wirkte. Oder auf einen Kellner, der hingebungsvoll eine alte, in einen warmen Wintermantel gehüllte Dame bediente. Aber für jedes Bild, das sie sich erschleichen konnte, entgingen ihr unzählige andere. Lena sehnte sich danach, sich von Amber loszueisen und stattdessen diese bedeutungsvollen kleinen Geschichten festzuhalten.

Natürlich hätte es auch schlimmer kommen können. Vicente war zum Glück nur bei einem Shooting dabei gewesen. Andererseits telefonierte er wahrscheinlich stattdessen irgendwo und brachte Hunderte Menschen um ihren Arbeitsplatz – oder ordnete einen Mafiamord an. Schlimmer noch, er könnte einen animalischen Angriff anordnen.

Weißt du, er ist ein Wolfgestaltwandler, hatte Sergio gesagt.

Ein Schauder lief Lena über den Rücken. Es war nur allzu leicht, sich Vicente als tollwütiges Monster vorzustellen. Aber auch Sergio war ein Wolfgestaltwandler und doch so völlig anders. In jener Nacht im Park hatte sich die Berührung seines weichen Fells so tröstlich angefühlt, und seine Augen hatten einen warmen, fürsorglichen Schimmer abgestrahlt. Ob als Mensch oder Tier, sie sah in ihm nur Ehre. Loyalität. Hingabe.

Was also traf zu? Waren Gestaltwandler furchterregende Bestien oder die leidenschaftlichsten, treuesten Gefährten der Welt?

Und wichtiger noch: Wozu gehörte sie selbst?

Was in dir steckt, ist lediglich eine andere Seite deiner Seele mit einem anderen Körper, hatte Sergio gesagt.

Lena biss sich auf die Unterlippe. In einem *völlig* anderen Körper. Einem, durch den sie in eine neue Welt geraten war, von der sie nie etwas geahnt hatte.

Sie sah sich um. Wie viele der Menschen auf den Straßen Roms waren Gestaltwandler? Könnte sich der flinke Kellner vielleicht in einen Kojoten verwandeln? Und was ist mit dem alten Mann, der hoch über dem Platz aus einem Fenster schaute? Könnte er sich in eine Eule verwandeln? Vielleicht in einen Falken?

Die Vorstellung von Gestaltwandlern war furchterregend, aber irgendwie gar nicht überraschend. Als hätte Lena tief in ihrem Inneren schon immer Gestaltwandler um sich herum gespürt.

„Zu schade, dass Vicente nicht hier ist." Amber seufzte theatralisch. „Aber ist schon in Ordnung. Er und ich wissen, wie man verlorene Zeit wieder aufholt." Ein anzüglicher Glanz trat in ihre Augen.

Lena verzog das Gesicht zu einer Grimasse und hoffte, dass sie sich in Bezug auf Vicente irrte. Allerdings hatte ihr unheimlicher sechster Sinn noch nie falsch gelegen.

Zum Glück war es ihr letzter Arbeitstag mit Amber. Dann könnte sie wieder nette, normale Paare fotografieren und nebenher Motive finden, die wirklich zählten. Sie würde sie nicht länger mit Ambers egozentrischer Überschwänglichkeit oder Vicentes reiner, siedender Bösartigkeit herumschlagen müssen.

Aber bedeutete das auch, dass sie keinen Umgang mit Sergio mehr haben würde?

Im Gegensatz zu Vicente war Sergio zu jedem Shooting gekommen und hatte Lena im wahrsten Sinne des Wortes um den Verstand gebracht. Nun ja, das war nicht ausschließlich gut gewesen, denn sie konnte sich bei all den Fantasien, die er in ihr auslöste, kaum konzentrieren. Unbändige Fantasien, die aus der Abgeschiedenheit der Nacht in den helllichten Tag herüberschwappten. Sie stellte sich vor, wie er sie im Bett verwöhnte. Oder an der Wand, wodurch sie sich auf die bestmögliche Weise verrucht fühlte. Unter dem Mondlicht, wo er sich in ihr bewegte und sie in Ekstase aufschreien ließ.

Lena räusperte sich, fingerte an den Einstellungen der Kamera und bemühte sich, nicht in Sergios Richtung zu spähen. Obwohl seine Züge ohnehin nichts verraten hätten. Sergio hatte diesen Gesichtsausdruck eines Bodyguards zu einer Kunstform erhoben. Unnahbar. Eindringlich. Tödlich. Oder war das eine Eigenheit von Gestaltwandlern?

So oder so, er schien immer zu wissen, wann sie kurz davorstand, in seine Richtung zu linsen. Nur, wenn ihr Blick ihn zufällig und unbemerkt streifte, sichtete sie flüchtig diesen sehnsüchtigen, wehmütigen Ausdruck, der manchmal über seine Züge huschte. Wollte er sie genauso sehr, wie sie ihn wollte?

Und herrje: War auch das eine Eigenheit von Gestaltwandlern? Noch nie hatte sie ein so konstantes, schwelendes Verlangen verspürt, gepaart mit dem intensiven Drang, mit einem Mann häuslich zu werden. Für immer.

Aber genau davor hatte ihre Mutter sie gewarnt, nicht wahr? Sich von einem unwiderstehlichen Fremden hinreißen zu lassen. Von einem, der sich als schwerer Fehler herausstellen könnte.

„Dieser Brunnen ist zu klein. Ich will zurück zu dem großen", beschwerte sich Amber.

Lena sah sich um. Sie befanden sich am Fontana del Moro. Bernini hatte eine der Statuen erschaffen, und der Brunnen war über vierhundert Jahre alt. Nicht gut genug?

„Das ist ein echt berühmter Brunnen", versuchte es Lena.

Amber wirkte nicht beeindruckt. „Der andere gefällt mir besser. Wie hieß er noch mal?"

„Trevi-Brunnen", murmelte Lena und schoss noch ein paar Bilder.

„Ich hab 'ne tolle Idee. Ich könnte ein weißes T-Shirt tragen und mich nass machen."

Nein, nicht in Rom, wäre Lena beinah herausgerutscht. Aber Amber hatte ohnehin bereits eine andere Idee.

„Oder halt. Vielleicht ein rotes Kleid. Rot ist sexy. Provokativ. Oder noch besser – gehen wir ins Kolosseum. An der Botschaft kann Gary nicht vorbei." Ambers Augen funkelten.

Lena konnte es sich bildlich vorstellen: Amber in einem sexy Domina-Outfit, so angepasst, dass sie wie eine Gladiatorin aussah.

„Man muss stundenlang Schlange stehen, um ins Kolosseum zu kommen", merkte Lena an.

Amber legte die Stirn in Falten. „Mal sehen, ob Vicente für mich ein paar Fäden ziehen kann. Aber unabhängig davon, wie wär's damit?" Sie stellte ein Bein auf den Rand des Brunnens, ließ den Rock zurückfallen und entblößte blasse Oberschenkel.

„Äh, gut." Lena knipste ein paar weitere Aufnahmen. „Was hältst du von einer kurzen Pause?"

Amber zog einen Taschenspiegel hervor und überprüfte ihr Make-up. Lena griff nach der Wasserflasche in ihrem Rucksack. Aber als ihre Hand den falschen Diamanten streifte, strömte Hitze durch sie, und sie erstarrte.

„Bereit für noch ein paar?", rief Amber, die Lena wie üblich nicht wirklich zugehört hatte. „Wie wär's damit?" Sie zog die Seiten ihrer zu tief ausgeschnittenen Bluse auseinander und entblößte noch mehr nackte Haut.

Basta! wollte Lena brüllen. *Genug!*

Aber Amber kannte das Konzept von *genug* nicht. Jedenfalls nicht, wenn es darum ging, ihren ehemaligen Lover eifersüchtig zu machen oder sich selbst zu promoten. Abgesehen davon hatte Lena üblere Probleme. Ihre Haut juckte, und ihre Knochen knackten so wie jedes Mal, wenn sie sich zu verwandeln begann.

„Verdammt...", murmelte sie. *Nicht jetzt. Bitte.*

Amber runzelte die Stirn. „Was ist denn? Seh ich nicht gut aus?"

Sergio schnaubte bei sich – so leise, dass es vermutlich nur Lena wahrgenommen hatte. Und selbst ihr wäre es entgangen, wäre ihr Gehör nicht plötzlich doppelt so empfindlich gewesen wie vor dem Beginn der Verwandlung. Auf einmal nahm sie Geräusche wahr, die sie noch nie zuvor gehört hatte: das hohe Greinen des Kühlerlüfters eines vorbeifahrenden Lieferwagens, das leise Gurgeln des aus dem Springbrunnen abfließenden Wassers.

„Du siehst spitze aus. Ich muss nur das Licht richtig hinbekommen", behauptete Lena schnell.

Das war geschwindelt. Aber na ja, sie konnte schließlich nicht gut sagen: *Es liegt an meinen Fingern. Ich glaube, sie verwandeln sich wieder in Klauen.*

Etwas tippte an einen Winkel ihres Geists. Als sie aufschaute, erblickte sie Sergio in seinem üblichen dunklen Anzug, perfekt auf jede kraftvolle Kontur seines Oberkörpers zugeschnitten. Der Mann sah sündhaft gut aus. Und er wirkte mit diesem lässigen Blick eines Draufgängers und dem entschlossenen Ausdruck um die Lippen auch sündhaft cool. Äußerlich knallhart. Innerlich fürsorglich. Sogar herzlich. Gefühlvoll. All die Dinge, die ein Mann nicht verbergen konnte, da sie sich durch die Augen offenbarten.

„Also, ich dachte mir, wir könnten in drei Tagen, wenn ich wieder frei bin, ein Shooting im Vatikan machen." Amber warf das Haar zurück.

„Am Sonntag?", fragte Lena zweifelnd und beugte die Finger.

Alles gut. Alles gut, belog sie sich.

Bestimmt würde sie dieses Problem bewältigen. Sie konnte alles bewältigen. Zumindest konnte sie so tun, als könnte sie es.

Konzentrier dich auf deine Finger. Stell dich dir als Mensch vor, hatte Sergio ihr geraten.

„Sonntag ist perfekt. Da können mir mehr Leute beim Posieren zusehen." Amber klimperte mit den Wimpern. „Und ich habe gehört, diese Schwedengardisten sind ein echter Augenschmaus.“

„Schweizergardisten“, murmelte Sergio.

„Wie auch immer.“ Amber schwenkte unbekümmert eine Hand.

Mittlerweile fühlte sich Lenas Haut von Minute zu Minute trockener und straffer an.

„Bitte nicht jetzt“, flüsterte sie. Nicht am helllichten Tag.

Aber ihre Finger verlängerten sich weiter, ihre Nägel wurden zu scharfen Krallen.

Gott sei Dank trat Sergio in dem Augenblick vor und versperrte die Sicht auf Lena. Amber plapperte munter vor sich hin, ohne etwas mitzubekommen. „Ich könnte Weiß tragen...“

„Alles gut“, flüsterte Sergio zu Lena. „Sieh deine Finger an. Konzentrier dich auf sie.“

Lena versuchte es. Aber Mist: Die Haut ihrer Handrücken wurde zäh und ledrig.

Sie schnappte nach Luft. „Ich muss weg von hier.“

Sergios Stimme klang abgehackt und knurrend. „Konzentrier dich. Stell dich dir als Mensch vor, ein Körperteil nach dem anderen. Fang mit den Fingern an. Hier.“

Er ergriff ihre Hände, und allmählich verlangsamte sich ihr rasender Puls.

„Oh, ich könnte ein Kruzifix tragen“, plapperte Amber weiter. „Eine großes, wie Madonna.“ Bemerkte sie überhaupt, dass sie völlig ignoriert wurde?

„Du hast das Sagen, nicht dieser andere Teil von dir“, flüsterte Sergio.

Lena schnaubte beinah. Jener *andere Teil* von ihr hatte Krallen, eine Schnauze und einen Schwanz. Wie zum Teufel sollte sie das kontrollieren? Je mehr sie darüber nachdachte, desto mehr flippte sie aus.

Zum Glück begann Amber, mit einem Mann zu flirten, der ihr zugejohlt hatte und dann für ein Selfie mit ihr herüberstolziert war. Offenbar hielt er Amber für einen echten Star.

„Du bist der Boss, Lena“, murmelte Sergio und rieb ihre Schulter.

Und wow: Vielleicht war Sergio nicht nur ein halber Wolf. Vielleicht war er auch ein Zauberer. Jedenfalls wirkten seine Worte wie Magie und verliehen ihr das Gefühl, dass sie tatsächlich das Sagen hatte – nicht nur über ihren Körper, sondern über ihre gesamte Welt. Sogar über ihr Schicksal.

„Gut. Jetzt sperr das Tier zurück in seinen Käfig."

Lass mich raus! verlangte eine knurrende Stimme aus der Tiefe ihrer Seele.

„Ignorier es", zischte Sergio, als hätte er die Worte gehört. „Es bekommt später Gelegenheit, herauszukommen. Aber jetzt muss es sich benehmen."

„Kommst du?", rief Amber, nachdem sie mit ihrem neuen Freund die Telefonnummern ausgetauscht hatte.

„Nur eine Sekunde", rief Lena mit zittriger Stimme zurück.

„Stell klar, wer der Boss ist", fuhr Sergio mit derselben leisen, rauen Stimme fort. Ein Tonfall, der besagte: *Ich glaube an dich.* „Nichts und niemand kontrolliert dich. Nicht der Mond. Nicht deine Bestie. Niemand."

Lena schloss die Augen und ließ die Worte in ihrem Kopf widerhallen. Aber das führte sie nur an einen beängstigend dunklen und einsamen Ort. Also schlug sie die Lider wieder auf – und sah direkt in Sergios tiefe, intensive Augen.

Du bist der Boss.

Ihr Herzschlag verlangsamte sich, der unerträgliche Juckreiz ihrer Haut ließ nach.

Ich habe das Sagen, redete sie sich in Gedanken vor.

Erstaunlicherweise funktionierte es. Ihre Finger blieben Finger, ihre Haut wurde wieder normal, die Stimme in ihrem Kopf wurde leiser und leiser. Lena blinzelte ein paar Mal, dann straffte sie die Schultern.

Wow, ich hab's geschafft, musste ihr Lächeln vermitteln.

Sergio grinste zurück. *Ich wusste, dass du es kannst.*

Lena holte tief Luft und fühlte sich stärker denn je zuvor. Sogar aufgeregt. Vielleicht war es gar nicht so schlimm, ein Gestaltwandler zu sein. Vielleicht könnte sie den Dreh noch herausbekommen.

Dann jedoch quiekte Amber und ließ Lenas kurzlebige Blase der Ruhe zerplatzen.

„Vicente!"

Sergio wirbelte herum, brachte den Körper zwischen Lena und den Mann, der auf sie zusteuerte.

Vicente trat nach einer Straßenkatze, die schrill miaute und davonrannte. Etliche Köpfe drehten sich bei dem Geräusch um, und Vicente grinste. Er nahm seine Zigarre aus dem Mund und begrüßte Amber mit einem intimen, zweifellos verrauchten Kuss.

Igitt. Lena zog sich alles zusammen.

Amber hingegen schien es nicht zu stören. Tatsächlich machte sie leidenschaftlich mit, und schon bald verwandelte sich die Begrüßung in eine fummelnde, exhibitionistische Mischung aus Umarmen, Lecken und Küssen, die jeden im Umkreis von hundert Metern zu einem ausgiebigen Blick auf die Darbietung einlud.

Seht nur, proklamierte ihre Gestik. *Seht, wie gut wir reichen, schönen Menschen es haben.*

Als Amber von dem freizügigen Schauspiel aufschaute, zwinkerte sie der Kamera zu. Dann sah sie Lena an, als wollte sie fragen: *Hast du das festgehalten?*

Lena bewegte den Finger über die Knöpfe der Kamera und tat so, als hätte sie es eingefangen.

Vicente betastete die Rüsche an Ambers Dekolleté. „Siehst gut aus, *pulcina*. Schade, dass ich nicht lange bleiben kann."

Amber setzte eine Schmollmiene auf. „Aber Big V, du hast gesagt ... "

Lenas Augenbrauen schossen hoch. Big V?

Vicente klatschte Amber mit einer groben, achtlosen Geste die Hand auf den Mund. Unwillkürlich zuckte Lena zusammen. Wenn das Vicente mit guter Laune war, wie gefährlich musste der Mann dann erst mit schlechter Laune sein?

„Keine Zeit, *pulcina*." Er paffte an seiner Zigarre und hielt sein Handy hoch. „Arbeit."

Amber verschränkte die Arme, als wollte sie ihm den herrlichen Anblick ihrer Mädels verweigern. „Du arbeitest andauernd."

So bezahlt man Rechnungen, hätte Lena beinah gemurmelt.

„*Bella,* keine Sorge. Ich mach's wieder gut. Dieses Wochenende. Auf meiner Jacht."

Amber klatschte freudig in die Hände, als hätte sie bei einer Gameshow gewonnen, dann warf sie sich erneut in seine Arme. „Deine Jacht? Spitze!"

In ihren Augen leuchtete Gier, während Vicente... Lena wandte den Blick von der verstörenden Kombination aus egozentrischem Machismo, Lust und Machtdurst ab. In gewisser Weise passten Vicente und Amber perfekt zusammen. Allerdings schauderte Lena beim Gedanken, wie die unvermeidliche Trennung ablaufen würde. Ließ Vicente überhaupt zu, dass Frauen mit ihm Schluss machten? Oder wurden sie dann Opfer tragischer Unfälle?

Amber schnurrte geradezu und klatschte erneut in die Hände, als ihre neueste Spitzenidee sie ereilte. „Kann ich meine Fotografin mitbringen?"

Alle Farbe entwich aus Lenas Gesicht. Vicente behandelte Frauen wie Spielzeug und führte sich auf, als gehörte ihm halb Rom. Wie übel würde es erst an Bord seines eigenen schwimmenden Königreichs sein?

Sergio machte hinter Vicentes Rücken eine schneidende Geste – als hätte Lena der Warnung bedurft.

Vicente zuckte mit den Schultern. „Klar. Bring mit, wen du willst." Dann setzte er ein breites Grinsen auf und drehte sich zu Sergio um. „Vielleicht lade ich sogar dich ein."

Sergios Gesichtszüge wurden hart wie Stein, und ein nervöses Zucken zeigte sich in seiner Wange.

„Da habe ich schon einen Termin", versuchte Lena, sich herauszuwinden.

Vicente wirbelte zu ihr herum. Schlagartig fühlte sie sich wie ein Reh im Fadenkreuz eines Hochleistungsgewehrs. „Sag ihn ab." Seine Stimme war kalt, gebieterisch und fuhr ihr bis in die Knochen.

Lena erstarrte. Gott. Was sollte sie tun?

Sergio trat vor, und als sich Vicente herausfordernd in seine Richtung drehte, steigerte sich die Spannung in der Luft schlagartig.

„Sei nicht albern." Amber lachte, ahnungslos wie immer. „Vicente zahlt das Doppelte. Machst du doch, Darling, oder?"

Lena zermarterte sich das Hirn nach einem Ausweg. Aber wie konnte er aussehen?

Vicente wandte sich mit einem breiten, falschen Lächeln wieder ihr zu. „Zweitausend Euro. Pro Tag. Bar auf die Hand."

Lenas Magen brodelte. Vicentes Vorschlag sollte sie entwürdigen und Sergio provozieren. Jede Frau bei klarem Verstand hätte auf dem Absatz kehrtgemacht und wäre davongestapft.

Aber es schien, als wäre ein kleiner Teufel auf ihrer Schulter erschienen und flüsterte: *Denk an all das Geld...*

Mit viertausend Euro könnte sie sich einen Monat lang der Arbeit widmen, die ihr wirklich am Herzen lag. Sie könnte lange, epische Spaziergänge durch die Stadt und auf dem Land unternehmen und Fotos schießen. Das wäre eine Chance, ein ordentliches Portfolio zusammenzustellen und außerdem ein paar Kontakten nachgehen. Sie könnte sogar wählerisch sein, an wen sie ihre Fotos lizenzierte. Kleine gemeinnützige Organisationen hatten keine üppigen Budgets, aber sie könnte zur Abwechslung ihre Prinzipien über Geld stellen. Und wer weiß? Ein Bild sagte mehr als tausend Worte. Vielleicht würden ihre Fotos sogar dazu beitragen, wichtige Botschaften zu vermitteln. Die Menschen dazu anregen, nachzudenken. Zu wählen. Für das einzutreten, was richtig war.

Und mal ehrlich: Wie schwer konnte es schon sein, noch ein paar Tage mehr mit Amber zu ertragen? Lena könnte sich einfach unscheinbar verhalten, abkassieren und schleunigst das Weite suchen. Manche Aktivistinnen riskierten Haftstrafen für die Anliegen, an die sie glaubten. Also würde sie wohl ein Wochenende auf einer Luxusjacht überstehen.

Sergios Augen blitzten. *Denk nicht mal darüber nach.*

Aber das musste sie. Und im Ernst: Konnte Sergio nachvollziehen, was sie dadurch erreichen könnte?

Nein. Absolut nicht, besagte Sergios harter Blick.

Er meinte es nur gut mit ihr, wollte sie beschützen, was Lena jedoch aus irgendeinem Grund widerstrebte. Immerhin war sie ihre eigene Herrin, oder? Eine starke, unabhängige Frau, keine Trulla, die auf die Zustimmung gutaussehender Fremder wartete.

„Ich mache es", verkündete Lena.

Vicentes Gesichtsausdruck wurde selbstgefällig und vermittelte: *Das wusste ich.*

Ein bitterer Geschmack breitete sich in Lenas Mund aus, aber sie schluckte ihn hinunter. Gut. Sollte Vicente ruhig glauben, er hätte gewonnen. Bekommen würde er nur weitere Fotos von seiner *pulcina* – seinem Küken. Lena hingegen würde genug verdienen, um sich etwas wirklich Lohnenswertem widmen zu können und der Welt einen Stempel aufzudrücken. Und wenn es nur ein bescheidener Stempel wäre, trotzdem würde er es wert sein.

Amber hängte sich bei Vicente ein. „Perfekt. Dann machen wir für heute Schluss. Ich muss noch shoppen gehen und dann für die Jacht packen. Ich melde mich."

Lena sah ihnen nach, als sie gingen, und sie mied Sergios Blick, so lange sie konnte. Als sie schließlich weg waren, schüttelte Sergio verbittert den Kopf. Offensichtlich hatte Lena ihn enttäuscht, was unverhofft schmerzte.

„Du hast keine Ahnung, worauf du dich gerade eingelassen hast", murmelte er.

Lena biss sich auf die Unterlippe. Richtig, hatte sie nicht, aber sie hatte ihre Gründe. „Das könnte der Durchbruch sein, den ich brauche. Meine Chance, etwas zu bewirken."

Sergio seufzte müde. „Soldaten sagen das, wenn sie in die Schlacht ziehen. Aber sie kehren nur mit Narben zurück – wenn überhaupt."

Kälte kroch Lena durch die Adern, aber sie blieb standhaft. „Das ist wichtig." Dann fächelte sie mit der Hand und versuchte, einen unbeschwerten Ton anzuschlagen. „Wie auch immer, du musst ja nicht kommen."

Er schüttelte entschieden den Kopf. „Wenn du hingehst, gehe ich auch."

Sein Tonfall klang scharf, kompromisslos. Aufrichtig, als legte er ein Gelübde ab – eines, für das er bis zum Tod kämpfen würde.

Lena schluckte. Für sie?

„Bitte versteh doch. Ich muss hingehen“, flüsterte sie.

Ein langes, unbehagliches Schweigen breitete sich zwischen ihnen aus. Ein Schweigen, das sich wie ein bedeutsamer Scheideweg anfühlte, wenngleich Lena nicht zu sagen vermochte, weshalb.

Dann trat Sergio in den Boden und nickte mürrisch. „Du bist der Boss.“ Er seufzte. „Du bist der Boss.“

Kapitel 6

„*Benvenuto a bordo.* Willkommen an Bord.“

Sergio blickte finster drein, als eine Hostess die nächste Gruppe von Gästen an Bord der Megajacht von Vicente begrüßte. Es kamen stündlich mehr Leute an, und alle wirkten angemessen beeindruckt von der *Audace*.

Verwegen. Sergio schnaubte. Typisch für Vicente, sich einen solchen Namen auszudenken.

Die Jacht stand für alles, was Sergio an Reichtum verachtete – und beneidete. Die *Audace* verfügte über jeden erdenklichen Luxus und über Schnickschnack, von dem er nie geträumt hätte, zum Beispiel ein U-Boot für zwei Personen. Hinzu kamen eine Flotte von Jetskis, ein Hubschrauber, ein Infinity-Pool, ein Aufzug, Tauchausrüstung, ein vom Boden bis zur Decke reichendes Aquarium mit einem Riffhai und – nun ja, noch einiges mehr. Wenn sich Vicente mit diesen Extras tatsächlich vergnügt hätte, wenn er sie wirklich geschätzt hätte, wären sie für Sergio noch einigermaßen in Ordnung gewesen. Aber Vicente war wie Amber – alles zielte nur darauf ab, damit anzugeben, nicht darauf, sich ein schönes Leben zu machen.

Sergio starrte ins trübe Wasser der Bucht. Gott, wie er Boote hasste. Er konnte das Meer nicht leiden.

Visionen eines gequälten Gesichts und panischer Hände erfüllten seinen Geist. Sein Vater war ertrunken – oder vielmehr von seinem eigenen, eineiigen Zwilling, Sergios machthungrigem Onkel, unter Wasser gehalten worden, bis er ertrank. Und der siebenjährige Sergio hatte es bezeugt.

Was die Frage aufwarf: Was machte er hier?

Lena beschützen, brummte sein Wolf.

Richtig. Und hinzu kam die zweite Aufgabe, die ihm die Hüter übertragen hatten: mehr über Vicentes geheimnisvollen VIP-Gast des Abends in Erfahrung zu bringen.

Es braut sich Ärger zusammen, hatte Dante gesagt. *Ich kann es in den Knochen spüren.*

Normalerweise hätte Sergio den alten Drachen nicht allzu ernst genommen. Aber dass Vicente ihn offen an Bord der Jacht eingeladen hatte – also beinah damit protzte, dass ihm nichts und niemand etwas anhaben könnte –, verhieß nichts Gutes.

Gern doch, komm nur und sieh dir meine Jacht, meine Villa, meinen Privathubschrauber an. Versuch ruhig, irgend- welchen Dreck über mich auszugraben.

Sergio runzelte die Stirn. Der Dreck war vorhanden. Davon war Sergio überzeugt. Aber Vicente hatte ihn unter etlichen Betonschichten versteckt.

Sergio legte die Hände auf die Reling. Was gäbe er nicht dafür, Marco als Verstärkung dabeizuhaben. Aber Marco flog Patrouillen als Schutz vor der allgegenwärtigen Bedrohung durch die Lombardis.

„Wie ist das?", ertönte eine schrille Stimme.

Sergio knirschte mit den Zähnen. Amber, die wieder für die Kamera posierte. Woher nahm Lena nur die Geduld, mit dieser egozentrischen Tussi zu arbeiten?

Sie befanden sich auf dem Achterdeck, wo Lena beim fünften Shooting des Tags pflichtbewusst die Kamera auf Am- ber richtete. Es war ein sehr langer Tag auf einer Jacht, die vor Plätzen strotzte, an denen sich Amber präsentieren konn- te. Lena hatte bereits eine Serie schamloser Bikini-Aufnahmen angefertigt. Außerdem hatte sie es ertragen, Amber mit Ka- pitänsmütze abzulichten, während sie es praktisch mit dem Steuerrad getrieben hatte. Dann war da noch das Shooting mit dem Neoprenanzug, dessen Reißverschluss Amber den hal- ben Oberkörper hochgezogen hatte, damit er ordentlich eng an diesen überdimensionierten, künstlichen Brüsten anlag und sie dem Beobachter förmlich ins Auge sprangen. Wie Lena das Mittagessen im Magen behalten konnte, überstieg Sergios Ver- stand.

Schließlich hatte es noch eine Serie gegeben, bei der das Starlet in Schuhen mit Pfennigabsätzen an der Bar gesessen hatte. Und jetzt das. Ein Fotoshooting in Abendgarderobe. Amber in einem Kleid, dort tief ausgeschnitten, wo es hoch hätte sein sollen – von ihrem Dekolleté hatte Sergio wirklich mehr als genug gesehen –, und hoch, wo es tief hätte sein sollen, beispielsweise an den Oberschenkeln.

Im Vergleich dazu war Lena eine Augenweide, ohne es zu versuchen. Sie trug eine lila Bluse, sandfarbene Capris und ein Paar dazu passender Sandalen. Ein Schick dezenter Art, an den keine der übertrieben geschminkten Schönheiten an Bord der *Audace* heranreichte.

„Juhu, Vicente." Amber blies einen Kuss durch ihre Botox-Lippen.

Vicente nickte kaum, als er telefonierend auf dem Achterdeck auftauchte, flankiert von zwei sexy jungen Hostessen. Die Frauen hatten einen völlig nichtssagenden Gesichtsausdruck aufgesetzt, obwohl ihr klebrig-süßer Geruch deutlich davon zeugte, dass sie vor nicht allzu langer Zeit einen dampfheißen Dreier mit ihrem Boss gehabt hatten.

Hinter ihnen folgten schwerfällig die üblichen Leibwächter – Tolino und Luigi, beide groß, beide muskulös und beide unmöglich zu durchschauen. Wie sich die Männer ein Grinsen verkneifen konnten, überstieg Sergios Vorstellungskraft.

Eine der Hostessen trug ein Tablett mit Horsd'œuvres, die andere ein Tablett mit Getränken.

Sergio lehnte beide Angebote mit einer Handbewegung ab. „Kein Appetit."

„Ich freue mich darauf, Sie bald zu sehen, *signore*", murmelte Vicente ins Telefon. „Keine Sorge wegen der Verzögerung."

Sergio schaute zum Horizont. Schon den ganzen Tag lang merkte man der Besatzung der Jacht erwartungsvolle Nervosität an, weil zur abendlichen Cocktailparty ein ultra-wichtiger VIP kommen sollte. Nur wer?

„*Arrivederci*", brummte Vicente und beendete den Anruf. Dann schnippte er mit den Fingern und rief Amber wie einen Hund zu sich. „Meine Gäste warten."

Amber eilte an seine Seite, gurrte und rieb Vicentes Brust. „Gefällt dir mein Kleid nicht?"

„*Bellissima*", verkündete Vicente.

Eine der Hostessen konnte sich ein Grinsen nicht verkneifen. Hatte Vicente unlängst dieselbe Erklärung bei der Erkundung ihres Körpers abgegeben?

„Schnell. Noch ein Foto." Amber winkte Lena zu, die emsig knipste und dabei die Zunge hütete. Wir üblich blieb sie unauffällig, was gut war. Je weniger Notiz Vicente von Lena nahm, desto besser.

Wenngleich Sergio nicht nachvollziehen konnte, wie es überhaupt möglich war, Lena zu übersehen. Sie mochte ruhig und zurückhaltend sein, doch ihr inneres Leuchten war schlichtweg faszinierend. Außerdem wechselte ihr Aussehen einer Frau von nebenan bei unverhofften Gelegenheiten in Augenblicke atemberaubender Schönheit.

So wie jetzt, brummte sein Wolf.

Die Sonne ging unter, und die goldenen Schattierungen brachten die natürlichen Glanzpunkte ihres Haars noch besser zur Geltung.

Bellissima, hätte Sergio beinah gehaucht.

Eiskalte Luft strömte aus der klimatisierten Kabine, als die Hostess die Schiebetür aufzog, und der Trubel der Party störte empfindlich die relative Ruhe des Achterdecks. Kaum waren Amber, Vicente und sein Gefolge eingetreten, schlossen sich die Türen wieder und dämpften den Lärm.

Seufzend drehte sich Sergio zum Sonnenuntergang um und beobachtete argwöhnisch das Meer. Flüsse und Bäche waren in Ordnung, aber große offene Gewässer weckten allerlei hässliche Erinnerungen.

„Wie hältst du das nur aus?", murmelte er und achtete darauf, den Blick auf den Horizont gerichtet zu lassen.

Für den zufälligen Beobachter waren Lena und er nur zwei Personen, die sich zur gleichen Zeit am gleichen Ort aufhielten, keine zwei Menschen, deren Körper hemmungslos nacheinander riefen.

Lena tat so, als sähe sie die Fotos durch, die sie aufgenommen hatte. „Genau wie du", flüsterte sie und bewegte dabei kaum die Lippen. „Es ist ein Job, mehr nicht."

Er wollte den Kopf schütteln. Fotografieren war nicht ihr Job, sondern ihre Leidenschaft.

„Tja, ein Job, den ich nur zu gern beenden werde", erwiderte er, während er beobachtete, wie Wellen gegen den Rumpf schwappten.

Die *Audace* lag in der Mitte einer Bucht vor Anker, nicht weit von Ostia Antica, dem antiken Hafen von Rom. Im Westen tünchte die Sonne das Wasser in ein schillerndes Spektrum von Farben, während sie die Hügel auf dem Festland grünlichgolden zum Schimmern brachte. Ein hübscher Anblick, und dennoch: Sergio konnte es kaum erwarten, wieder festen Boden unter den Füßen zu haben.

„Ich werde auch froh sein, wenn ich damit fertig bin", flüsterte Lena und richtete die Kamera auf den Sonnenuntergang.

Die Kabinentür glitt auf, und der Partylärm erfasste das Deck erneut.

Amber trat heraus, die Züge zu einer Grimasse verzogen. „Lena. Lena!"

Sergio trat unscheinbar beiseite, machte sich für Amber so unsichtbar wie alle Mitarbeiter reicher Snobs.

„Hilf mir damit", verlangte Amber und fingerte an ihrer Halskette.

Sergio spannte den Körper an. Es handelte sich um Lenas Diamanten. Ein Teil eines Drachenschatzes, wenn es tatsächlich der Edelstein war, den die Wächter als Köder ausgelegt hatten. Amber hatte darauf bestanden, die Halskette für eines der Fotoshootings zu verwenden, und sie sich nie die Mühe gemacht, das Schmuckstück zurückzugeben.

Als Sergio den Edelstein die ersten paar Male gesehen hatte, war er ihm wie eine billige Imitation vorgekommen – stumpf bis auf die wenigen strahlenden Ausnahmen, wenn Amber ihn berührte. Aber je mehr Zeit verging, desto echter sah der Stein aus. War das eine Auswirkung der Nähe einer Feuertochter? Wies er womöglich auf sie hin, bis man die Auserwählte praktisch nicht mehr übersehen konnte?

Sergio verzog das Gesicht zu einer Grimasse. Feuertöchter konnten das Schicksal einer ganzen Stadt formen. Wie also konnte das Schicksal für eine so entscheidende Rolle ausgerechnet Amber auserwählen? Andererseits hatte sich das Schicksal schon mit Frauen wie Viola Viduzzi einen Scherz erlaubt, der Feuertochter, die kaum mehr getan hatte, als ihr Leben mit Partys zu verbringen.

„Die Kette juckt. Ich hasse sie", zeterte Amber. „Mein Haar verheddert sich ständig darin."

Dann trag sie halt nicht, hätte Sergio sie gern angeherrscht.

Vicente folgte Amber heraus und schleuderte Lena einen vernichtenden Blick zu, als wäre es ihre Schuld, dass sich seine Gespielin nicht an seinen Arm klammerte, wo sie hingehörte.

„*Sbrigati*", brummte er mit knurrendem Unterton. *Beeil dich gefälligst.*

Seine Bodyguards sahen Lena ebenfalls finster an, und Sergio musste sich zusammenreißen, um nicht die Zähne zu fletschen.

Dann barg Lena den Verschluss aus dem toupierten Gewirr von Ambers Mähne, und der Sonnenuntergang fing sich in einer der Facetten des Diamanten, brachte ihn rot zum Leuchten. *Richtig* rot. Schier unmöglich rot.

Übernatürlich rot.

Sergios Wolf wechselte in höchste Alarmbereitschaft, vor allem, als er sah, wie ein gieriger Schimmer in Vicentes Augen trat. Auch Tolino, der Leibwächter, bemerkte es.

Der Eruzzi-Diamant aus dem Schatz von Augusta, einer direkt von Königin Liviana abstammenden Feuertochter. Die Worte des alten Drachenhüters Dante hallten durch Sergios Geist. *Das Zusammensein mit einer Feuertochter würde Vicente in eine völlig neue Sorgenkategorie für uns katapultieren...*

Bei der Möglichkeit wurde Sergio übel. Schlimm genug, sich Amber als regierende Feuertochter der Stadt vorzustellen. Aber der Gedanke an Vicente, der diese Macht durch sie manipulierte, war noch schlimmer. Bestimmt wollte das Schicksal sie alle bloß auf den Arm nehmen.

Gott sei Dank rief einer der Gäste: „Ein Toast auf den Gastgeber!"

„Der Gastgeber mit dem heißesten Feger", witzelte jemand anders.

Vicente drehte sich grinsend seinen Gästen zu.

„Aua. Der Anhänger ist heiß", klagte Amber. „Nimm mir die Kette ab."

„Einen Moment." Lena fummelte am Verschluss.

Als sie die Halskette entwirrte, gleißte der Edelstein heller. So hell, dass Sergio beinah die Augen abschirmen musste. Vicente setzte dazu an, sich wieder Lena und Amber zuzudrehen, doch wie durch ein Wunder trat Tolino vor, der Leibwächter, und versperrte ihm die Sicht. Als Vicente wieder freies Blickfeld hatte, schloss Lena gerade die Hand um den Edelstein, und das Licht verblasste.

„So", murmelte sie und ließ die Halskette in der Tasche verschwinden.

„Endlich", brummelte Amber und eilte zurück zu Vicente.

Dessen Blick schnellte zwischen Amber und Lena hin und her. Dann zuckte er mit den Schultern und wandte sich wieder der Party zu.

Sergio hatte in der Zwischenzeit regungslos ausgeharrt. Er hatte die ganze Zeit angenommen, dass Amber die Feuertochter wäre. Aber der Edelstein hatte für Lena geleuchtet, nicht für Amber.

Hab dich überlistet, was? ertönte die tiefe, raue Stimme des Schicksals lachend in seinem Ohr.

Sergio öffnete und schloss vor stummer Überraschung den Mund. Konnte es wirklich sein?

Er dachte an das allererste Mal zurück, als er den Diamanten gesehen hatte. Es war an der Spanischen Treppe gewesen, und er hatte aufgeblitzt, als Lena ihn berührt hatte. Lena war diejenige, die das Licht und die Macht des Edelsteins hervorlockte. Sogar jetzt spürte er ein elektrisierendes Knistern, das durch seine Nerven ging.

Sein Puls hämmerte wild, als er sie anstarrte und flüsterte: „Feuertochter… "

Und einfach so fügten sich alle Teile zusammen. Lenas italienisches Erbe. Die durch ihre Ankunft in Rom ausgelöste Verwandlung – eine Stadt, die seit Jahren nach ihr gerufen hatte.

„Komm schon", rief Amber. „Ich will, dass du ein paar Aufnahmen von der Party machst."

Es verlangte Sergio alle Selbstbeherrschung ab, Lena nicht zurückreißen und zu brüllen: *Nein, nein, nein, nein, nein.*

Seine Gedanken überschlugen sich. Er musste Lena von der Jacht schaffen, und zwar schleunigst. Vicente hatte nicht gesehen, wie sie das Leuchten des Edelsteins auslöste. Aber wenn er es zufällig mitbekäme...

Sergio drehte sich der Magen um.

Er warf einen Blick zu Tolino. Hatte der Bodyguard etwas bemerkt? Als Wolfgestaltwandler würde er vielleicht um die Bedeutung wissen.

Aber Tolino stapfte ohne einen Blick zurück hinter Vicente her.

Sergio atmete erleichtert auf und begann zu planen, wie er Lena von dem Schiff bekommen könnte. Einfach mit ihr abzurauschen, würde Aufmerksamkeit erregen, und das konnte er sich nicht leisten. Letztlich ertrug er vierzig nervenaufreibende Minuten, die er bang schwitzend verbrachte. Zweifellos wollte das Schicksal seine Geduld auf die Probe stellen. Und ihm dabei schadenfroh schmunzelnd über die Schulter schauen.

Ich habe die Wahrheit vor dir verborgen. Aber jetzt siehst du sie.

Verdammt, ja. Das tat er. Und er musste Lena sofort wegbringen.

Aber irgendetwas sagte ihm, dass der Versuch nach hinten losgehen könnte. Also hielt er eine weitere Viertelstunde durch. Das Schicksal wollte einen Beweis, dass er mehr als ein weiterer sturer Wolf war? Gut, dann würde er ihn antreten. Und wenn es ihn umbrächte.

Schließlich drehte der DJ die Musik lauter, und die Party geriet voll in Gang. Sergio manövrierte Lena leise und subtil in einen Gang für Dienstpersonal.

„Puh." Lena blies die Luft aus, als sich die Tür hinter ihnen schloss. „Du hast mich gerettet."

Noch nicht. Aber er hatte es auf jeden Fall vor.

„Der Diamant... "

Instinktiv berührte Lena ihre Tasche. „Was ist damit?"

Sergio senkte den Blick – und wow: Der Edelstein leuchtete praktisch durch den Stoff hindurch.

Zum hundertsten Mal verfluchte sich Sergio. Wie konnte er davor nur so blind gewesen sein?

Weil es meinen Zweck erfüllt hat, murmelte das Schicksal.

Welchen Zweck? hätte er am liebsten geschrien.

Aber das Schicksal würde sich ohnehin zu keiner Antwort herablassen. Na schön. Sergio packte Lena am Arm, marschierte mit ihr den Korridor hinab und versuchte, sich einen Plan einfallen zu lassen.

„Ich erklär's dir später. Zuerst müssen wir dich von hier wegbringen."

„Warte. Nein. Ich muss erst zu Ende. . . "

Sergio schnitt ihr mit einem Kopfschütteln das Wort ab. „Wir verschwinden sofort."

Zum Teufel mit den Befehlen der Hüter, dass er herausfinden sollte, wer Vicentes VIP-Gast war. Und drauf gepfiffen, dass Sergio all das Vertrauen verlieren könnte, für das er so hart gearbeitet hatte. Im Augenblick zählte allein Lenas Sicherheit.

Der Korridor war schmal, und sie bewegten sich unbeholfen wippend voran, da er Lena vorwärtsschleifte, während sie immer wieder zurückzog.

„Was ist denn los?"

„Keine Zeit für Erklärungen."

Lena trat auf die Bremse und verlangte mit knurrendem Unterton: „Nimm dir die Zeit. Für mich stehen viertausend Euro auf dem Spiel."

Eindeutig das Holz, aus dem Feuertöchter geschnitzt sind, murmelte sein innerer Wolf.

„Dieser Diamant ist kein Diamant", begann er.

„Natürlich nicht. Es ist eine Fälschung. Sieh nur." Lena zog ihn wieder heraus.

Strahlendes Licht erfasste ihre Gesichter und warf lange Schatten in den engen Flur.

Lenas Kinnlade klappte auf. „Das hat er noch nie gemacht."

Sergio schloss ihre Hand um den Stein und zog sie weiter. „Hat er, aber nur in kleineren Schüben. Ich dachte, es läge an Amber, aber es liegt an dir", flüsterte er.

„Ich mache doch gar nichts", argumentierte Lena.

„Ich verspreche, ich erkläre dir alles – draußen." Jäh zuckte Sergios Kinn nach oben. „Hier könnte es Überwachungskameras geben."

Kameras waren eine Sache, und er hoffte, dass niemand sie live überwachte. Noch schlimmer wären Tonaufzeichnungen. Früher oder später würde Vicente herausfinden, dass sie überstürzt aufgebrochen waren. Doch Sergio wollte auf keinen Fall, dass er auch allzu viel hörte.

„Aber..."

Sergio schüttelte mit Nachdruck erneut den Kopf. Wenn er Lena um sich tretend und schreiend von Bord tragen müsste, würde er es tun. „Wir gehen. Sofort."

Zum Glück folgte ihm Lena, also musste er sie nicht tragen. Sie bestand zwar auf einem Umweg zu ihrer Kabine, um ihre Kameratasche zu holen, danach jedoch eilte sie schweigend neben ihm her.

Oder eher relativ schweigend. „Bist du dir sicher?"

„Ich bin mir sicher. Gehen wir. *Piano.*" Leise.

Doch es war zu spät. Schritte erklangen und kamen ihnen entgegen. Sergio blieb unvermittelt stehen. Für einen Rückzug blieb keine Zeit, sie würden mit Sicherheit entdeckt werden. Ein Kampf würde jeden Alarm auf dem Schiff auslösen, also...

Er schob Lena behutsam mit dem Rücken an die Wand und flüsterte: „Bitte vertrau mir in der Sache."

Ihre Augen wurden groß, ihr Blick schnellte von seinem Gesicht zum Ende des Flurs. Aber als er ihren Mund mit seinem bedeckte, flatterten ihre Lider, und gleich darauf entkam ihren Lippen ein winziges Seufzen.

Der Gedanke dahinter war, eine romantische Begegnung vorzutäuschen. Kein Besatzungsmitglied würde deswegen Alarm schlagen, oder? Allerdings entwickelte der Kuss eine Eigendynamik, durch die Sergio nichts vortäuschen musste. Ein Winkel seines Verstands registrierte, dass die sich nähernden Schritte ins Stocken gerieten, als die Person um die Ecke bog und sie sichtete. Aber sonst...

Glückseligkeit. Reine Glückseligkeit. Seine Sicht wurde völlig weiß, als hätte das Schicksal eine falsche Wendung genommen und ihn geradewegs in den Himmel geschickt. In seinen Ohren klingelte es, und sein Blut… *Madonna,* diese Hitze. Innerhalb von Sekunden krallten sich seine Finger fest in Lenas Haar, während seine Zunge über ihre Lippen strich.

Lenas Arme legten sich um seine Schultern, und sie drückte die Hüften an seine.

Die Schritte kamen näher, aber Sergio konnte sich nicht dazu durchringen, darauf zu achten. Nicht, während ihn Lenas süßer Geschmack und berauschender Duft um den Verstand brachten.

Ein Kichern ertönte, und das Besatzungsmitglied schob sich amüsiert an ihnen vorbei. *„Scusami."* *Entschuldigung.*

Also puh. Die List hatte funktioniert. Aber verdammt: Wie sollte sich Sergio je von diesem Kuss lösen? Und wichtiger noch: Wieso sollte er das wollen?

Am Ende war es Lena, die sich langsam zurückzog und die Hände auf seine Wangen legte.

„Was für ein Wahnsinnskuss", murmelte sie.

Mit zitternden Fingern strich er ihr Haar zurück. So viel dazu, sich zusammenzureißen.

„Ein Wahnsinnskuss", pflichtete er ihr bei und fuhr mit einem Finger zärtlich über ihre Wange hinab.

Dann ereilte ihn eine Erkenntnis, und er hätte beinah geseufzt. *Mannaggia.* Feuertöchter und Drachenschätze zu erklären, würde schon heikel genug werden. Noch heikler würde es sich gestalten, Schicksal und Gefährten zu erklären.

„Äh… da lang?" Lena zeigte mit dem Arm.

Wenigstens einer von ihnen dachte mit.

Sergio zwang seine Füße, sich zu bewegen. „Hier lang."

Nach ein paar Ecken und Biegungen gelangten sie zur Spielzeuggarage der Jacht, randvoll mit Wasserskiern, Tauchausrüstung, dem vollen Programm. Sergio eilte zu dem Jetski, der sich dem Heck am nächsten befand. Nach einem kurzen Rundumblick drückte er einen Knopf und öffnete eine hydraulische Klappe. Als sie aufglitt, flutete Mondlicht herein und warf ein fahles, gespenstisches Licht auf die Ausrüstung. Draußen kräuselten sich Wellen über das endlose Meer. Es schien ihn zu verhöhnen, schien zu sagen, dass er sich ja doch nicht zu springen traute.

Sergio schluckte. Oh Mann, wie er das offene Wasser hasste. Aber es gab keine Wahl. Das Öffnen der Klappe hatte mit Sicherheit einen Alarm auf der Brücke ausgelöst. Jede Minute würde ein Besatzungsmitglied kommen, um nach dem Rechten zu sehen.

Sergio eilte zurück zum Jetski und bedeutete Lena, ihm zu helfen. Zusammen schoben sie das Gefährt eine kurze Rampe hinunter zum Rand des Meers. Dort hielt Sergio inne und fuhr sich mit der Hand durchs Haar. Mist. Wollte er das wirklich durchziehen?

Lena berührte seine Hand. „Weißt du, wie man so ein Ding bedient?"

Nein, wusste er nicht. Aber bei all den in ihm geweckten Geistern empfand er das als seine geringste Sorge.

Und dennoch: Durch die in einem herausfordernden Jahrzehnt beim Militär geborene Entschlossenheit und Lenas beruhigende Berührung gelangen ihm ein tiefer Atemzug und ein zweiter Blick. Nur wie zum Geier funktionierte dieses Ding?

„Lass mich mal", murmelte Lena.

Mit einer schnellen, geübten Bewegung schwang sie sich die Kameratasche über die Schulter und hopste auf den Jetski. „Schieb mich an und spring dann hinten drauf."

Sergio starrte sie an. „Woher weißt du, wie man so was fährt?"

Sie grinste. „Ich habe mal als Fotografin in einem Badeort gearbeitet. Jetzt mach schon."

Ihre Augen funkelten und forderten ihn auf: *Vertrau mir.*

Wusste sie nicht, dass er ein einsamer Wolf war? Hatte sie eine Ahnung, wie lang es gedauert hatte, bis er selbst seinen besten Kameraden bei der Legion vertraut hatte?

Nein, hatte sie nicht.

Jedenfalls ertappte er sich dabei, wie er das Fahrzeug platschend ins Wasser schob, hinter Lena aufsprang und die Arme um ihre Taille legte.

„Halt dich fest", rief sie und warf den Motor an. Als sie fachmännisch den Gasgriff drehte, setzte sich der Jetski gleitend in Bewegung. „Wohin?"

Sergio spähte über die Schulter zurück. Noch war niemand aufgetaucht, um der offenen Klappe auf den Grund zu gehen, aber es war nur eine Frage der Zeit.

Blindlings zeigte er zum Ufer. „Los. Fahr einfach."

Kapitel 7

Lena hatte noch nie in ihrem Leben etwas gestohlen. Aber sie musste zugeben, dass es ihr einen gewissen Kick gab, sich mit einem von Vicentes überteuerten Spielzeugen davonzumachen. Hinzu kam das Gefühl des Winds in ihrem Haar, als sie mit dem Jetski übers Wasser brauste. Noch besser fühlten sich Sergios Arme um ihre Taille und sein Kinn auf ihrer Schulter an. Zur Krönung kribbelte immer noch sein Kuss auf ihren Lippen, was ihr schwindelerregende, berauschende Euphorie bescherte.

Andererseits: Kacke. Immerhin hatte sie die Chance sausen lassen, viertausend Euro zu verdienen. Schlimmer noch, Vicente würde stinksauer sein. Sie blickte zurück und spähte vorbei an den vom Jetski aufgewirbelten Wellenkämmen. Sie hatte kaum Gas gegeben, bis sie sich weit von der Jacht entfernt hatten. Mittlerweile visierte sie die Ansammlung von Lichtern an, die der Hafen sein musste. Bisher schienen sie nicht bemerkt worden zu sein, aber es war nur eine Frage der Zeit. Und was dann? Vicente war ein Mann, mit dem man sich besser nicht anlegte.

„Bist du sicher, dass das eine gute Idee ist?", rief sie über die Schulter.

Sergio schüttelte den Kopf. „Aber wir haben keine Wahl."

Sein knapper Ton besagte alles, und so gab Lena Gas, bis der Fahrtwind ihrer Bluse zum Flattern brachte.

„Worum genau geht's eigentlich?"

Sergios Arme spannten sich um ihre Taille an. „Um dich. Um den Diamanten."

Lena blickte nach unten. Die Halskette steckte außer Sicht in ihrer Tasche, war aber so warm, dass Lena sie darin spüren konnte. Was sich irgendwie tröstlich und beängstigend zugleich anfühlte.

„Der Stein ist warm. Wie ist das möglich? Und die Art, wie er geleuchtet hat…“

„Er ist verzaubert.“

Der Jetski schlenkerte, als ihre Arme kurz nachgaben. „Verzaubert? Mit Magie?“

Sergio nickte. „Er ist ein uraltes Schmuckstück aus einem Drachenschatz.“

Lena schluckte und stellte sich einen Drachen in einer Höhle voll funkelnden Schätzen vor, wie er seinen Diamanten bewunderte. Als sie den Stein gefunden hatte, war sie überzeugt davon gewesen, dass er eine Fälschung sein müsste. Aber mit der Zeit war der Edelstein immer heller und klarer geworden. Ein bisschen wie die Regungen in ihr.

Sie zitterte, und nicht wegen der abendlichen Kälte.

„Ich dachte zuerst, Amber hätte den Zauber ausgelöst, aber das warst du“, sagte Sergio in geradezu ehrfürchtigem Ton.

Lena runzelte die Stirn. „Amber hat gesagt, dass der Stein bei ihr heiß geworden ist.“

Sergio schnaubte. „Wahrscheinlich, weil der Diamant weg von ihr wollte. Und wer kann es ihm verdenken?“

Lena verzog skeptisch das Gesicht, obwohl sie zugeben musste, dass es einleuchtend klang.

„Der Edelstein besitzt Macht“, fuhr Sergio fort. „Genau wie du.“

Lena schnaubte höhnisch. Sie? Macht? „Ich besitze keine Macht.“

„Oh, und ob du Macht besitzt“, murmelte er. „Und wenn Vicente den Edelstein in die Finger kriegt – oder dich…“

Beide verstummten, nur der Motor dröhnte weiter.

„Oha. Moment.“ Lena verlangsamte abrupt die Fahrt. Der Schwung der Bremsung ließ Sergio gegen sie rutschen. „Wenn du gedacht hast, dass Amber mit dem Diamanten verbunden war, würde dann Vicente dasselbe denken?“ Plötzlich schnappte sie nach Luft und riss die Hand an den Mund. „Glaubt er, dass sie diejenige mit irgendeiner Art von Macht ist?“

„Das vermute ich. Deshalb musste ich dich von dort wegschaffen.“

Lena umklammerte seinen Arm. „Was ist mit Amber? Ist sie in Gefahr?“ Sie setzte dazu an, den Jetski zu wenden. „Wir müssen zurück.“

Sergio streckte den Arm vor. „Auf keinen Fall. Viel zu gefährlich für dich.“

„Für sie auch. Vicente könnte alles Mögliche tun, wenn er herausfindet, dass es nicht Amber ist. Er könnte sie erwürgen. Sie über Bord werfen...“

Sergio zuckte ziemlich gleichgültig mit den Schultern, und Lena knuffte ihn in die Schulter. „Wir müssen sie warnen.“

Er schüttelte den Kopf. „Das Risiko ist zu groß.“

„Aber...“

„Würde Amber für dich zurückkommen?“

Lena seufzte. „Wahrscheinlich nicht. Aber das ist kein Grund, nicht das Richtige zu tun.“

Einen Moment lang starrte Sergio sie an. „Du bist unglaublich, weißt du das?“

Lena schnaubte. „Das Richtige zu tun, ist nicht unglaublich.“

„Für die meisten Menschen schon. Aber nein. Du kehrst nicht um. Amber hat ein Talent dafür, auf sich selbst aufzupassen. Ich bin sicher, ihr passiert nichts.“

Lena war davon weniger überzeugt, dennoch steuerte sie widerwillig in Richtung Land.

„Was jetzt?“

„Wir suchen uns ein sicheres Plätzchen. Ich nehme Verbindung mit meinem Freund Marco auf und finde heraus, ob es am besten wäre, dich hinzubringen.“

„Wohin?“

„Zu den Hütern.“

Lena setzte dazu an, mehr aus ihm herauszuquetschen, aber er schüttelte den Kopf.

„Erkläre ich dir später. Jetzt müssen wir erst mal an Land.“

Ihre Finger verstärkten den Griff um den Lenker. Sie hatte so viele Fragen, die sie stellen wollte. Aber Sergio hatte recht.

Je mehr Abstand sie zwischen Vicente und sich brachte, desto besser.

Die nächsten Minuten lang tuckerten sie wortlos über das Wasser. Das Meer erstreckte sich ruhig um sie herum, die winzigen Wellen reflektierten das Mondlicht. Unter anderen Umständen wäre die Umgebung geradezu magisch gewesen. All das Wasser, all die Sterne. Und das Mondlicht, das Raum und Zeit auszudehnen schien, verlieh ihr das Gefühl, eine Astronautin zu sein.

Zu schade, dass sie angeboten hatte, zu fahren. Säße sie hinten drauf, könnte sie sich ihre Kamera greifen und ein, zwei Bilder schießen.

Dann brach die Realität wieder über sie herein, und sie verbannte den Gedanken. Je früher sie von Vicente wegkam, desto sicherer wäre sie und desto eher könnte Sergio ihr erklären, was vor sich ging.

„Da drüben." Sergio zeigte zu einem dunklen Strandabschnitt abseits der hellen Lichter des Hafens.

Lena lenkte vorsichtig hin, stieg ab und watete platschend durch das knöcheltiefe Wasser. Sergio schob den Jetski zurück hinaus aufs Meer, dann scheuchte er Lena weiter. Innerhalb von Minuten hatten sie eine ruhige Straße überquert und befanden sich tief in einem verwahrlosten Industriegebiet aus niedrigen Gebäuden und kleinen Lagerhäusern. Musik drang aus einer entfernten Kneipe. Sergio blieb stehen und schnupperte.

„Bleib hier. Bin gleich wieder da."

„Warte… "

Doch es war zu spät. Im Nu hatte Sergio einen halben Häuserblock zurückgelegt, indem er mit militärischer Effizienz von einem Schatten zum nächsten huschte. Und dann verschwand er einfach.

Lena wich zurück, spähte um die Ecke und hoffte, ihn zu entdecken. Aber sie sichtete nichts, nahm nur den fischigen Geruch des Hafens wahr und altmodische Disco-Musik, die aus der Kneipe in die Nacht drang. Irgendwo nicht allzu weit entfernt kochte jemand einen Topf mit Spaghettisoße mit reichlich Knoblauch. Hätte sie sich nicht an Bord der Jacht mit Horsd'œuvres vollgestopft, hätte vielleicht ihr Magen geknurrt.

Die Sekunden zogen sich zu Minuten hin, die Minuten zu fast einer Viertelstunde. Einer überaus bangen Viertelstunde, in der Lena den Edelstein in ihrer Tasche von außen berührte und sich fragte, warum sie je ihre Heimat verlassen hatte.

Doch sobald ihr der Gedanke in den Sinn kam, verwarf sie ihn wieder. Sie konnte sich nicht mehr vorstellen, zurückzukehren. Der Umzug nach Rom war das Spontanste und Befreiendste gewesen, was sie je gemacht hatte. Ihr früherer Job als Fotografin und Webdesignerin bei einer Marketingfirma war zwar nicht schrecklich gewesen, hatte aber auch nichts Kreatives oder Anregendes geboten. Rom fühlte sich bereits wie eine Heimat an. Wie... wie...

Schicksal, murmelte eine leise Stimme aus ihrem Inneren.

Lena schluckte. Führte das Schicksal sie zu einem erfüllten neuen Leben oder zu einem tragischen Ende?

Ein Motor heulte röhrend auf, und Lena sprang zurück, als ein sportliches Motorrad in Sicht raste. Als ihr der Fahrer ein Zeichen gab, sah sie genauer hin.

„Sergio?"

„*Fretta.*" *Beeilung.* Er zeigte auf den Platz hinter sich auf dem Sitz.

Sie starrte ihn an. „Hast du das geklaut?"

„Geliehen. Ich schwöre, ich geb's zurück – irgendwann. Können wir jetzt bitte los?"

Lena überlegte. Sie hatte bereits einen Jetski gestohlen. Und nun auch noch ein Motorrad?

In dem Moment schnitt ein Scheinwerfer durch die Dunkelheit der Bucht. Hatte jemanden an Bord der *Audace* gerade Alarm geschlagen?

Impulsiv sprang sie hinter Sergio auf und schlang die Arme um seine Taille. Gerade noch rechtzeitig, denn er raste bereits mit einem halben Wheelie los, der Lena um ein Haar abgeworfen hätte. Die nächsten fünf Minuten lang klammerte sie sich krampfhaft fest, während Sergio einen Slalom durch eine Reihe verwinkelter Gassen hinlegte. Dann folgte ein langer, holpriger Abschnitt mit Kopfsteinpflaster, das ihr beinah die Zähne aus dem Mund schüttelte. Schließlich beschleunigte Sergio eine lange, schwach beleuchtete, einspurige Straße entlang.

„Wohin fahren wir?“, fragte Lena und spähte in den schmalen Lichtstrahl, den der Scheinwerfer des Motorrads vorauswarf.

„Bin mir noch nicht sicher.“

Lena schloss die Augen. Es musste die wohl verrückteste Nacht ihres Lebens sein, aber Sergio in ihrer Nähe zu haben, half ihr.

Je näher, desto besser, murmelte diese innere Stimme.

Auf dem Jetski von ihm festgehalten zu werden, hatte ihre Nerven beruhigt. Aber hinter ihm zu fahren, erwies sich als noch besser, denn so konnte sie die Arme um seine Taille schlingen, sich an ihn lehnen und seinen himmlischen Duft genießen.

Schön, hätte sie beinah gebrummt. Oder war das ihr inneres Tier?

Dann wurde ihr klar, dass Sergio bei der Fahrt auf dem Jetski dasselbe bei ihr gemacht hatte. Er hatte sich wohlig an ihr festgehalten, sich an sie gelehnt, ihren Geruch eingeatmet.

Ihr Herz klopfte ein wenig schneller. Dieser Kuss aus heiterem Himmel an Bord der Jacht hatte bewiesen, dass die Anziehungskraft gegenseitig war. Was genau bedeutete das?

Nichts, sagte sie sich streng. Alles an Sergio warnte davor, dass er ein großer Fehler sein könnte. Er hatte eine raue Schale, war hart. Gefährlich. Von Erfahrung gezeichnet und unverschämt gutaussehend. All das bedeutete, es wäre nur allzu leicht, sich so in ihn zu verlieben, wie sich ihre Mutter in ihren Vater verliebt hatte.

Lena zwang sich, den Griff zu lockern und sich zurückzulehnen. Allerdings erwies sich das auf einem Motorrad, das über eine holprige Straße raste, als unmöglich, und schon bald schmiegte sie sich wieder an ihn. Es hätte gemütlich sein können, hätte ihr Rücken nicht zu schmerzen begonnen. Kam das vom Holpern, oder setzte wieder die Verwandlung ein?

Vom Holpern, sagte sich Lena. Auf keinen Fall würde sie sich in dieser Nacht verwandeln.

Nach etwa zwanzig Minuten gleichmäßiger Fahrt zeigte Sergio schweigend nach rechts.

Was? hätte Lena beinah gefragt.

Dann sah sie es: eine lange, schattige Linie, die sich wie ein aus der Unterwelt aufsteigender Expresszug aus der Landschaft abzeichnete. Dahinter erschien eine zweite Linie, die sich annäherte, bis beide parallel verliefen, und beide Strukturen wurden mit jedem halben Kilometer, den sie fuhren, ein Stück höher.

Aquädukte, erkannte Lena. Kilometerlange, jahrtausendealte römische Aquädukte, die sich in einer Reihe von anmutigen Bögen erstreckten. Hier und da war ein Abschnitt zusammengebrochen, aber weitgehend waren die Aquädukte intakt.

Nach einer scharfen Rechtskurve brauste Sergio unter einem Bogen hindurch, scherte nach links und folgte einem Feldweg zwischen den beiden Aquädukten. Mondschein erhellte die Monumente aus östlicher Richtung, und Lenas Finger zuckte über einer imaginären Kamera.

Zu ihrer Überraschung rollte Sergio aus. Als er den Motor abstellte, setzte Stille ein. Oder besser gesagt ein Gefühl von Frieden, denn die Grillen zirpten wie verrückt, und auf einem entfernten Baum rief eine Eule. Am Himmel funkelten Tausende strahlende Sterne. Die Szene mutete so beschaulich und abgeschieden an, dass sich Lena beinah einreden konnte, es gäbe keinen Vicente und keinen Ärger. Nur Sergio und sie, behaglich aneinander gekuschelt und allein.

Doch der Edelstein pulsierte und erinnerte sie an die Gefahr, in der sie schwebte, außerdem nahm sie einen dumpfen Schmerz in der Magengrube wahr.

„Es tut mir leid", flüsterte sie.

Sergio schüttelte den Kopf. „Du hast nichts falsch gemacht. Es liegt an Vicente." Darauf ließ er zischend einen italienischen Kraftausdruck folgen, bevor er seufzte. „Die Frage ist, was machen wir jetzt?"

Lena widerstrebte, dass sie darauf keine gute Antwort parat hatte, aber ihr kam eine Idee in den Sinn.

„Du hast Hüter erwähnt. Wer sind sie?"

Sergio zögerte, bevor er das Wort ergriff. „Jede der großen Städte Europas hat ihre eigenen Hüter – mächtige Persönlichkeiten, die den Frieden unter den Gestaltwandlern und anderen Übernatürlichen aufrechterhalten sollen."

Lena sträubten sich bei den Worten *sollen* und *Übernatürliche* die Nackenhaare.

Lena schluckte. „Andere was?"

„Übernatürliche Wesen. Gestaltwandler, Vampire, Hexen..."

Ihre Arme mussten wohl den Griff um seine Taille verstärkt haben, denn Sergio fügte hastig hinzu: „In Rom gibt es allerdings hauptsächlich Gestaltwandler."

Sollte sie das beruhigen?

„Versuchen die Hüter nur, den Frieden zu bewahren, oder haben sie auch Erfolg damit?", fragte sie schließlich.

„Sie versuchen es. Frieden ist für Menschen ebenso flüchtig wie für Gestaltwandler." Er seufzte. „Er kommt und geht, und unsere Schicksale sind miteinander verflochten. Nimm nur das vergangene Jahrhundert. Zeiten des Wohlstands, Zeiten des Kriegs. Die dunklen Jahre unter Mussolini. Erst Krieg, dann Frieden. Der Aufbau von Partnerschaften. Aber jetzt..." Seine Stimme wurde leiser.

Lena schürzte die Lippen und fragte sich, ob sich *jetzt* auf Angelegenheiten der Gestaltwandler oder auf Probleme der menschlichen Welt bezog. Terrorismus. Angstmacherei. Isolationismus. Gegen manche dieser Probleme konnte sie durch Fotos angehen, die eine berührende Wahrheit festhielten oder eine Ungerechtigkeit aufzeigten. Aber Gestaltwandlerprobleme ... Was könnte sie dagegen schon ausrichten?

Einen Moment lang starrten beide schweigend in die Dunkelheit.

„Vertraust du den Hütern?", fragte sie schließlich.

Sergio antwortete nicht sofort. „Ja und nein. Sie wollen genauso wenig wie wir, dass Vicente die Macht ergreift. Aber es geht nicht nur um den Edelstein. Auch um dich. Du bist eine Feuertochter."

Er sprach das ungewohnte Wort so ehrfürchtig aus, dass Lena den Kopf schüttelte. Sie war einfach nur sie selbst. Aber tief in ihrem Inneren regte sich etwas.

„Feuer-was?"

„Feuertochter. Eine Nachkommin einer mächtigen Drachenkönigin. Städte blühen auf, wenn eine Feuertochter in ihnen lebt. Und Rom hatte seit Jahren keine mehr."

Lena runzelte die Stirn, war nicht überzeugt davon, dass sie irgendeine Art von Macht besaß. Und was die Abstammung von einer Königin anging...

Lena schüttelte die absurde Vorstellung ab. „Ich kann mich nicht mal vollständig verwandeln."

„Vielleicht noch nicht, aber bald."

Lena schauderte. Offen gestanden hatte eine Verwandlung keinen großen Reiz für sie. Vielleicht könnte sie einen Weg finden, sie zu vermeiden. Für immer.

Tief in ihrem Inneren ertönte ein Knurren, und ihre Muskeln krampften sich zusammen. *Du musst dich verwandeln. Musst mich rauslassen.*

Japsend krümmte sie sich vornüber. Bitte nicht hier. Nicht jetzt.

Sergio wirbelte herum. „Was ist?"

Lena schluckte und versuchte, gegen den inneren Eindringling anzukämpfen. „Es passiert schon wieder."

Sie krallte mit den Fingern durch die Luft. Ihr Rücken schmerzte entsetzlich. Verzweifelt sah sie sich um. Es war noch nicht einmal Vollmond, trotzdem wurde ihre Haut trocken und juckte wie zuvor.

Sergio legte die Hand auf ihren Arm. „Du hast die Kontrolle. Nicht das Tier."

„Versuch mal, das einem Drachen zu sagen", stieß sie keuchend hervor, als sich ihre Schultern krümmten.

Es wird nicht wehtun, wenn du nicht gegen mich ankämpfst, raunte die innere Stimme.

Sergio rieb mit den Daumen ihre Hände. „Niemand schreibt dir vor, was du tun sollst, Lena."

Sie schluckte schwer und stellte sich vor, stark und aufrecht als Mensch dazustehen. Niemand würde ihr vorschreiben, was sie tun sollte.

Du kommst jetzt nicht raus, befahl sie der Bestie. *Nicht, bis ich es dir sage.*

Und wann? fragte die Stimme kläglich.

Niemals wäre gut, nur würde das nicht funktionieren. Stattdessen begnügte sich Lena mit: *Bald, aber nicht heute Nacht.* Gott wusste, die Nacht war auch so verrückt genug.

Versprich es, verlangte das Tier.

Lena knirschte mit den Zähnen. *Ich verspreche es, aber ich wähle Zeit und Ort aus, nicht du.*

Aber wann?

Gab es denn je einen guten Zeitpunkt für die Verwandlung? Lena bezweifelte es.

Wenn Sergio es sagt, in Ordnung? gab sie gereizt zurück.

Mit Sergio? Ihre Drachenseite horchte auf. *Das wäre schön.*

Lena war sich nicht sicher, ob sie es als *schön* bezeichnen würde, aber tröstlich fand sie die Vorstellung durchaus. Und es funktionierte, denn die innere Bestie zog sich dorthin zurück, wo sie in ihr hauste, abgelenkt von glücklichen Gedanken.

„Siehst du, Lena? Du hast die Kontrolle." Sergio tätschelte ihre Arme, nachdem sie sich leicht entspannt hatte.

Betonung auf leicht. Stirnrunzelnd schaute sie auf. Der Mond war nicht voll, dennoch schien er ihre animalische Seite genauso zu stärken wie der Edelstein in ihrer Tasche.

„Können wir irgendwohin? Raus aus der Öffentlichkeit, meine ich." Sergio musterte sie so lange, dass sie murmelte: „Ich weiß, dass ich das Sagen haben sollte. Aber wenn du mich noch mal daran erinnerst, muss ich dir vielleicht eine kleben. Ist nichts Persönliches."

Er lachte, und das Geräusch hallte weit über das Feld. „*Allora.* Wir finden schon einen Ort, an dem wir die Nacht verbringen können." Er sah sich um und überlegte. Dann nickte er bei sich und startete den Motor. „Kannst du noch fünf Minuten warten?"

Lena nickte, und Sergio fuhr los, brauste über die Unebenheiten und Kurven des unbefestigten Wegs. Schließlich querte er eines der Aquädukte und rollte zu einem kleinen Haus am Rand einer winzigen Siedlung.

„Das ist es." Sergio stieg ab. Lena folgte seinem Beispiel, und zusammen schoben sie das Motorrad außer Sicht.

Lena sah sich um und fragte sich, ob die Nachbarhäuser unbewohnt oder einfach nur ruhig waren. Es ging auf Mitternacht zu. Abgesehen von einem einsamen Auto, das in der Ferne vorbeifuhr, rührte sich weit und breit nichts.

„Ist jetzt nichts Schickes", warnte Sergio und holte über einer Tür einen Bartschlüssel herunter.

Lena schnaubte. „Im Augenblick ist mir alles mit vier Wänden und einem Dach recht."

Leise schloss Sergio die Tür auf. Nach einem letzten, verstohlenen Blick durch die Umgebung führte er sie hinein und eine Treppe hinauf.

„Die Bleibe hier habe ich für Notfälle eingerichtet. Normalerweise lebe ich in einer Wohnung, die mir meine Arbeitgeber zur Verfügung stellen. Aber nur für alle Fälle…"

Lena schauderte. Schon wieder eine Anspielung auf die Hüter. Gab es denn auch irgendjemanden, dem Sergio und sie vertrauen konnten?

Einander, meldete sich eine kleine Stimme in ihr zu Wort.

Langsam blies sie den Atem aus. Dem Himmel sei Dank dafür.

Der Bartschlüssel passte auch zur Tür oben, die knarrte, als Sergio sie aufschob. Anstatt den alten, drehbaren Lichtschalter zu betätigen, ging er zu einem Tisch, entzündete ein Streichholz und machte eine Kerze an.

„Ist das in Ordnung für dich?"

Die Flamme der Kerze warf ungleichmäßige Schatten auf schmucklose Wände. Es handelte sich um eine unter dem Dach eingerichtete Einzimmerwohnung. Sie bestand aus einem offenen Wohn- und Schlafzimmer sowie einer Küchennische und einem Badezimmer in einer Ecke. Laken bedeckten die wenigen Möbel – ein Bett und einen Tisch. Offensichtlich benutzte Sergio die Wohnung nicht oft. Hoffentlich ein gutes Omen.

Annähernd ästhetisch waren an dem Ort höchstens die dicken Kerzen, die in jahrzehntealten, von langen Wachstropfen überzogenen Weinflaschen steckten. Drei große Fenster mit geschlossenen Läden wiesen in Richtung der Aquädukte, ein kleineres Fenster im Küchenbereich ließ ein wenig Mondlicht hereinscheinen.

Sergio zog die Vorhänge zu, dann tippte er auf seinem Handy.

„Mit wem nimmst du Kontakt auf?“ Lena rang nervös die Hände.

„Marco. Ihm würde ich mein Leben anvertrauen – und sogar deines.“

Lenas Herz klopfte ein wenig schneller. Wollte er damit andeuten, dass ihr Leben noch kostbarer war als sein eigenes?

Sergio schickte die Nachricht ab, dann blähte er die Wangen und sah sich um. „Möchtest du was zu trinken?“

Lena nickte und beobachtete, wie er den quietschenden Wasserhahn in der Küche aufdrehte. Es handelte sich um diese uralten, X-förmigen Armaturen, so antik wie der Lichtschalter. Aber das Wasser, an dem sie kurz danach nippte, erwies sich als klar und erfrischend. Sergio fluchte indes über ein Spinnennetz in einem Winkel, das Lena jedoch nicht störte.

„Hinter mir ist ein Mafiaboss her, der zugleich ein Wolfgestaltwandler ist, und irgendein Tier versucht, aus meinem Körper auszubrechen. Harmlose kleine Spinnen sind da echt kein Problem.“ Sie schlang die Arme um sich und schluckte schwer. „Aber es war ein miserabler Tag. Na ja, abgesehen von dem einen Höhepunkt.“

Sergio hatte die Kerze abgestellt, um die Laken vom Esstisch und vom Doppelbett zu ziehen. Bei ihrer Bemerkung legte er fragend den Kopf schief. Hatte er wirklich keine Ahnung, was sie meinte?

„Dieser Kuss“, flüsterte sie schüchtern.

Sergios Mundwinkel verzogen sich zu einem verhaltenen Lächeln, und ein Funkeln trat in seine Augen. Er faltete die Laken zusammen und warf sie auf einen Stuhl, dann trat er näher zu Lena.

„Weißt du, das könnten wir auch wiederholen. Ich meine, nur falls du denkst, es könnte dir helfen“, fügte er schnell hinzu.

Seine Stimme klang rau und tief. Sprach gerade sein Wolf aus ihm?

Oh, und wie es helfen würde, meldete sich schnurrend Lenas innere Stimme zu Wort, sanft und sinnlich.

„Den Versuch ist es wert“, murmelte sie und bemühte sich um einen unbekümmerten Ton.

Als Sergio sich langsam näherte, breitete sie die Arme aus und hieß ihn willkommen.

„Ist auf jeden Fall einen Versuch wert", flüsterte Sergio und trat in ihre Umarmung.

Lena rollte sich auf die Fußballen. In allerletzter Sekunde schloss sie die Augen, was sie jedoch nicht daran hinderte, seine Lippen zu finden. Kaum hatten sie sich berührt, schoss ein Kribbeln durch ihren Körper, und ihr Blut geriet in Wallung. Ihr inneres Tier rührte sich wieder. Und es rührte sich nicht nur, es füllte ihren Geist mit allen möglichen unanständigen Gedanken.

Ich habe das Sagen, beharrte Lena.

Sicher. Schon gut. Die Bestie in ihr kicherte. *Mach einfach mit dem Küssen weiter, ja?*

Sergios Lippen waren so glatt und weich – überraschend bei einem so rauen, harten Kerl. Zärtlich bewegten sie sich über ihre, und sie hätten schwören können, dass seine Seele genau wie ihre seufzend vermittelte: *Endlich finde ich ein wenig Frieden.*

Lena schluckte. Ihre Mutter hätte Sergio als großen Fehler bezeichnet. Tatsächlich jedoch fühlte er sich eher wie eine einmalige Chance an.

Gefährte, brummte ihr inneres Tier.

Was genau sollte das bedeuten?

Schon bald dachte sie nicht mehr darüber nach. Tatsächlich hörte sie völlig zu denken auf und konzentrierte sich stattdessen auf die Feinheiten jenes Kusses. Zum Beispiel darauf, den perfekten Winkel zu finden oder die winzigen Bewegungen von Sergios Lippen zu erwidern. Als sich seine Arme um ihre Schultern legten, fühlte sie sich beschützt. Geborgen. Sicher.

Und als sie sich voneinander lösten, um Luft zu schnappen, lächelte Lena. „Damit hatte mein Tag zwei Höhepunkte."

Sergio grinste, bevor er sie wieder küsste. „Drei." Dann wurde er ernster, beugte sich vor und tat es langsam erneut. „Vier..."

Er neigte den Kopf ein wenig mehr und flüsterte: „Fünf..."

Bei Nummer sechs und sieben schlossen sich langsam Lenas Augen. Und bei Nummer acht rammte sie die Hüften gegen seine, während sich ihre Hände verstohlen den Weg nach unten zu seinem perfekten Hintern bahnten.

Sergio murmelte noch die Nummer neun, und dann...

Dann verlor Lena den Überblick. Sie ließ nur noch auf sich wirken, wie gut es sich anfühlte.

Kapitel 8

„Komm mit." Lena zerrte Sergio zum Bett. Je länger sie sich küssten, desto mehr stand ihr Körper in Flammen.

„Wir sollten das nicht tun." Sein Protest klang erstickt, als versuchte sein Wolf, die Worte zu unterdrücken. Offenbar kämpfte nicht nur Lena mit ihrem inneren Tier.

Aber verdammt: Wenn es die Bestie besänftigte, dieser tobenden Begierde nachzugeben, dann sollte es ihr recht sein.

„Und ob wir das sollten." Sie trat einen weiteren Schritt auf das Bett zu. „Vertrau mir."

Im Raum herrschte Düsternis, aber Sergios Augen leuchteten dermaßen, dass sie den Abstand zwischen ihnen zu erhellen schienen.

„Ich vertraue dir", flüsterte er.

Ihr Herz hämmerte heftig, denn es fühlte sich so an, als sollte das eigentlich ihre Rolle sein – ihm zu vertrauen. Sergio war derjenige, der sich mit Verwandlungen auskannte, mit Roms verborgener, übernatürlicher Welt und mit all den neuen, beängstigenden Dingen, mit denen sie konfrontiert war. Andererseits: Vielleicht war auch er mit neuen Dingen konfrontiert. Zum Beispiel damit, Befehle in Frage zu stellen. Geheimnisse zu entwirren. Sein Herz zu öffnen. Vielleicht sogar damit, dem Schicksal zur Abwechslung zu vertrauen.

Also legte sie die Hände auf seine Wangen und stürzte sich in einen innigen Kuss, der seine Augen groß werden ließ. Ihre auch. Wow. Woher war das gekommen?

Keine Ahnung, sagte ihr inneres Tier ein bisschen zu unschuldig.

Lena fingerte an den Knöpfen seines Hemds, öffnete einen nach dem anderen. Verflixt, seine Krawatte kam ihr ständig in die Quere.

„Musst du dich immer so gut anziehen?", murmelte sie zwischen den Küssen.

Er lockerte die Krawatte und zog sie sich über den Kopf. „Das frage ich mich allmählich auch."

Sie würde sich später erkundigen, was er damit meinte. Vorläufig stand fest: Sergio war ein Profi im Entkleiden. Er warf sein Hemd auf eine Seite und ihre Bluse auf die andere. Dann öffnete er ihren BH und schob die Hände nach vorn, legte sie auf ihre Brüste.

Einen atemlosen Moment lang blickte er ihr in die Augen. Ja, in die Augen, nicht auf die Erhebungen in seinen Händen, womit er verdeutlichte, dass sie zweitrangig waren. Dann strich er mit den Daumen über ihre Haut, und Lena musste ein Stöhnen unterdrücken.

Nichts wünschte sie sich sehnlicher, als sich aufs Bett zu legen und ihm freie Hand zu lassen. Aber dort würde es sich teuflisch schwierig gestalten, ihn aus der Hose zu bekommen, also öffnete sie zuerst seinen Gürtel. Langsam ließ sie die Hände über seine Hüften hinabwandern und legte dann eine in seinen Schritt.

Oh ja, hätte sie fast gemurmelt.

Sergio wiegte sich auf die Fersen zurück, und seine Augen schlossen sich flatternd. Lena rieb ein paar Mal und spürte, wie er anschwoll. Schließlich zog sie seine Hose und seine Boxershorts runter, bevor sie dem armen Mann zu eng wurden.

„Schuhe", drängte sie.

Er trat sie sich von den Füßen und entledigte sich der restlichen Kleidung, dann stand er wie eine Statue im flackernden Kerzenlicht. Wie eine dieser gemeißelten Statuen mit definierten Muskeln, wie sie die Römer so gern von den Griechen kopiert und als ihr eigenen Meisterwerke ausgegeben hatten.

Nun, sie würde ähnlichen Anspruch auf ihn erheben.

Langsam schloss sie eine Hand um ihn und bewegte sie ein paar Mal auf und ab. Dann spielte sie mit der seidigen Eichel und bewunderte den Kontrast zur prallen Härte des restlichen Schafts. Lena spielte sogar mit dem Gedanken, sich auf die

Bettkante zu setzen und den Mund für ihn zu öffnen, aber Sergio schüttelte den Kopf. Hatte er ihre Gedanken gelesen?

„Das wäre herrlich – aber später. Vorerst... “

Er half ihr aus der Caprihose, die sie auf der Jacht getragen hatte. Dabei streichelte er jeden Quadratzentimeter ihres Hinterteils und ihrer Oberschenkel. Ihr Slip rutschte mit der Hose runter, und ihm stockte der Atem, als sie splitterfasernackt vor ihm stand.

„Nicht allzu schick“, murmelte sie, da sie durchaus um ihre Unvollkommenheiten wusste.

„Wunderschön“, murmelte Sergio ehrfürchtig und küsste sie erneut.

Die nächsten Minuten verflogen geradezu, während sein Mund zärtlich erst ihren Hals und schließlich ihre Brüste bearbeitete. Dann stülpte er die Lippen über einen Nippel und entlockte Lena ein Japsen.

„Mehr“, flüsterte sie und legte sich aufs Bett. „Bitte... “

Ja, knurrte ihr inneres Tier. *Mehr...*

Sergio senkte sich genau so über sie, wie sie es erwartet hatte. Anmutig. Kompetent. Beinah elegant. Druck verspürte sie nur dort, wo sie ihn am meisten brauchte. Weiche, empfindsame Stellen bettelten um Sergios magische Berührungen.

„Oh“, hauchte sie, denn Sergio begnügte sich nicht bloß mit *Berührungen.* Er küsste. Kitzelte. Kratzte sie mit seinen Stoppeln und murmelte dabei glückselig vor sich hin. Seine Lippen wirkten ihren Zauber erst auf Lenas linker Seite, dann auf der rechten. Als Nächstes zog er die Finger ihren Bauch hinab und...

Lena warf den Kopf zurück und wiegte sich gegen ihn. Zuerst gegen seine feste, breite Hand, dann gegen die Finger, mit denen er sie sanft umkreiste, und schließlich...

Er tauchte tiefer, und sie stöhnte, sehnte sich nach mehr.

Mit leuchtenden Augen schaute er auf, die Miene ernst, als ginge es um Leben und Tod und als dürfte er sie auf gar keinen Fall enttäuschen.

Lena schlang ein Bein um seines, zog ihn näher an sich. Und puh: Ihre innere Bestie mochte sie nicht verwandelt haben, aber sie hatte eindeutig das Ruder übernommen.

„Wir sollten aufpassen“, flüsterte sie.

Er legte den Kopf schief.

„Noch etwas mehr davon, und die Höhepunkte meines Tags überwiegen die Tiefpunkte.“

Er kroch wieder an ihrem Körper hoch und küsste ihre Lippen. „Sollte es denn nicht so sein?“

Sie nahm sein Kinn in die Hand. „Ja, sollte es. Ich dachte nur, du könntest eine Erinnerung gebrauchen.“

Einen Moment lang flackerte etwas in seinen Augen, und Lena fragte sich, ob sie einen zu empfindlichen Nerv getroffen hatte. Dann jedoch nickte er nachdenklich. „Dabei könnte ich tatsächlich etwas Hilfe gebrauchen.“

Oh, und wie sie ihm dabei helfen könnte. Gleich ab diesem Abend.

Sie streckte das Kinn vor, lockte ihn näher. Ihr Kuss begann sanft und langsam, um ihnen beiden Zeit zu verschaffen, darüber nachzudenken. Schon bald jedoch wurde er so leidenschaftlich und atemlos wie die anderen. Gleichzeitig streichelte sie ihn, passte die Bewegungen an die ihrer Zunge an. Dann schlang sie die Beine um seine Taille, gab sich der verzweifelten Begierde nach mehr hin.

Sergio ließ weder ein Wort noch einen Laut vernehmen. Er rutschte nur in Position und drückte ihre Beine an seine Seite. Dann heftete er einen vor Sehnsucht und Verlangen strotzenden Blick auf sie.

„Komm in mich“, flüsterte Lena.

Mit einer rollenden Hüftbewegung glitt er in sie, die Züge angespannt im Bemühen, sich zurückzuhalten. Einen Augenblick später zog er sich langsam zurück. Als er ein zweites Mal in sie tauchte, schrie sie auf.

Sie befand sich einen Schritt vom Himmel entfernt, schwebte inmitten flauschiger weißer Wolken. Ihr Körper loderte vor Sehnsucht, verlangte mehr. Eine Aufforderung, der Sergio gerne nachkam, bis sie beide verschwitzt waren, keuchten und sich in perfekter Harmonie bewegten.

„Ja... “, flüsterte Lena, während sie sich im Takt mit ihm aufbäumte.

Als sie die inneren Muskeln zusammenzog, zischte Sergio und keuchte ihr anschließend ins Ohr. „Mach das noch mal. Mach das jedes Mal."

Mit Vergnügen, hätte sie erwidert, wenn sie zusammenhängende Worte herausgebracht hätte. Größtenteils drangen die Laute eines Höhlenmenschen aus ihr. Oder vielleicht einer Gestaltwandlerin?

Einige erregende Minuten lang trieben sie sich gegenseitig in immer erhabenere Höhen. Schließlich zog Sergio ihr Knie nach oben, und ihr Stöhnen wurde tiefer. Seine Finger bohrten sich zu beiden Seiten ihres Kopfs in die Laken, während die ihren über seinen Rücken kratzten. Ein Schweißtropfen löste sich von seiner Brust, und Lena hätte nicht überrascht, wenn er beim Aufprall auf ihrer Haut gezischt hätte. Dann tauchte Sergio noch tiefer in sie und stöhnte, spannte den gesamten Körper an, als er kam.

Lena erschauderte. Bilder fluteten ihren Geist. Sie sah Sergio und sich selbst nackt und schweißüberströmt in einer von oben betrachteten erotischen Szene. Dann folgte ein Bildsprung, und sie beobachtete, wie Flammen in langen, leidenschaftlichen Ranken aus ihrem Mund schossen. Tänzelnde, kontrollierte Flammen wie bei einem Feuerwerk. Flammen, die ihre Freude für die Welt zur Schau stellten. Aquädukte verschwammen unter ihr genauso wie Wege und Straßenlaternen, weil sie sich in der Luft befand. Brüllend schwebte sie durch die Nacht.

Dieser Mann gehört zu mir, verkündete ihr Drachengebrüll. *Dieser Mann ist mein Gefährte.*

Ein Wolf trabte auf eine felsige Erhebung und heulte ihr entgegen. *Diese Frau gehört zu mir. Meine wunderschöne Gefährtin.*

Als sie der Erde entgegensank, sprang der Wolf hoch, und für den Bruchteil einer Sekunde streiften sich ihre Körper. Ein wilder, aufregender Trick, den sie mehrmals wiederholten.

Dann rannte Lena in wieder menschlicher Gestalt barfuß über Gras. Sie streckte sich ihrem Geliebten entgegen, der sich ebenfalls verwandelt und auf zwei Beine aufgerichtet hatte. Allerdings stand er nicht lange, denn sie sanken langsam zu Boden und liebten sich unter den Sternen. Gemächlicher, sinnlicher Sex, der mit einem knisternden, von Orgasmen begleiteten Biss endete.

Lena hatte keine Ahnung, was das alles bedeutete. Jedenfalls kamen in den Visionen keine bedrohlichen Gewitterwolken vor, nichts Böses, das darauf lauerte, sich einzuschleichen. Nur strahlende Herrlichkeit, wie Lena sie noch nie zuvor erlebt hatte.

Von daher: wow. Vielleicht war es doch nicht so schlimm, eine Gestaltwandlerin zu sein.

Dann ereilten sie Nachbeben ihres Höhepunkts, und sie stöhnte, umklammerte Sergio kraftvoll.

„Mehr… “

Herrje, verhielt sie sich fordernd. Und Mann, was fühlte sie sich durch ihn gut.

Eine Zeit lang schwebte sie hoch wie ein Drache. Dann seufzte sie und sank langsam zurück zur Erde. Als sie schließlich die Augen öffnete, lag sie in eine Welt aus prallen Muskeln und pulsierenden Adern geschmiegt. Sergio keuchte in die Laken neben ihr, bevor er sich auf die Seite rollte.

Wow fasste nicht annähernd zusammen, was Lena empfand. Sogar *spitze* reichte dafür nicht. Es gab nur ein Wort, das Sergio und sie gleichzeitig aussprachen.

„Schicksal… “

Sergio nickte langsam. Dann folgte der einzige unangenehme Moment der Nacht, als er sich verlegen mit einem Zipfel des Lakens sauber machte. Anschließend lagen sie in Löffelchenstellung beisammen und staunten stumm darüber, was sie getan hatten. Die Kerzen flackerten, der Geruch von schmelzendem Wachs vermischte sich mit dem süßen Duft von Sex.

„Schau“, murmelte Lena und zeigte mit dem Finger.

Sergio küsste ihre Schulter. „Ich brauche dich nicht anzuschauen, um zu wissen, wie wunderschön du bist.“

Lena setzte ein so breites Lächeln auf, dass ihre Wangen schmerzten.

„Ich meine den Diamanten. Er leuchtet.“

Sie starrten beide auf das warme, weiße Licht, das aus dem Inneren des Haufens weggeworfener Kleider pulsierte.

„Das verstehe ich nicht", flüsterte sie. „Manchmal sieht er aus wie eine Fälschung. Dann ist er praktisch radioaktiv. Und im Moment wirkt er beinah... glücklich."

Sergio fuhr mit der Hand ihre Seite entlang und dachte wie immer nach, bevor er das Wort ergriff. „Ich weiß nicht viel über Drachenschätze, aber ich weiß, dass verzauberte Stücke einen eigenen Willen haben können."

Lena stockte der Atem. Da war es wieder. Zauber. Magie.

„Gestaltwandlermagie?", hakte sie nach.

„Hexenmagie aus vergangenen Generationen. Aber die wirklich mächtigen Hexen sind vor Jahrhunderten ausgestorben."

Hexen. Gestaltwandler. Sogar Vampire. Wäre sie nicht fest in seine Arme gekuschelt gewesen, hätte sie bei dem Gedanken vielleicht Panik bekommen.

Sergio streichelte sanft ihre Hand. „Auch ein paar Gestaltwandlerarten sind ausgestorben. Aber diejenigen, die sich unter die Menschen mischen konnten, haben überlebt. Zum Beispiel Wölfe – davon gibt es Dutzende in Rom. London wird von Löwen geleitet..."

„Löwen?" Lenas Stimme schwoll an.

Doch Sergios ruhige Stimme und seine warme Berührung dienten ihr als Anker. „Hier leben nicht viele. Bären und Adler sind seltener, obwohl es von beiden stabile Populationen gibt."

„Und sie sind überall, ohne dass die Menschen es ahnen?"

„Manche Gestaltwandler leben zurückgezogener, aber ja. Die meisten wandeln unter Menschen und achten darauf, sich nicht zu verraten. Früher einmal wurden wir gejagt. Nimm nur beispielsweise die Einhörner."

Einhörner? Das waren Gestaltwandler, die Lena zu gern sehen würde. Sie stellte sich mittelalterliche Wandteppiche mit Einhörnern und anderen fantastischen Geschöpfen vor. Dann kam ihr unverhofft ein Gedanke. All diese Geschichten über den heiligen Georg...

„Was ist mit Drachen?"

„Diejenigen, die sich offen gezeigt haben, wurden gejagt. Andere waren klüger. Die meisten Drachen wollen wie die meisten Wölfe und andere Gestaltwandler den Menschen nichts

Böses. Sie wollen leben und leben lassen wie alle anderen auch. Der Großteil davon, was Menschen über Gestaltwandler glauben, stammt aus dem Mittelalter. Und das meiste ist falsch.“

Lena dachte kurz darüber nach, dann über den Diamanten. „Was ist mit Schätzen?“

Er streichelte ihren Arm. „Der Teil stimmt. Manche adeligen Drachenfamilien haben über Generationen gewaltige Schätze angehäuft. Aber andere wie die meines Freunds Tristan haben nichts. Wiederum wie bei den Menschen.“

Nur dass Menschen keine verzauberten Edelsteine weitergeben, wäre Lena beinah herausgerutscht.

Sie betrachtete den schimmernden Diamanten noch eine Minute länger. Betrachtete ihn *richtig* und stimmte sich auf die vage Empfindung ein, die sie von allen Gegenständen wahrnahm, wenn sie es angestrengt genug versuchte.

„Ich schwöre, er ist glücklich. Fast so, als wäre er mit uns einverstanden. Oder bilde ich mir das ein?“

Sergio grübelte eine lange Weile darüber. „Keine Ahnung. Wir Wölfe waren von Schätzen nie so fasziniert wie Drachen.“ Ein Lächeln krümmte seine Mundwinkel. „Aber ich bin glücklich darüber, dass wir zusammen sind, das weiß ich.“

Lena schmolz beinah in seinen Armen. „Ich auch.“

So lange hatte sie die Warnungen ihrer Mutter beherzigt und sich von Liebe ferngehalten, weil sie Angst davor hatte, ihren eigenen großen Fehler zu begehen. Aber vielleicht gab es einen noch größeren Fehler, den eine Frau begehen könnte – zum Beispiel, der Liebe auszuweichen. Das Herz zu verschließen. Sich das Beste, was ihr je passiert war, durch die Finger gleiten zu lassen.

Sie hielt sich Sergios Hand an die Wange und genoss seine Wärme.

„*Tesoro mio*“, murmelte er und schmiegte sie enger an sich wie einen persönlichen Schatz.

Eine weitere Minute verstrich, bevor Sergio seufzte und weitersprach. „Eine Sache. Der Diamant könnte der Grund sein, warum du immer wieder den Drang verspürst, dich zu verwandeln. Er und der Umstand, dass du in Rom bist.“ Sergio deutete nach draußen. „Na ja, jedenfalls nah genug dran.“

Sie runzelte die Stirn. „Was hat das damit zu tun?"

„Deine Gestaltwandlerwurzeln rufen nach dir."

Lena drückte sich seine Hand an den Bauch, während sie beisammenlagen, immer noch in Löffelchenstellung. Konnte es wirklich sein?

„Wir sollten versuchen, mehr über deinen Vater herauszufinden." Sergio streichelte mit dem Daumen über ihre nackte Haut.

Ihre Schultern spannten sich an. Als Kind war es tabu gewesen, über ihren Vater zu reden. Dafür hatte sie sich eine hehre Geschichte darüber ausgedacht, wie ihn extreme Umstände gezwungen hatten, ihre Mutter und sie wegzuschicken. Nun wurde ihr eine völlig neue Welt mit Gestaltwandlern offenbart, und ihre Gedanken überschlugen sich.

„Vielleicht war er irgendein Schurke. . . ", murmelte Sergio nachdenklich.

Lena runzelte die Stirn. Die Vorstellung gefiel ihr gar nicht.

„Laut deiner Mutter hatte er Geld, richtig?"

Sie schaute mürrisch drein. „Vicente hat auch Geld."

Gott, was würde es ihr widerstreben, herauszufinden, dass ihr Vater so ein Mann gewesen war. Andererseits konnte sie nicht glauben, dass ihre Mutter auf diesen Typ hergefallen wäre.

Schließlich drückte sie die Hand an Sergios Mund. „Wir können später darüber reden. Ich möchte mit einem Höhepunkt einschlafen, okay?"

Er lächelte und strich ihr mit einem Finger über die Wange. Dann funkelten seine Augen, und er fuhr die Linie zwischen ihren Brüsten nach. . . ihren Bauch hinunter. . . bis zum Ansatz ihres Schritts.

„Mit noch einem Höhepunkt? Ich werd' mein Bestes tun."

Lena nickte und wurde schlagartig wieder atemlos. *Das weiß ich.*

Schon kurze Zeit später schnurrte sie und gurrte sie keuchend, schlang die Glieder um ihn und bettelte um mehr. Und als er sie sanft herumdrehte. . .

„Hündchenstellung?", platzte sie heraus.

Sergio hielt inne. „Wenn du nicht willst. . . "

Sie kicherte, senkte sich auf die Ellbogen und wackelte mit dem hochgestreckten Hintern. „Oh, und ob ich will. Nur müsste ich lügen, wollte ich behaupten, dass ich im Moment die Kontrolle über mein inneres Tier habe. Wollte ich nur gesagt haben."

Sergio lachte, bevor er hinter ihr in Position ging und ihr ins Ohr flüsterte. „Dafür müsste ich auch lügen." Dann schmunzelte er. „Nur eins noch: Sag zu einem Wolf nie, dass es Hündchenstellung heißt."

Lena lachte. „Dann zeig mir den Unterschied."

Er fuhr mit den Händen ihren Körper entlang und brachte jeden Quadratzentimeter ihrer Haut vor Verlangen zum Lodern. Ein früher Hinweis darauf, wie gut Sergio diese Stellung beherrschen würde. Zum *Heulen* gut. Wobei wohl eher sie heulen würde, vermutete Lena.

Ja, bitte, brummte ihr inneres Tier.

„Ich zeigte dir etwas *anderes*, Liebste", flüsterte er und streichelte sie noch einmal, bevor er heiß und hart in sie glitt.

Oh ja. Ihr inneres Tier knurrte. *Zeig's mir.*

Kapitel 9

Sergio hatte schon viele kurze Nächte erlebt, vor allem beim Militär. Zeiten, in denen er nicht mehr als ein, zwei Stunden Schlaf am Stück bekam und jede Minute davon elend war. Aber die zwei Stunden, bevor er später in der Nacht aufwachte, waren friedlich. Erfüllend. Sogar himmlisch.

Langsam streckte er sich und stellte überrascht fest, dass sein Körper vor Befriedigung wohlig glomm, statt vor Stress zu zittern. Dann umarmte er Lena, nur um sich zu vergewissern, dass sie wirklich neben ihm lag. Schließlich schlüpfte er aus dem Bett und achtete darauf, sie dabei nicht zu wecken. Er ging in die Küche, wo er einen Fensterladen aufschwang und den Blick prüfend über die umliegende Landschaft wandern ließ.

Die Welt schlief noch, aber irgendwo war das Böse unterwegs. Er konnte es spüren.

Vicente, kam knurrend von seinem Wolf.

Sergio schaute zurück zu Lena und blies gedehnt den Atem aus. War es richtig gewesen, hier zu übernachten? Ja, entschied er. Vicente könnte Sergios Zuhause in der Stadt oder Lenas Mietwohnung leichter aufspüren, als er sie hier finden könnte. Und wenngleich auch die Möglichkeit bestanden hätte, Zuflucht bei den Hütern zu suchen, hätte sich das als kontraproduktiv herausstellen können, wie er bei den Hütern Londons gesehen hatte.

Dennoch durfte er nichts dem Zufall überlassen, also überprüfte er sein Telefon. Wenig später legte er es fluchend beiseite. Der Akku war leer, und er hatte keine Möglichkeit, das verdammte Ding aufzuladen.

Sergio schloss die Augen und entsandte die Gedanken zu Marco. Ein vergebliches Unterfangen. Sein Freund befand sich kilometerweit entfernt. Nur vom Schicksal vorgesehenen Gefährten und Blutsverwandten konnte es gelingen, über solche Entfernungen eine gedankliche Verbindung herzustellen.

Als die Laken raschelten, schlug er die Augen auf. Lena blinzelte und sah sich schläfrig um. Als sie ihn sichtete und lächelte, fühlte es sich an, als ginge die Sonne am Horizont auf und tünchte seine müde Seele in strahlendes Licht. Natürlich dauerte es bis zum wahren Sonnenaufgang noch ein paar Stunden.

„Hey", murmelte Lena und trat auf ihn zu.

Gesprenkeltes Mondlicht fiel auf ihren Körper. Unwillkürlich bewunderte Sergios ihre Kurven. Draußen sangen Grillen einen fröhlichen Chor, der wie die Jubelgesänge in seinem Inneren klang. Es war, als wäre aus dem Nichts ein Engel erscheinen – nur besser, denn Lena war aus Fleisch und Blut.

Definitiv nicht Nichts, brummte sein Wolf, als ihre Lippen die seinen streiften.

Außerdem war sie nackt und zu schläfrig, um schüchtern wegen ihres Körper zu sein. Ein weiterer Pluspunkt.

„Geht's dir gut?", flüsterte sie und fuhr ihm mit der Hand über die Brust.

Ihre Liebkosung brachte seine Seele zum Singen. Wie hatte er nur all die Jahre ohne ihre heilende Berührung überlebt?

Sein Wolf schnaubte. *Ganz einfach. Wir haben aufgehört, irgendwas zu fühlen. Eigentlich sogar aufgehört, wirklich zu leben.*

Jedenfalls war er nun auf eine Weise lebendig, wie er es nie zuvor gekannt hatte.

Er küsste sie ein zweites Mal. Ob es ihm gut ging? „Jetzt schon." Dann deutete er in Richtung der Fensterläden. Wäre es ihr lieber, wenn er das Mondlicht aussperrte?

Sie schüttelte den Kopf. „Im Moment fühle ich mich ziemlich menschlich. Herrlich menschlich, könnte man sagen."

Sie schmiegte sich an ihn. Zusammen ließen sie den Blick über die schattige Landschaft wandern. Das hohe Gras neigte sich im Wind. Sergio stellte sich ein Wolfspaar vor, das sorglos durch die Wiese tollte. So, wie Lena und er es tun könnten, wären da nicht Vicente, die Hüter und die Lombardis.

Er seufzte. Abgesehen davon war es nicht nur unwahrscheinlich, sondern praktisch unmöglich. Lena war ein Drache. Er war ein Wolf. Wie sollte das je funktionieren?

Schließlich verdrängte er den Gedanken. Er hatte nicht vor, eine wundervolle Nacht mit Lena durch Trübsal zu vergeuden. Vielmehr sollte er vor Freude darüber heulen, sie festhalten zu können.

Sergio rieb das Kinn über ihre Schulter und nahm alles in sich auf. Lena. Die Landschaft. Die Sterne. Dieses seltene Gefühl von innerem Frieden.

„Warum fantasiere ich davon, dich zu beißen?", fragte Lena so leise, dass Sergio erst dachte, er hätte sich die Worte eingebildet.

Er schluckte. War sie bereit für die Wahrheit?

„Gestaltwandler heiraten nicht. Sie gehen durch einen Paarungsbiss eine lebenslange Verbindung ein."

Am liebsten hätte er das Gesicht in den Händen vergraben, denn es drang klobig und unbeholfen heraus. Arme Lena. Was um alles in der Welt würde sie bloß denken?

Ihre Lippen bebten ein wenig, und als sie einen Finger hob, zitterte er leicht. Aber sie bewegte ihn zu seinem Hals und drückte ihn sanft. „Ein Paarungsbiss. Also... ungefähr... hier?"

Sergio starrte sie an. Woher wusste sie das?

Lena schluckte und atmete tief ein. „Mich überkommt immer wieder der Drang, aber ich habe keine Ahnung, warum."

„Instinkt", flüsterte er. „Ich spüre es auch."

Ihre grünen Augen blickten in die seinen, tief und strudelnd. Glühend, wenn man nach der Hitze ging, die sie abzustrahlen schienen.

„Gefährten, hm?"

Er nickte und konnte nur hoffen, sie würde nicht Reißaus nehmen.

Lena biss sich auf die Unterlippe. „Ist seltsam, dass sich alles, was du sagst, wie etwas anfühlt, das ich schon kannte. Nur wusste ich es nicht – bis jetzt."

„Das sind Instinkte deiner Gestaltwandlerseite." Er legte ihr einen Arm über die Schultern und hoffte, seine Worte würden sie nicht vergraulen.

Lena holte tief Luft. „Darüber muss ich unbedingt mehr herausfinden."

Er nickte zustimmend.

„Du hast die Hüter erwähnt. Wer genau sind sie?", fragte Lena.

Sergios Kiefer mahlten. „Sie sind Gestaltwandler aus den führenden Clans von Rom. Gemeinsam beschützen sie die Stadt. Die Anführerin ist eine Wölfin, Ariana. Du würdest sie mögen." Kurz lächelte er, bevor seine Miene wieder verkniffen wurde. „Außerdem sind da ein Drache, ein Bärengestaltwandler, ein Adler und ein weiterer Wolf, Remo. Der mich, nebenbei bemerkt, nicht leiden kann."

Lena runzelte die Stirn. „Warum sollte irgendjemand dich nicht leiden können?"

Sergio strahlte über ihren Glauben an ihn. Dann holte er tief Luft, denn es war an der Zeit, seine Vergangenheit zu enthüllen. „Remo entstammt einer langen Reihe ehrenwerter Wölfe. Ich komme aus einer langen Reihe von Verbrechern."

Sein Herz schlug schneller, als Lena ihn musterte. *Eindringlich* musterte. Ihre tiefgrünen Augen schienen direkt in seine Seele zu blicken. Dort wimmelte es von Geheimnissen, aber Sergio überwand sich, sie hereinzulassen. Das musste er, wenn er die Chance haben wollte, seine Gefährtin für sich zu gewinnen.

Auf seiner Stirn brach Schweiß aus, und jeder Muskel in seinem Körper spannte sich an, als sich Lenas Gesichtsausdruck veränderte. Zuerst wirkte sie ängstlich, dann wütend, aber irgendwie nicht auf ihn. Als Nächstes sah er Trauer und fragte sich, warum.

„Erzähl mir von deinen Verwandten", flüsterte sie schließlich.

Seine Kehle war trocken, aber er gab sein Bestes.

„Mein Großvater hat die führende Gestaltwandlermafia in Rom geleitet." Er schluckte, aber Lena zuckte mit keiner Wimper. „Bei seinem Tod haben mein Vater und mein Onkel – Zwillingsbrüder – die Leitung übernommen."

Langsam nickte Lena. „Und deine Mutter?“

Wärme und Kummer verdrängten einen Teil der Verbitterung aus seinem Kopf. „Sie war zehn Jahre jünger als mein Vater – zu jung, um die gesamte Tragweite des Familienbetriebs zu verstehen, als sie sich kennenlernten. Als sie es herausfand, hat sie schon zu tief dringesteckt. Dann starb mein Vater…“ Sergio beschloss, sich die Einzelheiten darüber für ein anderes Mal aufzuheben. „Ich war sieben. Damals hat mich meine Mutter hier heraus aufs Land gebracht, um mich vor der Familie zu beschützen. Sie hat gemeint, sie fühle sich zum ersten Mal seit Jahren wieder frei, obwohl wir so gut wie nichts hatten.“

Sergio warf einen Blick auf die maßgeschneiderte Kleidung, die er zuvor ausgezogen hatte. Ein Luxus, von dem er damals nur träumen konnte. Heute besaß er die Kleidung, eine schöne Uhr und sogar ein schickes Auto – einen Maserati, für den er in den engen Straßen Roms kaum Verwendung hatte. Doch je öfter er Vicente mit solchem Reichtum protzen sah, desto mehr fragte er sich, warum irgendetwas davon wichtig sein sollte.

Lena streichelte seinen Arm, als er fortfuhr.

„Eine Zeit lang haben uns meine Verwandten in Ruhe gelassen. Aber als ich sechzehn war, starb die Gefährtin meines Onkels. Von da an kam er immer wieder vorbei, brachte meiner Mutter Geschenke und sagte zu mir, er wolle mich im Geschäft haben…“

An der Stelle wurde seine Stimme zerknirscht, und hässliche Bilder schossen ihm durch den Kopf.

„In Wirklichkeit wollte er meine Mutter. Und zu so solch einem Mann sagt niemand nein. Aber er musste geschäftlich weg, und…“ Sergio gestikulierte. „Meiner Mutter ist es gelungen, ihn jahrelang zu meiden, indem sie umgezogen ist, sich Ausreden einfallen ließ, ihn ermutigt hat, andere Frauen kennenzulernen…“

Seine Miene verfinsterte sich. Ein gepaarter Wolf – sogar ein Witwer – entfernte sich nie von der Frau, die er liebte. Höchstens, wenn dieser Wolf keine Skrupel kannte wie sein Onkel Salvatore.

Natürlich hatte das seiner Mutter zum Vorteil gereicht, zumindest eine Zeit lang.

„Ich habe kleinere Aufträge für den Familienbetrieb übernommen, mich bestmöglich aus den schmutzigen Angelegenheiten herausgehalten und nach einem Ausweg gesucht. Aber eine Familie wie diese... da gibt es keinen Ausweg. Nicht ohne zu sterben – oder jemanden zu töten.“

Lena schluckte schwer, aber sie streichelte weiter seinen Arm und forderte ihn stumm auf, fortzufahren.

„Schließlich hat mich mein Onkel zu sich gerufen und gemeint, es sei an der Zeit für mich, anzutreten. Von meiner Mutter hat er verlangt, ihn nicht länger zu meiden.“ Sergio verzog das Gesicht zu einer Grimasse. Brauchte Lena wirklich eine genaue Beschreibung davon, was als Nächstes passiert war? Nein, entschied er letztlich. „Er und ich hatten Streit, und es kam zu einem Kampf. Dabei habe ich ihn getötet.“ Sergio schluckte. Nicht aus Reue, sondern weil er sich davor fürchtete, wie Lena über ihn urteilen würde. „Ich hatte keine Wahl. Und ich dachte, damit würde es enden. Aber durch ein ungeschriebenes Gesetz wird der Sieger zum neuen Boss. Und damit wollte ich nichts zu tun haben. Also bin ich gegangen.“

Lenas Stimme ertönte als Flüstern. „Zur französischen Fremdenlegion.“

Er nickte und hielt den Atem an.

„Was ist mit deiner Mutter?“, fragte Lena nach einer Pause.

Sein Herz schwoll an. Typisch Lena – sie betrachtete das Gesamtbild und berücksichtigte Unschuldige, die sich in Umständen jenseits ihrer Kontrolle verfangen hatten.

„Danach wurde sie von allen in Ruhe gelassen. Sie ist nach Kalabrien gezogen, wo sie immer noch lebt.“

Seine Drohungen, jeden in Stücke zu reißen, der es wagte, seine Mutter zu belästigen, gewährleisteten ihre Sicherheit. Aber dieses Detail würde er Lena ein anderes Mal mitteilen.

Sie atmete so erleichtert aus, als hätte das Leben ihrer eigenen Mutter auf dem Spiel gestanden. „Dem Himmel sei Dank. Was ist mit dem Rest der Familie?“

„Ohne einen klaren Führer gingen die Machtkämpfe los. Das hat den Hütern die Möglichkeit eröffnet, einzugreifen. Und letztlich ist das Unternehmen zerfallen.“

Wie üblich empfand Sergio darüber weder Freude noch Erleichterung, nur Bedauern. So viele Kämpfe, so viele verlorene oder vergeudete Leben. Und wofür?

Freiheit, hätte seine Mutter sagen können. *Die Chance, nach Hause zurückzukehren.*

Aber seine Heimat war Rom, und als Monserratti war er auf Lebenszeit aus der Stadt verbannt worden – bis sich seine große Chance ergeben hatte.

Sergio runzelte die Stirn, und sein innerer Wolf knurrte. *Vicente.*

Ihm widerstrebte der Gedanke, dass er diesem Mistkerl etwas verdankte, unter anderem die Gelegenheit, nach Hause zu kommen. Aber es stimmte.

Sergio schluckte schwer und zwang sich, Lenas Blick zu begegnen. Nichts davon zählte im Moment. Nur Lena. Seine Gefährtin. Die einzige Chance, die er im Leben wirklich brauchte.

„Tja, jetzt weißt du, aus was für einer Familie ich stamme. Verbrecher."

Lena sah ihm noch einen Herzschlag lang in die Augen, dann legte sie ihm die Hand ins Gesicht. Als sie das Wort ergriff, ertönte ihre Stimme leise und doch eindringlich.

„Du bist nicht deine Familie. Du bist ein Mann von Ehre."

Erleichterung durchströmte ihn, und er schwankte auf den Füßen, als er sich fragte, warum seine Augen so ungewohnt brannten.

Ein Mann von Ehre. Das hatte er zwar immer angestrebt, aber als Monserratti schien es immer unerreichbar für ihn zu sein.

Lena schlang die Arme um ihn, und zum ersten Mal überhaupt ließ er sich festhalten, statt seinerseits festzuhalten. Er schloss die Augen und fragte sich, wie er solches Glück haben konnte.

Schließlich zog sich Lena zurück, aber ihre Hände hielten die seinen weiter fest.

„Deine Herkunft ist genauso unwichtig wie meine", flüsterte sie. „Vorläufig zählt nur, dass wir uns überlegen, was wir als Nächstes tun."

Er nickte. Lena hatte recht. Er musste für ihre Sicherheit sorgen.

„Also…“ Sie klopfte auf die Arbeitsplatte der Küchennische, während sie nachdachte. „Die Hüter. Wenn sie die Stadt beschützen, warum vertraust du ihnen dann nicht?“

Weil ich niemandem vertraue und niemand mir vertraut, hätte er sagen können.

Lena vertraut uns, murmelte sein Wolf glücklich.

Das tat sie wirklich, und es jagte ihm Angst ein. Nur ein falscher Schritt, eine Fehlentscheidung, und Lena könnte ein schreckliches Schicksal ereilen.

Stockend begann er: „Normalerweise meinen es die Hüter gut.“

Lenas Augenbrauen schossen hoch. „Normalerweise?“

„Sie sind alt und sehr traditionsverhaftet. Beinah skrupellos.“

Lena erbleichte. „Der Zweck heiligt die Mittel?“

Sergio runzelte die Stirn. „Nicht ganz, aber sie betrachten die Dinge auf einer höheren Ebene. Es ist wie bei den meisten Offizieren, unter denen ich gedient habe. Manchmal müssen sie für das größere Wohl ein paar Fußsoldaten opfern.“

Irgendwie hatte ihn das nie wirklich gestört. Es war einfach so. Aber wenn er sich Lena als einen dieser Fußsoldaten vorstellte…

Sein Wolf knurrte in ihm. *Niemals. Nicht sie.*

„Also nicht zu den Hütern. Jedenfalls vorläufig nicht“, folgerte Lena. Dann rang sie sich ein verhaltenes Lächeln ab. „Aber wir haben ja einander.“

Seine Wangen strafften sich. „So ist es.“

Lena lächelte erneut, ein Lächeln, das seine Seele erfüllte. Dann standen sie am Fenster und starrten in die Nacht hinaus.

Die Zeit verging, und Sergio stimmte sich unwillkürlich mehr auf Lena ein als auf die Landschaft. Mit jedem verstreichenden Augenblick mehr, denn das fand er so viel angenehmer, als über Böses, Ungewissheiten und Zweifel zu grübeln. Sergio schloss die Augen und genoss, wie perfekt ihr Körper zu seinem passte. Das stete Heben und Senken ihrer Brust. Die sanfte Krümmung ihrer Hüften...

„Klingt, als wären Gestaltwandler wie Menschen", murmelte sie nach einer Weile. „Mit allen guten und schlechten Seiten."

Er schmiegte sich an ihre Schulter. „Könnte man so sagen."

Lena sah zu ihm auf und lehnte sich näher an ihn, bis ihr weicher Busen gegen seine Brust drückte.

„Nur haben Gestaltwandler Gefährten, und du bist meiner", flüsterte sie.

Atemlos nickte Sergio und fürchtete, er könnte sie verschrecken.

Aber das hätte er besser wissen müssen. Lena mochte sich dessen nicht bewusst sein, doch im Herzen war sie eine Kriegerin. Selbst, wenn sie sich fürchtete, pflügte sie unbeirrt weiter.

„Also gehen all diese animalischen Instinkte auf meine Gestaltwandlerseite zurück?" Sie fuhr mit einer Hand zart über seinen Rücken hinab bis zum Steißbein und kitzelnd zurück nach oben.

Sein Wolf wedelte mit dem Schwanz.

„Welche Instinkte?", tat er ahnungslos.

„Ach, du weißt schon." Sie senkte die Stimme und die Hand. „Der unanständige Kram. Dass ich dich andauernd berühren will und so."

Hitze raste wie eine Flutwelle durch sein Blut. „Mich berühren? Wo?"

„An allen möglichen Stellen." Lena schob die Hände auf seinen Hintern und bewegte sie dann nach vorn.

Sergio hatte Mühe, ein hungriges Zischen zurückzuhalten, als sie beide Hände über seinen Schritt legte.

„Schon komisch, wie Instinkte funktionieren", murmelte er.

Es sollte nicht so anstrengend sein, zu reden. War es aber, während Lena seine Mannespracht streichelte. Das Blut schoss ihm zwischen die Lenden. Lena gab einen skeptischen Laut von sich.

„Das Schlimmste ist, dass ich immer mehr will."

Tja, er gab ihr gerade mehr und mehr zu halten, so viel stand fest.

„Ich habe Fantasien über Dinge, die ich mit dir anstellen will…" Reumütig schüttelte sie den Kopf.

Sergio wusste klipp und klar, was er mit ihr anstellen wollte. Für ihn ergab sich eher die Frage, womit unter all den durch seinen Kopf tänzelnden Möglichkeiten er anfangen sollte.

„Wer weiß?", brachte er mühsam heraus. „Vielleicht denke ich ja dasselbe."

Ihre Augen funkelten, als sie den Blick auf seinen Schritt senkte. „Tja, ich denke, dann sollte ich es mal versuchen."

„Ja, solltest du wohl."

Sergio wusste nicht recht, was er erwartet hatte, aber mit Sicherheit nicht, dass Lena auf die Knie sank und den Mund öffnete. Sekunden später lehnte er mit dem Rücken an der Wand, die Augen geschlossen, während er leise und lustvoll stöhnte.

Das Rund ihrer Lippen erwies sich als Paradies, der Druck ihrer Zunge brachte ihn um den Verstand. Hinzu kamen die brummenden Geräusche, die sie von sich gab. Er fädelte die Finger in ihr Haar und zwang sich, nicht kräftig an ihnen zu ziehen. Was gut war, denn Lena legte sich auch so mächtig ins Zeug. Ihre Hände blieben indes nicht untätig und streichelten ihn genau dort, wo er es sich am meisten wünschte.

Schließlich ließ sie ihn mit einem leisen Schmatzlaut aus ihrem Mund flutschen und schaute zu ihm auf. „Hatte ich recht?"

Sein Verstand erwies sich als vollkommen leer. Wie lautete die Frage noch mal?

Sie legte die Hände auf seinen Hintern. „Hast du an dasselbe gedacht?"

„Jetzt schon." Die Worte drangen mit knurrendem Unterton heraus, und er führte Lena dorthin zurück, wo sie aufgehört hatte. Eine Weile gab sich Sergio reiner Ekstase hin. Einer Ekstase der Art, die seinen Geist weiter leerte und seine Gelenke lockerte. So sehr, dass seine Knie beinah einknickten, als Lena das Tempo erhöhte.

Allerdings leistete sie die gesamte Arbeit, und er kam dem Punkt, an dem es kein Zurück mehr gab, gefährlich nah. Sergio musste alle Selbstdisziplin aufbringen, um Lena aufhören zu lassen und sie zurück auf die Beine zu ziehen.

„Nicht gut?“

„Zu gut“, brummte er und eroberte ihren Mund.

Sein Wolf heulte triumphierend über den eigenen Geschmack auf ihren süßen Lippen.

Vage hatte er vor, die Dinge auszudehnen und sie zum Heulen zu bringen, während er jedem Teil ihres Körpers huldigte. Aber die Lust übermannte ihn, und er manövrierte sie an die Wand. Dort hob er sie an, bis sie die Beine um seine Taille schlang. Dann rückte er langsam vor, lehnte sich mit dem vollen Körpergewicht gegen sie.

„Da drüben wäre ein wunderbares Bett.“ Schmunzelnd deutete Lena mit dem Kinn.

Er schüttelte den Kopf. Das Bett reichte nicht. Jedenfalls nicht für das rohe, tobende Verlangen, das sie in ihm entfacht hatte.

„Hier ist eine wunderbare Wand.“ Er klopfte mit den Knöcheln darauf. „In Ordnung für dich?“

Hätte sie abgelehnt, wäre er vielleicht gestorben. Aber Lena gab ihm mit einem eifrigen Nicken grünes Licht. Er preschte nicht bloß von den Startblöcken los – er sprang geradezu und verschlang sie beinah mit seinem nächsten Kuss. Eine Hand genügte, um sie hochzuhalten. Die andere begab sich auf eine hastige Erkundungstour ihres Körpers, um sich zu vergewissern, dass sie bereit für das war, was ihm vorschwebte. Sergio kniff sie in die Brustwarzen und umkreiste die Knospe ihrer Klitoris, brachte sie damit zum Schreien. Dann hievte er sie höher, setzte seine Härte an ihr an und hielt inne, sah ihr tief in die Augen.

Bereit?

Bereit, bestätigte ihr lodernder Blick.

Ein schneller Stoß genügte, um ihn geradewegs in den Himmel zu befördern. Beide schnappten nach Luft, und Sergio verharrte einen Moment lang, sammelte sich. Dann holte er aus und stieß ein zweites Mal zu, ließ Lena aufheulen.

Es war wilder, hungriger Sex, wie er ihn noch nie zuvor erlebt hatte. Ungestüm und besitzergreifend. Und er drückte ihr dabei den Stempel seines Geruchs auf. Jede Bewegung, jedes Kratzen seiner Zähne kennzeichnete Lena als sein.

Alles außer dem Paarungsbiss, aber eines Tages...

Bald, brummte sein Wolf und heftete das Augenmerk auf jene besondere Stelle an ihrem Hals.

Lena hielt ihn fest und brachte ihn mit der besten Art von Hitze zum Brennen – der Art, die alle Probleme der Welt auslöschte und zwei Menschen vereinte.

„Ja", rief sie und klammerte sich an ihn.

Sie schauderte und kam heftig, aber Sergio ließ nicht locker, pflügte durch ihren ersten Orgasmus und trieb sie zum zweiten. Erst dann kam auch er, die Lippen zu leisem Triumphgeheul geschürzt. Sie war seine Gefährtin, und niemand würde sich je zwischen sie stellen.

Niemals, stimmte sein Wolf knurrend zu.

Was war befriedigender? Die süße Entladung seines Körpers oder das Gefühl von Lena, die in seinen Armen dahinschmolz? Oder vielleicht, wie sie murmelnd zu einer Reihe von tiefen, leckenden Küssen überging und ihn so zeichnete, wie er sie gezeichnet hatte?

Es war unglaublich. Eine Offenbarung. Ein Beweis, dass sein Leben besser sein konnte, als er es sich je vorgestellt hatte – solange er seine Gefährtin hatte.

Schließlich brachen beide keuchend und schnaufend zusammen.

„Du...", murmelte sie. „Du..."

Du bist spitze, hätte er ihr aushelfen können, wenn er zu sprechen vermocht hätte. *Du, Lena, nicht ich.*

Sie lächelte, las in ihm wie in einem Buch. Und zum ersten Mal überhaupt schaltete er seine Verteidigung aus und ließ Lena jede beliebige Seite aufschlagen, die sie wollte. Der Blick ihrer Röntgenaugen drang tief in ihn ein, ohne vor dem zurückzuschrecken, was sie fand. Augen, die in ihm beinah den Wunsch weckten, über Dinge zu sprechen, die er noch nie jemandem anvertraut hatte. Augen, die ihn anbettelten, sie an seinem Leben teilhaben zu lassen und umgekehrt ein Teil ihres Lebens zu werden.

Was komisch war, denn eigentlich wollte er darum betteln.

Bitte, Lena. Lass mich ein Teil deines Lebens sein.

Er fuhr mit einem Finger über ihre Wange, bevor er die Stirn an ihre lehnte.

„Unglaublich", hauchte sie. Am liebsten hätte er mit stolz geschwellter Brust gejohlt. Dann seufzte sie und berührte seinen Hals. „Aber ich will dich immer noch beißen."

Sergio lachte so laut, dass seine Stimme von den Wänden widerhallte. „Das will ich auch."

Lena seufzte erneut. „Ich finde allerdings, als verantwortungsbewusste Erwachsene sollten wir eine Nacht darüber schlafen."

Er schmunzelte. „Nur eine Nacht?"

Sie kuschelte sich an ihn. „Wenn ich es überhaupt so lange schaffe."

Er hielt sie fest. Ganz gleich, wie sehr er in Versuchung geriet, es würde keine Paarungsbisse geben, bevor es der richtige Zeitpunkt wäre. Vorerst...

Der Edelstein pulsierte unter dem Haufen zu Boden geworfener Kleidung, und beide schauten gleichzeitig hinüber.

Feuertochter, hauchte sein Wolf.

Lena musste gespürt haben, dass er es gerade aussprechen wollte, denn sie hob die Hand. „*Zitti.*" *Pst.* „Nicht heute Nacht. Zumindest kein Reden darüber." Ein verhaltenes Lächeln bildete sich auf ihren Lippen. „Bring mich ins Bett, Wolf."

Er setzte ebenfalls ein Lächeln auf. „Zum... Schlafen oder für andere Dinge?"

Lena tat so, als dächte sie darüber nach, obwohl ihr Körper bereits nach seinem rief. Sergio konnte es riechen und ihre Wärme spüren.

„Das werden wir schon sehen", neckte sie ihn.

Er hob sie hoch und ging zum Bett, legte sie behutsam darauf ab und begann, ihren Bauch zu küssen.

„Ja, werden wir wohl", meinte er, als sich ihr Körper dem seinen entgegenwölbte.

Kapitel 10

„Lena.“

Sergio berührte sie sanft an der Schulter, aber sie rollte sich weg und brummelte im Schlaf.

Gott, war sie schön. Wenn er nur die Zeit hätte, sich hinzusetzen und sie in aller Ruhe zu bewundern.

„Lena.“ Sergio versuchte es erneut.

Es war allein seine Schuld. Er hatte sie die halbe Nacht wach gehalten mit all dem Spaß, den sie im Bett gehabt hatten.

Und an der Wand, murmelte sein Wolf verträumt. *In der Dusche…*

Na schön, vielleicht war es nicht allein seine Schuld. Seine Absichten unter der Dusche waren völlig unschuldig gewesen. Dort hatte Lena dafür gesorgt, dass es heiß herging.

Schicksal, murmelte sein Wolf.

Ein Schnauben ertönte von der Tür, wo Marco stand und Sergio zu Eile antrieb. „Das Schicksal wird euch beide umbringen, wenn ihr nicht in die Gänge kommt.“

Sergio war so tief in eine Welt wohliger Wärme und seligen Friedens abgedriftet, dass er Marcos beharrliches Klopfen an der Tür vor ein paar Minuten beinah verschlafen hätte. Dann jedoch war er aus dem Bett gesprungen, bereit, bis zum Tod zu kämpfen, um Lena zu beschützen. Gut, dass ein Freund vor der Tür stand und kein Feind.

Dank der Nachricht, die Sergio zuvor gesendet hatte, wusste Marco, wo er sie finden konnte. Allerdings ließen seine Neuigkeiten Sergio das Blut in den Adern gefrieren. Vicente und seine Männer waren unterwegs. Was bedeutete, dass es in diesem sicheren Haus unter Umständen nicht mehr sicher war.

„Weck sie endlich auf“, blaffte Marco.

Schon seltsam. Der Marco, den Sergio von der Fremdenlegion kannte, ließ sich nie von etwas die Laune verderben, nicht mal von Lebensgefahr. Im Augenblick jedoch zeigte er sich verdammt unleidlich.

„Lena. Sie kommen." Sergio rüttelte sie sanft an der Schulter.

Die Worte mussten es in ihren benommenen Geist geschafft haben, denn sie hob den Kopf. „Vicente?"

Er nickte mit verkniffener Miene. „Und seine Männer. Wir müssen weg."

Lena rollte sich in sitzende Position, dann schnappte sie nach Luft und umklammerte das Laken.

„Das ist nur Marco." Sergio trat zwischen sie, um Lena ein wenig abzuschirmen.

„Was soll das heißen, nur?", brummelte Marco.

Lena lehnte sich zur Seite, um einen flüchtigen Blick auf ihn zu werfen, dann schaute sie weg und lief rosig an. Sergio zuckte zusammen. Marco war nackt, aber nein – Sergio hatte ihn nicht zu einem perversen Dreier eingeladen.

„Marco hat Vicente im Auge behalten, seit wir die Jacht verlassen haben", erklärte Sergio. „Er ist gekommen, um uns zu warnen."

Lena wickelte das Laken wie eine Toga um sich und griff nach ihrer Kleidung.

Währenddessen scheuchte Sergio seinen Freund in Richtung der Tür. Unterwegs erklärte er ihm: „Es hat eine neue Entwicklung gegeben."

Marco blickte missbilligend in Lenas Richtung. „Was du nicht sagst."

Lena errötete heftiger, und Sergio schob Marco weiter zur Tür. „Ich meine den Diamanten. Lena löst ihn aus, nicht Amber."

„Wie es aussieht, hat Vicente das auch herausgefunden", warnte Marco.

Sergio fluchte. „Wo ist er?"

„Nähert sich rasch. Ich bin so schnell geflogen, wie ich konnte."

„Geflogen?", platzte Lena heraus.

Sergio und Marco wirbelten herum. Sie sprachen ihr übliches verwaschenes Französisch, vermischt mit etwas Englisch und Italienisch – Macht der Gewohnheit aus ihrer Zeit bei der Fremdenlegion. Offensichtlich konnte Lena ihnen folgen.

„Drachengestaltwandler", rief Marco und klopfte sich auf die Brust.

Lenas Augen wurden groß.

Sergio scheuchte Marco durch die Tür hinaus, während Lena ihre Hose ausschüttelte und anzog. Dann blickte sie an sich hinab und tätschelte unsicher den Edelstein in ihrer Tasche.

„Hör zu." Marco stupste Sergio mit einem Finger in die Brust. „Du musst klaren Kopf bewahren. Sie ist es nicht wert."

„He!", protestierte Lena von drinnen.

„Ist nichts Persönliches", rief Marco, bevor er sich wieder an Sergio wandte. „Liebe ist eine Lüge. Eine Illusion."

„Was hast du für ein Problem?", murmelte Lena.

Sergio zog Marco mit einem Ruck näher und knurrte. „Liebe ist Hoffnung. Liebe ist Licht. Liebe ist alles."

Marco starrte ihn verdutzt an. Sergio war selbst ein wenig überrascht. Seit wann glaubte er an diese Dinge?

Seit Lena, brummte sein inneres Tier.

„Gesprochen wie ein wahrer Wolf." Marco schürzte die Lippen. „Verstehst du denn nicht? Liebe macht blind. Und wenn deine Hoffnungen in Flammen aufgegangen sind, bleibt dir nur Asche, Sergio. Asche. Mehr wird von deinem Herzen nicht übrig sein."

Sergio starrte ihn an. Die oberste Regel bei der Fremdenlegion lautete, nicht in jemandes Vergangenheit herumzuschnüffeln. Aber wow: Was hatte es mit dieser Einstellung auf sich?

„Um Himmels willen." Lena erschien halb angezogen an der Tür. „Du wirst von einer Frau verletzt, und dadurch ist Liebe gleich für jeden eine Katastrophe?"

Marco schaute finster drein, bis Sergio ihm warnend eine Hand auf die Schulter legte. Niemand bedachte seine Gefährtin mit dem bösen Blick.

„Pass auf dein Herz auf. Ich warne dich", brummte Marco und wandte sich ab.

„Zu spät", flüsterte Sergio.

Er hatte nicht vor, die nächsten zehn Sekunden damit zu verbringen, seine Gefährtin zu bewundern. Aber als Lenas Blick dem seinen begegnete, verflüchtigten sich Wut und Dringlichkeit, und Licht erfüllte seine Seele. Draußen war die Sonne noch nicht aufgegangen, trotzdem fühlte es sich an, als würde die Morgendämmerung über seine Welt hereinbrechen.

Marco gab einen genervten Laut von sich. „Gehen wir endlich. *Andiamo.*"

Lena huschte zurück hinein, um ihre Sandalen zu holen. Kurz betrachtete sie sehnsüchtig ihre Kameratasche, doch Sergio schüttelte den Kopf.

„Der passiert hier nichts. *Andiamo.*"

Als sie hinaustrat, ergriff er ihre Hand und eilte mit ihr hinter Marco her die Treppe hinunter. Innerhalb von drei Schritten nach Erreichen des Erdgeschosses verwandelte sich Marco in Drachengestalt und – *wusch!* – erhob sich in die Luft.

„Oh mein Gott", flüsterte Lena und bremste abrupt ab. „Er ist ja wirklich ein Drache."

Genau wie du, hätte Sergio fast gesagt. Obwohl er ihre Verblüffung nachvollziehbar fand. Abgesehen von ihrer eigenen Teilverwandlung und seiner Verwandlung in den Wolf hatte Lena noch nie einen Gestaltwandler in Aktion gesehen.

„Komm weiter." Er lief zum Motorrad hinüber und sprang auf, startete prompt den Motor. Kaum war Lena hinter seinen Rücken gerutscht, raste er über die unbefestigte Straße zwischen den beiden Aquädukten los.

„Was siehst du?", rief er und deutete über die Schulter zurück.

Das Motorrad schlingerte leicht, als sich Lena nach hinten drehte, um nachzusehen. „Marco fliegt zurück zur Küste. Da sind auch Lichter, aber ich kann nicht sagen, ob das Autos auf der Straße sind oder etwas anderes."

Etwas anderes, meinte Sergios Instinkt, als er in einen höheren Gang schaltete.

„Er ist wirklich ein Drache", murmelte Lena. „Unglaublich."

Du wirst genauso unglaublich sein, wenn du dich verwandelst, wollte Sergio sagen. *Du musst nur daran glauben.*

Während sie weiterrasten, rotierte sein Verstand. Wohin konnte er? Wie sollte er Lenas Sicherheit gewährleisten?

„Achtung!" Lena zeigte nach links.

Ein Land Rover tauchte mit dröhnendem Motor unter einem der Torbögen des westlichsten Aquädukts auf und hielt direkt auf sie zu. Gleichzeitig schwebte aus Osten ein riesiger Schatten heran – ein Drache, der mit den Krallen auf das Motorrad zielte. Aber ein zweiter Schatten erschien am immer noch dunklen Himmel. Marco. Gerade rechtzeitig, um den feindlichen Drachen abzudrängen.

Sergio warf einen Blick in den Seitenspiegel, in dem drei verschiedene Lichtpunkte ruckelten und zuckten. Andere Motorräder?

„Scheiße", fluchte Lena.

Ja, *Scheiße* traf es recht gut. Sergio sah sich nach einem Ausweg um. Seine Hoffnung, Vicente davonzufahren, schwand rapide. Was jetzt?

Wir kämpfen, meldete sich knurrend sein innerer Wolf. *Wie vor zehn Jahren gegen Salvatore.*

Die Situation war in gewisser, unheimlicher Weise ähnlich. Sein Onkel war ein skrupelloser Mafiapate gewesen. Nun strebte Vicente nach derselben Macht. Allerdings hatte Sergio damals nur die eigene Haut riskiert, als er Salvatore herausgefordert hatte. Nun stand auch Lenas Leben auf dem Spiel.

Widerstrebt mir genauso sehr wie dir, um Unterstützung zu bitten, aber es ist an der Zeit, die Hüter zu verständigen, brummte Marco in seinen Gedanken.

Sergio musste ihm recht geben. Da Vicente mit so vielen Männern anrückte, blieb ihm keine andere Wahl. Offensichtlich war Vicente fest entschlossen, sich um jeden Preis eine Feuertochter zu schnappen.

Lena, ließ Sergios Wolf kläglich vernehmen.

Er verehrte sie als faszinierende, intelligente Frau. Vicente hingegen sah in ihr nur ein Mittel zur Macht, das er für seine Zwecke einspannen wollte.

Sergio spannte die Kiefermuskulatur an und konzentrierte sich darauf, Ariana über eine mentale Verbindung zu benachrichtigen. Worte würden über diese Entfernung nicht ankommen, aber Alarm könnte er trotzdem schlagen. Er starrte auf die Aquädukte und den Himmel und hoffte, die Bilder würden deutlich genug sein, um die Hüter zu seinem Standort zu führen. Marco tat dasselbe, und schon bald spürte Sergio, wie die Hüter erschrocken erwachten.

Beeilung, verdammt, hätte er gern gebrüllt.

„Was hast du vor?", fragte Lena schrill, als er scharf nach rechts scherte.

„Plan B."

Er zeigte auf ein mehrere Hundert Meter entferntes Aquädukt im Osten. Das Bauwerk ragte vier Stockwerke hoch empor, allerdings war ein Abschnitt davon eingestürzt und bildete einen Trümmerhaufen.

„Da drüben. Wenn ich anhalte, kletterst du rauf und versteckst dich."

„Ich soll mich verstecken?"

„Es gibt keine andere Möglichkeit."

„Was ist mit dir?"

Sergios Kiefer mahlten. Das war der heikle Teil. „Ich halte Vicente hin. Hoffentlich sind die Hüter bald hier."

Es gab noch so viel mehr, was er sagen wollte, aber ein feindlicher Drache stürmte für einen weiteren Angriff an. Obwohl Marco ihn abdrängte, brach ein heilloses Chaos aus. Drachenfeuer loderte über den Himmel, und Sergio riss am Lenker, um einem verirrten Flammenstrang auszuweichen. Das Feuer verfehlte sie zwar, aber das Motorrad geriet ins Schleudern, was damit endete, dass Lena und er ins Gebüsch stürzten.

„Alles in Ordnung?" Hastig half er ihr auf.

Ihre Beine wirkten zittrig, aber ihre Stimme klang fest. „Alles gut."

Sie klang stinksauer, und er hätte zu gern gesehen, wie sie sich in Drachengestalt verwandelte und Vicente die Überraschung seines Lebens bescherte. Leider besaß Lena nicht genug Erfahrung, um sich vollständig zu verwandeln, geschweige denn sich in die Luft zu erheben und zu kämpfen.

„Da lang. Los. Los!" Er schob sie dem Trümmerhaufen entgegen.

Ihre Augen blitzten auf, als der Land Rover vor ihnen zum Stehen kam. Einen schrecklichen Herzschlag lang war Sergio überzeugt davon, dass sie bleiben würde.

„Bitte. Ich kann besser kämpfen, wenn ich mehr Platz habe", beharrte er.

Nach kurzem Zögern rannte Lena zu den Ruinen los. Die Trümmer bildeten eine Rampe, die zur intakten, obersten Ebene des Aquädukts führte. Dort sollte sie einen Platz zum Verstecken finden.

Sergio richtete sich zu voller Größe auf. Sein Blick verfinsterte sich, als der Land Rover und mehrere Motorräder einen Halbkreis bildeten und ihn von allen Seiten mit ihren Scheinwerfern blendeten. Er riss eine Hand hoch, als sich Türen knarrend öffneten und mit dumpfen Lauten zugeschlagen wurden. Schritte knirschten über trockenes Gestrüpp, und Vicente trat in den von den Fahrzeugen geworfenen Lichtkegel.

„Du hast mein Eigentum", warf Vicente ihm knurrend vor. „Ich will es zurück."

Sergio schnaubte abfällig. „Deinen Jetski findest du am Strand."

Vicente feuerte mit den Augen Dolche auf Sergio ab. „Ich meine sie, du Trottel." Er zeigte zum Geröll des eingestürzten Aquädukts, wo Lenas eilige Schritte über Steine schrammten.

Sergio verschränkte die Arme vor der Brust. „Sie ist genauso wenig dein Eigentum wie meines."

„Und doch hast du überall an ihr dein Mal hinterlassen." Diesmal schnaubte Vicente. „Egal. Schon bald gehört sie mir, und ich kann mit ihr spielen."

Sergios Blut brodelte. Lena und er hatten nicht gespielt. Kannte Vicente den Unterschied überhaupt?

Sergio drehte sich der Magen um, als sich sein Geist mit grauenhaften Bildern davon füllte, wie sich Lena kreischend zur Wehr setzte...

„Sie wird dir nie gehören", brüllte er.

Tolino und die anderen Bodyguards verteilten sich, bereit, sich auf Befehl ihres Bosses zu verwandeln.

Vicente gab einen tadelnden Laut von sich. „Ach herrje. Hat dir nie jemand beigebracht, Emotionen und Geschäft voneinander zu trennen?"

Sergios Armbehaarung verdichtete sich, als sein Wolf aus ihm hervorbrechen wollte. „Hier geht's um nichts geschäftliches."

„Oh, und ob es das tut. Um *mein* Geschäft." Vicente musterte ihn auf gruselig faszinierte Weise von Kopf bis Fuß, bevor er bei sich murmelte: „Kaum zu glauben."

Sergio runzelte die Stirn. Was sollte das bedeuten?

Aber jede Verzögerung war gut, da die Hüter mittlerweile alarmiert waren. Die Frage war nur, wie bald sie eintreffen würden. Der alte Dante brauchte ewig, um von einem Stuhl zum anderen zu schlurfen, und Ernesto, der Bärengestaltwandler, befand sich wahrscheinlich noch im Halbschlaf. Gaius war nicht mehr der junge Hüpfer – äh, Adler – von früher, und Remo... Sergio runzelte die Stirn. Remo wollte er von allen Hütern am wenigsten sehen. Der griesgrämige alte Wolfgestaltwandler verabscheute ihn.

Währenddessen sah Vicente mit stechendem Blick in Sergios Augen.

Was ist? wollte Sergio brüllen. *Was?*

Auch Tolino beobachtete ihn mit seinen dunklen Augen, an denen sich unmöglich etwas ablesen ließ.

Ein panisch klingendes Gebrüll brach aus, und alle Köpfe wirbelten nach Süden herum. Marco erledigte gerade Vicentes Söldner. Mit einem schrillen Aufschrei geriet der feindliche Drache ins Trudeln und stürzte mit einem knochenerschütternden Knall zu Boden.

„Nutzlos", murmelte Vicente.

Marco schwebte über dem Gefallenen, brüllte triumphierend und eilte dann zurück, um Sergio zu unterstützen. Sergios Hoffnung steigerte sich, als fünf weitere Schatten rasend aus der Nacht auftauchten, dann schrumpfte sie. Weitere Drachen?

Marco wirbelte herum und bleckte den Neuankömmlingen die Zähne entgegen.

„Ah, mein Gast ist endlich eingetroffen", verkündete Vicente.

Sergio streckte die Arme von sich, bereit für die Verwandlung. Marco brüllte und umkreiste die Neuankömmlinge, die auf der obersten Ebene des Aquädukts landeten. Zum Glück zwar nicht auf der Seite der Lücke, wo sich Lena versteckt hatte, trotzdem entschieden zu nah für Sergios Geschmack.

„Gast?" Sergio rümpfte die Nase.

Filho da puta, fluchte Marco in seiner Muttersprache. *Verdammter Mistkerl.*

Sergio starrte in die Dunkelheit. Wer war das?

Von den fünf Drachen waren drei eindeutig Leibwächter, jünger und massiger als die beiden in der Mitte. Einer jener in der Mitte besaß stechende, rote Augen und war zweifellos der Älteste und Ranghöchste. Zu seiner Rechten kauerte eine Drachenfrau, die geziert die Flügel anlegte.

Sergios Aufmerksamkeit schwenkte zurück zu dem männlichen Drachen, und als er im Dunkel der Nacht genügend Einzelheiten erspähte, erkannte er den Feind.

Enzo Lombardi, zischte er in Marcos Gedanken.

Marco blies langsam die Luft aus. *Nicht gut.*

„Das ist dein VIP-Gast?", spie Sergio hervor.

Vicente grinste, wie es nur ein kaltblütiger Mörder konnte. „Darf ich vorstellen, mein Geschäftspartner, Signore Enzo Lombardi."

Sergio konnte sich nur allzu leicht ausmalen, bei welchen schmutzigen Geschäften diese beiden zusammenarbeiten könnten. Und schlimmer ging es kaum noch, denn ihre Geschäfte betrafen eine Feuertochter.

Er musterte Vicente. Was genau führte der Wolfgestaltwandle im Schilde?

Die Lombardis durchstreiften Europa seit Monaten auf der Suche nach einem Ort, an dem sie die Macht ergreifen konnten. Macht, die sie auf andere Städte ausdehnen wollten – ein Masterplan, bei dem eine Feuertochter ein gewaltiger Vorteil wäre.

Aber auch Vicente dürstete nach Macht. Deshalb konnte sich Sergio nicht vorstellen, dass er mit den Lombardis zusammenarbeiten würde. Und falls doch, dann gerade lang genug, um die eigene Machtergreifung sicherzustellen. Letztlich würde

Vicente die Lombardis mit Sicherheit aufs Kreuz legen und sich selbst zum Herrscher über Rom küren.

Sergio verzog das Gesicht zu einer Grimasse. Die Lombardis waren genauso verkommen wie Vicente. In dem Fall würde ein Mörder dem anderen einen Dolch in den Rücken jagen. Die Frage war nur, wer am Ende triumphieren würde.

Enzo, das Oberhaupt des Lombardi-Clans, winkte unbekümmert mit einem Flügel. Er sprach mit kehligen, krächzenden Drachenlauten, die jeder Gestaltwandler verstehen konnte.

„Kümmert euch gar nicht um uns. Wir sind nur zum Zuschauen hier. Ihr wisst schon – ein bisschen Sport."

Die Frau an Enzos Seite kicherte. „Wie Gladiatoren. Schade, dass du nicht das Kolosseum buchen konntest, Vicente."

Bei der unterschwelligen Anspielung auf seine begrenzte Macht lächelte Vicente gezwungen. „Meine liebe Jacqueline, sobald ich die Stadt unter Kontrolle habe, verspreche ich dir die größten Spiele, die Rom je erlebt hat."

Sergio wechselte einen Blick mit Marco. *Jacqueline... Diese Jacqueline?*

Marcos leuchtende Augen flammten heller auf. *Dem Akzent nach ja. Die hinterhältige Drachenfrau, die Tristan und Liam in Paris in die Flucht geschlagen haben. Anscheinend hat sie sich mit dem alten Enzo zusammengetan.* Er knurrte. *Tristan hätte sie nicht am Leben lassen dürfen.*

Sergio blies langsam die Luft aus. Bedauern würde im Augenblick nicht weiterhelfen, nur Handeln. Aber was könnten Marco und er gegen fünf Drachen und ebenso viele Wölfe ausrichten?

„Du meinst wohl, wenn Enzo die Stadt unter Kontrolle hat", gab Jacqueline schnippisch zurück.

Vicente ballte die Hände zu Fäusten, aber es gelang ihm, gemessen hervorzubringen: „Natürlich. Auf jeden Fall verspreche ich dir gleich jetzt ein wenig Unterhaltung." Damit drehte er sich Sergio zu und öffnete die Knöpfe seines Hemds. In der Zwischenzeit verwandelten sich seine Männer in Wolfsgestalt und trabten ein paar Schritte weg, grenzten einen Bereich um Vicente und Sergio herum ab.

„Siehst du? Unsere eigene kleine Arena." Vicente deutete hin.

Sergio war nicht beeindruckt. Jacqueline auch nicht. Sie vermittelte mit einer gelangweilten Handbewegung: *Dann mal los. Unterhalte mich.*

Vicente begann, Sergio zu umkreisen. „Du und ich in einem fairen Wolfskampf."

Sergio schnaubte. *Fair* und *Vicente* passten ungefähr so gut zusammen wie *Amber* und *keusch.*

„Meine Mitarbeiter werden nur zusehen", log Vicente. „Vielleicht sollte dein Drachenfreund lieber verschwinden. Das heißt, wenn er dich nicht sterben sehen will."

Marco brummte etwas vor sich hin, aber Vicente fuhr an Sergio gewandt fort.

„Du hast genug geschnüffelt. Du und deine lieben Hüter. Tja, das endet heute Nacht." Schwungvoll entledigte er sich seines Hemds. „Es ist an der Zeit, das Schicksal seinen Lauf nehmen zu lassen."

„Schicksal?", höhnte Sergio. „Was könnte das sein?"

Vicente verzog die Lippen. „Meinen Vater zu rächen. Der nächste große Anführer einer glorreichen Dynastie zu werden."

„Glorreiche Dynastie? Du?" Sergio konnte sich ein Lachen nicht verkneifen.

Die Hüter hatten umfangreiche Hintergrundüberprüfungen durchgeführt. Vicente entstammte einem armen Wolfsclan, der nie über Bagatelldiebstahl und Armut hinausgekommen war. Er war von einer alleinerziehenden Mutter aufgezogen worden, als drittes von fünf Kindern, die von genauso vielen verschiedenen Vätern gezeugt wurden.

Vicente lächelte unbeirrt weiter. „Das fällt dir schwer zu glauben? Ironisch, wenn man unser gemeinsames Blut bedenkt."

Marco flüsterte in Sergios Gedanken. *Er ködert dich nur.*

Sergio hätte dem gern zugestimmt, aber der Glanz in den Augen seines Gegners deutete darauf hin, dass Vicente ausnahmsweise nicht log. Das nagende Gefühl, das Sergio in Vicentes Gegenwart immer hatte, schwoll zu einem warnenden Schrei aus seinem Hinterkopf an.

„Ich entstamme dem Abschaum der Erde", schoss Sergio zurück. „Was bedeutet, dass der einzige gemeinsame Nenner zwischen deiner und meiner Familie der *Abschaum* ist."

Häme sprach aus Vicentes Augen, als hätte er seit Jahren auf diesen Moment gewartet. „Du bist genauso blind wie alle anderen." Kurz verstummte er, und seine Züge verfinsterten sich. „Gib es zu. Du hast meinen Vater umgebracht. Natürlich hast du mir damit letztlich einen Gefallen getan. Wer weiß, ob der alte Sack die Macht wie versprochen abgegeben hätte? Trotzdem ist es an der Zeit, ihn zu rächen. Wird mich in den Geschichtsbüchern besser dastehen lassen." Vicente schmunzelte.

Sergio starrte ihn an. Hatte Vicente den Verstand verloren?

Der Verbrecher kam näher und zeigte erst auf sich selbst, dann auf Sergio. „Kapierst du's nicht? Überhaupt keine Ahnung?"

Am liebsten hätte Sergio gebrüllt: *Ich sehe nur einen Wahnsinnigen, der nach Macht giert.* Aber irgendetwas an Vicente war ihm schon immer bekannt vorgekommen. Auf beunruhigende Weise, obwohl er es nicht richtig einordnen konnte.

Plötzlich streckte Vicente die Hand aus und ritzte Sergios Unterarm mit einem Fingernagel. Dann ritzte er sich die eigene Haut auf, streckte die Wunde vor und erklärte: „Durch dich fließt dasselbe Blut wie durch mich."

Um ein Haar wäre Sergio explodiert. „Willst du damit sagen, dass mein Vater... "

Vicente brach in grölendes Gelächter aus. „Dein Vater war das schwache Glied, die mindere Hälfte. Denk noch mal nach, liebster Bruder."

Bruder? Beinah hätte Sergio den Mann von sich gestoßen. Er war es gewohnt, Mitglieder seiner eigenen Familie zu verachten. Aber mit Vicente verwandt zu sein, war unvorstellbar. Der Mann musste lügen.

Dann ereilte ihn eine Erkenntnis. Rache... gemeinsames Blut... alleinerziehende Mütter... vermisste Väter...

Vicente lachte abermals grölend, als er sah, wie sich das Begreifen über Sergios Züge senkte. „Dein Onkel Salvatore war mein Vater. Und da dein Vater sein eineiiger Zwilling war, macht uns das gewissermaßen zu Blutsbrüdern."

„*Cazzate*", fauchte Sergio. *Blödsinn.*

Aber innerlich wäre er vor Scham am liebsten im Boden versunken. Sergios Vater und sein Onkel Salvatore waren eineiige Zwillinge gewesen, wenngleich der Großteil der Bösartigkeit und Gier in seinen Onkel geflossen war. Den Mann, den Sergio getötet hatte, um das organisierten Verbrechen der Familie zu beenden. Ein Onkel, dem ohne Weiteres zuzutrauen war, dass er eine Frau geschwängert und das Großziehen des Kinds ihr allein überlassen hatte.

Vicente hob die Hände, als wollte er seinen lieben, verstorbenen Vater ehren. „Jahrelang hat er meine Existenz ignoriert. Aber als sich seine anderen Söhne als Enttäuschungen erwiesen haben…"

Sergio verzog das Gesicht. Seine Cousins waren genauso verkommen wie ihr Vater, wenngleich keiner dieselbe Kombination aus Gier, Charisma und Antrieb besaß.

„Eines Tags hat er mich aufgesucht", schilderte Vicente. „Als er in mir denjenigen gesehen hat, der sein Vermächtnis weiterführen könnte, hat er mich unter seine Fittiche genommen. Natürlich heimlich. Und oh, was hat er mir für Lektionen beigebracht."

Jeden schmutzigen Trick, den es gab, daran zweifelte Sergio keine Sekunde.

„Und der Rest ist, wie es so schön heißt, Geschichte." Vicente verschränkte selbstgefällig die Arme vor der Brust.

„Wenn sich die Geschichte überhaupt an dich erinnert, dann als Schurken", zischte Sergio.

Vicentes Lachen hallte durch die Nacht und brachte die Grillen zum Schweigen. „Schurke. Held. Geschichte wird von denen geschrieben, die triumphieren, Brüderchen." Dann rieb er sich die Hände. „Leider musste mein Vater sterben. Danke, dass du mir die Mühe abgenommen hast. Und jetzt kämpfen wir wie Romulus und Remus um die Herrschaft."

„Ich bin nicht dein Bruder", presste Sergio zischend zwischen zusammengebissenen Zähnen hervor. „Ich bin nicht wie du."

„Oh, und ob du das bist." Vicente schnurrte beinah. „Ein wütender, frustrierter Junge. Ein Mann, der fest entschlossen ist, seinen Wert unter Beweis zu stellen. Ein Mann, der sich für sein Anliegen engagiert."

Hitze schoss Sergio in die Wangen. „Mein Anliegen hat nichts mit Betrügen, Stehlen oder Töten zu tun."

Vicente lachte. „Ach nein? Und was ist mit meinem Vater? Und deinem sogenannten Militärdienst?" Um die Silbe *-dienst* zeichnete er Anführungsstriche in die Luft. „Ich bezweifle, dass du unter der Rot-Kreuz-Flagge gearbeitet und Verwundete versorgt hast. Und was hast du dafür vorzuweisen? *Niente.* Nichts. Hingegen habe ich die letzten zehn Jahre in den Aufbau eines Imperiums investiert."

Vicente verstummte und musterte Sergio. „Natürlich könnte ich einen guten Stellvertreter gebrauchen. Jemanden, dem ich wie einem Bruder vertrauen könnte." Seine Zähne funkelten in der Dunkelheit.

Sergios Magen brodelte. Dachte Vicente allen Ernstes, er würde sich der Mafia anschließen?

Anscheinend, denn Vicente nickte, schien sich plötzlich für die Idee zu erwärmen. „Hat irgendwie was. Wir sind beide Überlebenstypen. Die Besten der Guten. Die Elite unserer Blutlinie. Stell dir nur vor, was wir erreichen könnten, wenn wir uns zusammentun."

Sergio wollte es sich nicht vorstellen. Er wollte nur Vicentes Tod.

Vicente jedoch fuhr enthusiastisch fort. „Wir könnten das Familienimperium wiederbeleben. Den Namen Monserratti wieder großmachen. Und du – kein Betteln mehr um Arbeit von Außenstehenden. Du könntest dein eigener Boss sein. Weißt du, das liegt uns im Blut."

Jedes Wort von Vicentes Lippen widerte Sergio an.

Dennoch spürte er in seinem Inneren ein Ziehen. Ein winziges Körnchen Versuchung.

Familie ist Familie, säuselte die Stimme seines Onkels durch seinen Kopf.

Kein Betteln mehr um Arbeit...

Irgendwie klang Vicentes Angebot nicht so schlecht, wie es sollte.

„Außerdem wärst du reich. Stinkreich." Vicentes Flüstern verstummte, ließ die verführerischen Gedanken in der Dunkelheit wirbelnd nachklingen.

Es hätte nicht so ansprechend sein sollen. Aber das war es. Als Sergios Mutter aufs Land gezogen war, um seinem Onkel aus dem Weg zu gehen, waren sie praktisch mittellos gewesen. Den Großteil seines Erwachsenenlebens hatte Sergio damit verbracht, die Entbehrungen jener Tage auszugleichen. Deshalb trug er hochwertige Kleidung. Er hasste es, arm zu sein und nicht respektiert zu werden.

Denk einfach darüber nach...

Obwohl Sergio vor sich selbst ekelte, tat er es. Er überlegte genau wie vor einem Jahrzehnt, als sein Onkel ihn für sich gewinnen wollte.

Schließ dich mir beim Führen der Geschäfte an, hatte Salvatore gesagt. *Das ist dein Schicksal.*

Die in Wölfe verwandelten Leibwächter um sie herum wedelten mit den Schwänzen, als wollten sie Sergio in ihren kleinen Klub einladen. Alle bis auf Tolino, der vollkommen regungslos verharrte. Am Himmel schob sich langsam eine Wolke vor den Mond und verdunkelte die Landschaft.

Sergios Herz hämmerte wie wild. Schweiß brach auf seiner Stirn aus. Es war, als scharten sich alle Geister der Vergangenheit um ihn herum und lieferten ihm hundert Gründe, um einzuknicken.

Familie...

Reichtum...

Ein Imperium...

Galle stieg ihm in die Kehle, und er schüttelte sich heftig, um die Geister zu vertreiben. Vor zehn Jahren hatte er Italien verlassen, weil er sich nicht sicher sein konnte, ob er Manns genug war, solchen Versuchungen zu widerstehen. Aber das war damals. Inzwischen war er ein anderer Mensch. Ein besserer, stärkerer Mensch. Und weiser, durchaus in der Lage, sich den Weg durchs Leben selbst zu bahnen. Einen ehrlichen Weg durch ein redliches Leben.

Ein Leben, das ihrer Liebe würdig ist, fügte sein Wolf hinzu und schaute in Lenas Richtung.

„Vergiss es, Vicente. Du kannst allein in der Hölle schmoren", brummte er.

Vicentes falsches Lächeln schlug in ein höhnisches Grinsen um. „Oh ja, ich werde in der Hölle schmoren. Aber du wirst vor mir dort sein. Wer sich mir widersetzt, der stirbt."

Sergio stand kurz davor, eine Erwiderung zu brüllen. Doch in jenem Moment der Stille, als er dafür einatmete, raschelte über ihnen etwas. Ein Kiesel geriet auf dem nahen Schutthaufen ins Rollen und holperte über die Ansammlung des Gerölls herab. Ein so unscheinbarer Laut, dass ihn eigentlich niemand hätte bemerken sollen. Der Zeitpunkt dafür war jedoch so ungünstig, dass sämtliche Köpfe herumwirbelten. Vicente und Enzo, der gerissene Anführer des Lombardi-Clans, hielten beide suchend Ausschau in den Schatten des Aquädukts.

Sergios Wolf verkrampfte sich. *Sie suchen nach Lena.*

Vicente beugte sich grinsend vor. „Dem Sieger gebührt die Beute."

Sergio bleckte die Zähne. Haare sprossen überall an seinem Körper. Das Letzte, was er hervorstieß, bevor er sich in Wolfsgestalt verwandelte, war ein tiefes, grollendes „Niemals".

Dann sprang er Vicente an, bereit, für die Frau zu sterben, die er liebte. Er würde niemals zulassen, dass Lena in Vicentes Hände – oder Enzos Klauen – fiel. Um Letzteren würden sich Marco und die Hüter kümmern müssen. Aber Vicente gehörte Sergio. Er würde ihn töten. Für die Ehre. Für die Zukunft der Stadt. Für Lena.

Sie gehört mir, vermittelten Vicentes funkelnde Augen, als er ebenfalls in seine Wolfsgestalt wechselte.

Niemals. Sergio knurrte. *Niemals.*

Kapitel 11

Lena schluckte einen spitzen Aufschrei hinunter und verfluchte sich für ihren Fehltritt. Alle hatten bei dem Geräusch aufgeschaut – Sergio, Vicente und, schlimmer noch, die fünf Drachen, die auf dem Aquädukt vor ihr hockten. Die Drachen befanden sich auf demselben Bauwerk, das Lena hinaufkletterte, getrennt nur durch die Lücke, in der ein Abschnitt des Aquädukts eingestürzt war.

Sie eilte in den überdachten Kanal, der oben das Aquädukt entlang verlief. Früher einmal hatte darin Wasser auf dem Weg in die Hauptstadt eines antiken Reichs geplätschert. Nun bot sich der Kanal als Versteck an, wenngleich kaum breit und hoch genug für Lena, um sich darin hinzukauern.

Und überhaupt: Warum suchte sie Zuflucht, während Sergio unten in Gefahr schwebte?

Knurrende Laute durchbrachen die Stille der Nacht, als Sergio und Vicente bei einem heftigen Kampf übereinander herfielen. Lena schlang die Arme um sich, als sie aus schwindelerregender Höhe nach unten blickte. Die beiden Wölfe ließen sich mühelos voneinander unterscheiden. Sergios glänzendes schwarzes Fell und seine intensiven Augen waren unverkennbar. Vicente war zwar genauso dunkel, allerdings wirkte sein Fell stumpf, und seine Augen leuchteten mit einem bösartigen Rot.

„Aufhören", flüsterte sie. „Bitte hört auf."

Natürlich war Sergio ein geborener Gestaltwandler mit jahrelanger Erfahrung in seiner Tiergestalt. Zudem ausgebildeter Soldat. Wenn Lena sich nach unten wagte, wäre sie eher ein Hindernis als eine Hilfe. Andererseits: Es widerstrebte ihr zutiefst, sich zu verstecken, während jemand anders für sie kämpfte.

Dann lass mich raus, flüsterte eine Stimme in ihrem Kopf.

Ungläubig schnaubte sie. Genau. Sicher. Damit sie sich auf dem Boden winden und zwischen ihrer menschlichen und ihrer Drachengestalt hin und her wechseln würde, ohne die Verwandlung kontrollieren zu können? Was würde das bringen?

Unten sprang Sergio gerade auf Vicente zu, der ihn wegschlug und dann mit Klauen und Fängen Sergios Schulter attackierte. Lena zuckte bei jedem Knurren und jedem gequälten Geheul zusammen. Marco kreiste darüber. Sein Blick schnellte zwischen den Wölfen und den Drachen hin und her. Er steckte in einer ebenso verzweifelten Lage wie Sergio. Wenn Sergio dem Sieg nahekäme, würden die Lombardis ihre Leibwächter losschicken, um Vicente zu helfen. Wie sollte Marco allein fünf Drachen aufhalten?

Zu allem Überfluss hatten Vicentes Handlanger einen schützenden Kreis um den Kampf der beiden Wölfe gebildet. Zwei lösten sich davon und schnupperten unten an dem Geröllhaufen, den Lena erklommen hatte. Einer blickte mit scharfen Augen herauf, und ein Kribbeln breitete sich über Lenas Haut aus. Auch einer der Drachen schaute herüber. Wie lange würde es wohl dauern, bis jemand die Jagd auf sie eröffnete?

Mit zusammengekniffenen Augen spähte sie in den engen, dunklen Tunnel hinter ihr. Wollte sie sich wirklich dahin zurückziehen?

„Nein", murmelte sie und versuchte, allen Mut zusammenzunehmen. Sie war noch nie feig gewesen, und sie hatte nicht die Absicht, jetzt damit anzufangen.

Allerdings hatten die beiden Wölfe mittlerweile tatsächlich mit dem Aufstieg über die Schutthalde begonnen. Also musste sie sich schnell etwas einfallen lassen. Sie schob einen reifengroßen Steinbrocken an und löste damit eine Felslawine aus. Die Wölfe jaulten schrill und stoben auseinander. Doch Lenas Triumphgefühl verblasste schnell, denn die Werwölfe schüttelten den Staub ab und kletterten weiter, die Augen vor Wut lodernd.

Mist. Nicht gut.

Lenas Knie zitterten, als sie zurück in den Tunnel linste. Dann zitterte sie am ganzen Leib, denn einer der Drachen drehte sich ihr zu, schnupperte und breitete anschließend die Schwingen aus, um abzuheben.

Lauf, Lena! rief Sergio in ihren Gedanken.

Kälte schoss durch ihr Blut. Sie zwang sich, durch den Tunnel zu eilen. Unterwegs lauschte sie dem Echo ihrer keuchenden Atemzüge. Die enge Kammer fühlte sich an wie ein Sarg, der sich ewig hinzog. Die Geräusche der kämpfenden Wölfe wurden leiser, als sie weiterlief. Um sich zu orientieren, fuhr sie mit einer Hand an der Wand entlang, mit der anderen an der Decke.

Dann hörte Lena ein Schnüffeln, und ein Schatten blockierte das hinter ihr einfallende Licht.

Sie wirbelte herum. Mist. Die Wölfe hatten den Kanal erreicht und näherten sich ihr rasch.

Weiter vorn nahm Lena einen schwachen Lichtschimmer wahr. Geduckt rannte sie darauf zu. An der Stelle war ein Teil der Decke eingestürzt, und es gelang ihr, durch das Loch nach oben und aus dem Kanal zu klettern. Dann sprang sie auf die Beine und setzte dazu an, davonzupreschen.

Aber oha. Sie wankte auf der schmalen Fläche, als sie vier Stockwerke in die Tiefe blickte. Vier Stockwerke, die sich wie vierhundert anfühlten. Lena wäre beinah in eine Schockstarre verfallen. Da sich die Wölfe schnell näherten, überwand sie sich, gegen die Steinplatte zu drücken, die einst das Aquädukt bedeckt hatte. Sie lag halb in den Wasserkanal geneigt und bot so den Wölfen einen Weg heraus. Aber wenn es ihr gelänge, die Platte etwas weiter zu schieben...

Der Diamant leuchtete in ihrer Tasche und verlieh ihr den Mut, es zu versuchen. Die Platte war riesig, aber als Lena auf die Knie sank und sich dagegenstemmte, bewegte sie sich. Zuerst langsam, dann schneller, bis sie schließlich knirschte und in eine neue Position fiel. Die heransprintenden Wölfe jaulten spitz und wichen gerade noch rechtzeitig zurück, um nicht zerquetscht zu werden. Dann knurrten sie, steckten die Pfoten durch die Lücken und versuchten, an Lena heranzukommen.

Warte, du Miststück. Bleib, wo du bist, schien ihr Knurren und Zähnefletschen zu besagen.

Lena bleckte selbst die Zähne. *Den Teufel werd' ich tun.*

Allerdings war Laufen angesichts der schwindelerregenden Höhe leichter gesagt als getan. Außerdem war sie im Freien wieder den Geräuschen der kämpfenden Wölfe ausgesetzt, und ihr Herz litt mit Sergio.

Dann nahmen ihre Ohren eine Störung in der Luft wahr. Einen dumpfen Laut, begleitet von zischenden Luftzügen. Mit aufgerissenem Mund drehte sie sich um.

„Oh Gott. "

Vier der fünf Drachen erhoben sich unter einem Gewirr von Flügelschlägen und peitschenden Schwänzen. Der Lärm, den sie erzeugten, erinnerte an einen Vogelschwarm, der in die Luft aufstieg – nur hundertfach verstärkt. Zuerst wimmelte es am nächtlichen Himmel von schnittigen Schatten, und Lena konnte kaum eine Bestie von der anderen unterscheiden.

Dann scherte einer der Drachen aus dem Getümmel aus und hielt direkt auf sie zu. Der Drache, den Vicente seinen Geschäftspartner genannt hatte. Enzo Lombardi war der Anführer dieses Schwarms oder dieser Gruppe oder wie es auch hieß. Er raste auf sie zu, begleitet von einem zweiten Drachen. In der Zwischenzeit griffen die beiden anderen Marco an, der herausfordernd brüllte.

Lauf, Lena! rief Sergio in ihrem Kopf.

Sie setzte sich im Laufschritt oben auf dem Aquädukt in Bewegung. Ihr Herz raste, und nicht nur vor Anstrengung. Ein winziges Stolpern, und sie würde in den sicheren Tod stürzen. Andererseits: Mit den Drachen hinter ihr war der Tod do oder so nur eine Frage der Zeit, nicht wahr?

„Oh, wir haben nicht die Absicht, dich zu töten, meine Liebe", rief Enzo mit hypnotisierender Stimme. „Dafür bist du viel zu wertvoll. "

Seine Stimme ertönte als undeutliches Grollen, dennoch verstand Lena irgendwie jedes Wort. Der Klang der Flügelschläge wurde lauter, der Wind presste gegen ihren Rücken, als sich Enzo näherte.

Lass mich raus! heulte ihre innere Bestie.

Stattdessen hechtete Lena vorwärts, landete ausgestreckt auf der Steinfläche. Enzos Krallen klackten wenige Zentimeter über ihrem Rücken zusammen, und er brüllte vor Wut, als er an ihr vorüberflog.

„Schnapp sie dir", raunte er knurrend zu seinem Komplizen.

Lena rollte sich gerade noch rechtzeitig auf den Rücken, um zu sehen, wie der zweite Drache im Sturzflug auf sie zukam. Dann rollte sie sich zur Seite und tastete wild nach einem Halt. Aber das Aquädukt war zu schmal, und innerhalb eines einzigen panischen Herzschlags wurde ihr klar, dass sie über die Kante rollen würde.

Wusch! Der zweite Drache raste vorbei, verfehlte sie um Zentimeter.

Wumm! Ihr Knie schlug gegen Stein.

Lena schrie auf, als ihre Fingernägel über weiteren Stein kratzten. Sie fiel... fiel...

Mit einem jähen Ruck kam sie zum Stillstand und baumelte an einer Hand vom Rand des Aquädukts. Ihre Schulter brüllte. Mit Müh und Not gelang es ihr, die freie Hand hinauf zur Kante zu schwingen. Dann zog sie sich zappelnd und krabbelnd nach oben.

„Heilige Scheiße." Keuchend lag sie da und starrte zu den Sternen hoch. Wie hatte sie das geschafft?

In ihrer Tasche nahm sie Wärme wahr, und sie vermeinte beinah, den Diamanten kichern zu hören. Sie zog ihn heraus, starrte ihn an und bewunderte sein Leuchten.

Drachenschatz, hatte Sergio gesagt. *Verzauberte Stücke können einen eigenen Willen haben.*

Lena kauerte sich hin und legte hastig die Halskette an. Die Sterne verblassten, da der erste Schimmer der Morgendämmerung am Horizont erschien. Einen Herzschlag lang empfand Lena Schönheit und Frieden. Aber als sie sich umsah... herrschte ringsum Chaos.

Sergio und Vicente lieferten sich unten auf dem Boden ein erbittertes Gefecht. Marco war in einen Luftkampf gegen zwei Drachen verwickelt. Die Drachenfrau hockte nach wie vor auf dem Aquädukt und feuerte ihre Männer an. Und was Enzo und seinen Leibwächter anging...

Zisch! Ein Drache raste durch einen der Bögen unter Lena. Enzo, der den Boden absuchte.

„Du Idiot!", herrschte er seinen Komplizen an. „Wir brauchen die Feuertochter lebend."

Oh Gott. Damit war sie gemeint, nicht wahr?

Lena zwang sich, so leise wie möglich weiterzulaufen. Wenn die Drachen dachten, sie wäre gefallen, bestand vielleicht die kleine Chance zu entkommen, sofern sie sich beeilte.

Allerdings schaffte sie gerade mal zehn Schritte, bevor hinter ihr ein Knurren ertönte. Nicht das wütende Knurren, das vom unten tobenden Kampf ausging, sondern ein näherer, bösartigerer Laut. Einer der Wölfe zwängte sich durch eine Lücke neben der von Lena verschobenen Platte, gefolgt von seinem Kameraden. Beide schafften es hindurch, schüttelten ihr Fell und pirschten sich danach an.

Du Miststück. Ihre Augen leuchteten rot.

Einer bellte, wodurch er Enzos Aufmerksamkeit erregte.

„Verdammt." Lena lief weiter, obwohl es sinnlos zu sein schien. Wie sollte sie ihnen je entkommen?

Trotzdem musste sie es versuchen. Also sprintete sie durch die Dunkelheit und achtete nicht mehr darauf, ob sie abstürzte oder nicht. Wäre der Tod besser als die Gefangenschaft bei einem bösen Drachenclan?

Schritte folgten ihr, und die Luft regte sich, als Enzo und sein Leibwächter sie ins Visier nahmen. Vor ihr erstreckte sich das Aquädukt über Kilometer, aber Lena wusste, dass sie es niemals so weit schaffen würde.

Allerdings schien mit dem nächsten Abschnitt des Aquädukts irgendetwas nicht zu stimmen. Sie verengte die Augen. Was war das?

Aufgepasst, Schätzchen, kam höhnisch von einem der Wölfe hinter Lena.

Ihr Mut sank, weil vor ihr ein weiterer eingestürzter Bereich auftauchte. Kein praktisch aufgehäufter Berg von Geröll, über den sie vielleicht nach unten hätte klettern können, sondern eine durchgehende Lücke. Ein Abgrund. Eine Sackgasse.

Gott, was jetzt?

Lass mich raus, verlangte erneut die Bestie in ihr.

Tränen kullerten Lena über die Wangen, als sie auf den Rand zulief. Ein Stechen durchzuckte ihre Schultern, und ihre Finger schmerzten.

Oh Gott, oh Gott. . .

Es geschah schon wieder. Sie verwandelte sich. Na ja, jedenfalls halb, was ihr nicht weiterhelfen würde. Sie würde nur durch die Luft fuchteln und in den Tod stürzen. Falls Sergio je ihre Leiche fände, würde ihn der Anblick der grausigen Mischung aus Mensch und Tier abstoßen.

Nix da mit Mensch, widersprach die innere Stimme. *Nur Tier. Hör auf, gegen mich anzukämpfen, dann wirst du schon sehen.*

Einen Moment lang konzentrierte sich Lena auf ihre Finger, wie Sergio es ihr geraten hatte. Aber der Abgrund kam näher und näher, und ihre Feinde holten rasant auf.

Konzentrier dich. Sergios Worte hallten durch ihren Kopf. *Stell dich dir als Mensch vor, ein Körperteil nach dem anderen.*

Wieder betrachtete sie ihre Hände. Moment. Funktionierte das auch umgekehrt? Oder würde sie wie zuvor zwischen zwei Gestalten feststecken?

Nur eine Gestalt, versicherte ihr die innere Bestie. *Jetzt lass mich raus, bevor es zu spät ist.*

Vor ihr ging es steil in die dunkle Tiefe, und sie konnte heißen Wolfsatem im Genick spüren. Wenn sie zögerte, würden die Wölfe über sie herfallen. Wenn sie beschleunigte, würde sie über den Rand rasen. Es sei denn. . .

Lena holte tief Luft und stellte sich vor, sie wäre ein Drache. Aber was genau gehörte dazu?

Zunächst mal große, kraftvolle Flügel. Lena stellte sich vor, wie sie diese Schwingen ausbreitete und wie sie ihr halfen, mühelos durch die Luft zu gleiten, ähnlich wie in ihren Träumen. Dann malte sie sich einen langen, gekrümmten Schwanz aus und heiße Nasenflügel, die sich mit Feuer füllen.

Ja, kam von dem Tier in ihr. *Ja.*

Lena schluckte schwer, als sie in vollem Lauf auf den Abgrund zuhielt. Entweder würde sie unten aufschlagen. . .

Sie zauderte, als sie sich vorstellte, wie ihr menschlicher Körper durch die Luft stürzte.

... oder sie würde unversehrt davonschweben.

Der Rand befand sich noch zwei Schritte entfernt. Konnte sie es schaffen?

„Warte, Feuertochter!", brüllte Enzo von hinten. „Halt!"

Der Diamant flammte an Lenas Brust auf, und zornige Hitze schoss ihr in die Wangen. Für wen hielt er sich, dass er ihr sagen wollte, was sie konnte und was nicht?

Lena stieß sich mit dem rechten Bein ab, legte einen letzten Schritt mit dem linken hin, streckte die Arme aus und sprang ins Leere.

Kapitel 12

Lenas Augen wurden groß, als sie durch die Luft segelte. Ihr Herz raste, ihre Seele schrie. Tränen strömten ihr über die Wangen.

Es war vorbei. Sie würde gleich sterben.

Lena! heulte Sergio.

Nein! Sogar Marco schien sie nicht sterben sehen zu wollen.

Allerdings kämpften beide erbittert gegen hartnäckige Feinde. Also lag alles an ihr allein.

Nicht sterben. Fliegen, meldete sich jene innere Stimme zu Wort.

Einen Moment lang fiel Lena durch die Luft, starr vor Grauen. Dann zwang sie sich, die Arme weit zu spreizen.

Flügel, befahl sie sich. *Ich habe Flügel.*

Das Gewebe zwischen ihren Fingern dehnte sich, ihre Nägel verlängerten sich zu harten Krallen.

Ich kann fliegen.

Hinter ihr peitschte etwas Schweres hin und her. Ein Schwanz?

Ich kann das, redete sie sich vor.

Sergio hatte gesagt, dass sie das Sagen hatte, richtig? Nun, dann würde sie sich selbst vorschreiben, dass sie sich gefälligst in Drachengestalt zu verwandeln hatte, wenn das nötig war. Sie musste es tun. Sergio zuliebe.

Flieg, schrie sie innerlich, als die Büsche am Fuß des Aquädukts heranrasten und nur darauf zu warten schienen, sie zu verschlingen. *Flieg!*

Ihre ungewohnten Gliedmaßen fühlten sich steif und klobig an, dennoch pumpte sie mit den Armen. Einmal. Zweimal...

Aus dem Fallen wurde ein Gleiten mit langsam abflachender Flugbahn. Allerdings ging ihr der Platz aus.

Sie schlug kräftiger mit den Flügeln, wurde schneller und erlangte eine Spur Kontrolle. Aber Geschwindigkeit war nur ein Teil der Gleichung, wie ihr ein tief verwurzelter Instinkt mitteilte. Also neigte sie den hinteren Rand ihrer Handflächen – äh, Flügel – nach unten. Sofort segelte sie höher.

Lena riss die Augen weit auf. Wow. Sie hatte es geschafft! Sie flog!

Einer der Wölfe jaulte schrill vor Schreck im hilflosen, freien Fall. Das Geheul setzte sich etwa drei herzzerreißende Sekunden lang fort, dann schlug er mit einem dumpfen Klatschen auf den Boden auf. Lena wandte sich ab und gewann an Höhe. Sie blickte an sich hinab und schluckte schwer.

Ihr ledriger Drachenkörper hatte die Farbe ihres Haars – ein tiefes, dunkles Braun mit goldenen Glanzpunkten entlang der Flügelspitzen. Langsam hakte sie ein kaum vorstellbares Merkmal nach dem anderen ab.

Flügel – vorhanden. Langer Drachenhals – vorhanden. Schwanz… Sie runzelte die Stirn. Wie genau funktionierte der denn?

Ungefähr so, murmelte ihre innere Stimme und peitschte ihn zur Seite.

Lena scherte jäh nach rechts. Und oha: Ein mürrisch wirkender Drache huschte an ihr vorbei. Enzos Leibwächter, der sich von hinten an sie anpirschen wollte.

Irgendwie hatte die Halskette mit dem Diamanten die Verwandlung überlebt. Lena konnte den Stein an ihrem Hals spüren, hart und heiß wie geballte radioaktive Energie.

Eine Energie, die zusammen mit einer Flutwelle rasender Wut durch sie strömte. Enzo dachte, er könnte sie entführen. Vicente auch. Alle ihre Wolfs- und Drachenhandlanger – ganz zu schweigen von der durchgeknallten Drachenfrau, die immer noch auf dem Aquädukt hockte und zeterte – dachten wirklich, sie könnten Lenas Schicksal diktieren.

Ihre Wangen wurden heiß. Sergio war der Einzige, der ihre Entscheidungen respektierte. Und der Einzige, der nicht kalkulierte, wie er von ihr profitieren könnte.

Gefährte, gurrte diese innere Stimme.

Eine Reihe von Gefühlen, verbunden mit verschwommenen Bildern, schoss ihr durch den Kopf, als ihr Instinkte verrieten, was der Begriff bedeutete. *Gefährte* bedeutete Liebe. Hingabe. Respekt. Kameradschaft.

Sie blickte auf Sergio hinab und flüsterte: „Gefährte.“

Dann fügte die innere Stimme etwas anderes hinzu. *Zeigen wir denen, wozu diese Feuertochter in der Lage ist.*

Ihre menschliche Seite verstand so wenig davon, was es hieß, eine Feuertochter zu sein. Ihre Drachenseite hingegen schien haargenau zu wissen, was damit einherging. So gut, dass sie sich eine Erklärung ersparte.

Lena schlug mit den Flügeln und pustete heiße Luft aus. Etwas stand jedenfalls fest: Eine Feuertochter zu sein, bedeutete, dass niemand sie herumschubsen oder ihr vorschreiben würde, was sie zu tun hatte. Und niemand würde ihren Gefährten bedrohen.

Die Empfindung drang als ohrenbetäubendes Gebrüll aus ihr und überraschte sie völlig.

„Sieh an, sieh an.“ Enzo gluckste erfreut. „Unsere Feuertochter besitzt tatsächlich Macht.“

Worauf du dich verlassen kannst, wollte Lena brüllen.

Bei dem Gedanken zischte eine Feuerranke zwischen ihren Lippen hindurch. Lena starrte ihr noch lange hinterher, nachdem die Funken erloschen waren, dann fügte sie ihrer Liste der Drachenfähigkeiten ein weiteres Häkchen hinzu – Feuerspeien.

Enzo ließ ein gieriges Grinsen aufblitzen. „Meine Suche war nicht vergeblich. Bald wirst du dich mir anschließen, und wenn sich deine Macht mit meiner verbindet...“

In der Tonart ging es weiter, was Lena noch wütender werden ließ.

„Es wird weder ein *Anschließen* noch ein *Verbinden* zwischen dir und mir geben!“, brüllte sie.

Nur mit Sergio, gelobte sie und blickte in seine Richtung.

Sergio drehte sich im selben Moment. Er wirkte vollkommen ausgelaugt. Vicente nützte die Gelegenheit und stürzte sich auf ihn.

„Nein!“, schrie Lena.

Ihr Gefährte wirbelte gerade noch rechtzeitig herum und riss die Kiefer weit auf. Seine Augen blitzten vor Zorn, als er sich unter Vicentes ausgestreckten Pfoten hinwegduckte.

Du wirst sie niemals berühren, donnerte Sergios Stimme knurrend. Dann sprang er mit einem mächtigen Satz vor und schlug die Zähne in Vicentes Hals. Vicente heulte auf und wehrte sich verzweifelt, aber Sergio biss weiter zu. Und weiter...

Lena wurde übel, als Vicentes Pfoten kraftlos über die Erde scharrten. Bis er schließlich erschlaffte, Gott sei Dank. Sergio ließ von seinem Körper ab und schwankte auf den Beinen.

Trotz all des Bluts und des Grauens dieses Anblicks durchströmte Lena ein Hochgefühl. Vicente war tot! Sergio war in Sicherheit!

Doch vier von Vicentes Handlangern rückten von allen Seiten gegen Sergio vor. Oder eigentlich eher drei. Der Größte und Dunkelste hielt sich zurück. Warum?

Um ihn zu erledigen, wenn die anderen ihn geschwächt haben, kam knurrend von ihrem Drachen.

Das riss Lena aus diesem merkwürdigen, flauschigen Taumel ihrer ersten vollständigen Verwandlung. Bis zu diesem Moment war sie eine glotzende Zuschauerin gewesen. Nun jedoch...

Lena bleckte die Zähne. Diese Wölfe sollten sich besser in Acht nehmen.

Sie schlug mit den Flügeln, wollte Sergio helfen.

Aber, aber. Enzo schniefte herablassend, als er und sein Leibwächter von beiden Seiten auf sie zukamen. *Es bringt doch nichts, sich mit unbedeutenden Wölfen einzulassen.*

Lena brüllte. Unbedeutend? Sergio?

Ihr Gebrüll wurde von einem langen Feuerstrahl und einem scharfen Schwenk nach rechts begleitet. Enzos Leibwächter starrte Lena so überrascht an, wie sie es selbst war. Offenbar bewegte sie sich umso natürlicher, je weniger sie bewusst ans Fliegen dachte.

Ich habe das im Griff, brummte ihre innere Stimme. *Glaub mir, ich bekomme das hin.*

Lena konzentrierte sich darauf, ihre Wut zu kanalisieren, und die nächsten Minuten vergingen als verworrene Mischung aus Gebrüll und Flammen – nicht von Enzo, sondern von ihr. Dabei vollführte sie in der Luft gekonnte Manöver, angespornt von dem pulsierenden Diamanten um ihren Hals und dem brennenden Verlangen, Sergio zu helfen.

Ihre Sicht färbte sich rot, und wenig später schlug etwas auf dem Boden auf – Enzos Leibwächter, der in einen Feuerstoß geraten war. Lena zuckte kaum mit der Wimper, wollte einfach um jeden Preis Sergio erreichen.

„Du… du… " Enzo schnaufte, während er sie verfolgte.

„Du Bastard." Lena schnellte herum, atmete eine wirbelnde, strudelnde Feuerwand aus und raste auf ihren Feind zu.

Enzo konnte gerade noch rechtzeitig ausweichen. Dann verharrte er schwebend mit bitterböser Miene. Brüllend rief er nach seinen beiden anderen Leibwächtern. Einer jedoch lag leblos auf dem Boden, erledigt von Marco. Der andere war gerade in einen wilden Kampf mit dem portugiesischen Drachen verwickelt. Keiner der beiden gab auch nur einen Zentimeter nach.

Lena eilte auf Sergio zu, der sich geschickt drehte und um sich krallte. So unglaublich es war, es gelang ihm, sich alle drei Angreifer vom Leib zu halten, aber es war knapp. Als Lena in Reichweite zum Feuerspeien gelangte, erhob sich die bisher von den Seitenlinien beobachtende Drachenfrau mit einem Satz in die Luft und raunte: „Wenn man etwas erledigt haben will, muss man es selbst machen."

Lena blieb keine andere Wahl, als von den Wölfen abzudrehen und sich mit ihrer Angreiferin auseinanderzusetzen. Wer war dieses Miststück? Jacqueline, hatte jemand gesagt.

Tja, wer auch immer diese Jacqueline sein mochte, sie würde gleich bereuen, Lenas Gefährten bedroht zu haben.

Die beiden Drachenfrauen flogen direkt aufeinander zu und spien Flammen, die funkensprühend aufeinanderprallten. Der Rückstoß des kollidierenden Feuerstrahls war so heftig, dass Lena zur Seite gedrängt wurde. Jacqueline und sie streiften sich, dann wendeten sie für einen zweiten Anlauf.

„Verletz sie nicht!", warnte Enzo.

Jacqueline schnaubte. „Aber nein. Wir wollen doch nicht unsere kostbare Feuertochter beschädigen."

Ihr Ton strotzte dermaßen vor Eifersucht und Hass, dass Lena sich fragte, was sie getan hatte, um die Frau so gegen sich aufzubringen.

„Komm schon, kleine Feuertochter", rief Jacqueline. „Warum musst du es so schwer machen?"

Lena beschränkte ihre Antwort auf einen Feuerstoß. Sie raste auf Jacqueline zu und schnappte unterwegs nach dem Hals ihrer Gegnerin. Aber Jacqueline duckte sich und wirbelte davon. Gleichzeitig richtete sie einen gierigen Blick auf Lenas Edelstein.

„Der Eruzzi-Diamant...", hauchte Jacqueline.

Lena knirschte mit den Zähnen. Liebe war es wert, für sie zu kämpfen. Auch Freiheit und eine Reihe weiterer würdiger Anliegen. Aber Diamanten? Reichtum? Macht? War all das wirklich wichtig?

Für Jacqueline offenbar schon.

Die nächsten Minuten wurden die verzweifeltsten in Lenas Leben. Sie drehte sich, stürmte vor, tauchte ab und kämpfte ums Überleben. Marco und Sergio fochten genauso hitzige Kämpfe. Nicht einmal die ersten vollwertigen Strahlen des Sonnenaufgangs, die sich am Horizont abzeichneten, verliehen Lena viel Hoffnung. Und als sie mehrere Schemen sichtete, die aus Nordwesten heranrasten, schrie sie verzweifelt auf. Weitere Drachen?

Marco jedoch stimmte begrüßendes Gebrüll an, während Jacqueline ihren nächsten Angriff abbrach und auf Französisch fluchte.

„*Merde*. Ich habe dir gesagt, dass wir schnell handeln müssen", fauchte sie Enzo an.

Lena hatte keine Ahnung, was vor sich ging, wollte aber in ihrer Wachsamkeit nicht nachlassen. Sergio hingegen wedelte mit dem Schwanz.

Die Hüter.

Obwohl er sich erleichtert anhörte, wusste Lena nicht recht, was sie von all dem halten sollte. War Sergio nicht unsicher gewesen, ob er ihnen trauen könnte?

Immerhin schreckten Enzos Männer zurück und blickten ängstlich zu ihrem Anführer.

„Dante", zischte Enzo. „Gaius."

Kurz verharrte das Oberhaupt des Lombardi-Clans schwebend, während Mord aus seinen Augen sprach. Offensichtlich hatte er eine Vorgeschichte mit diesen zwei Hütern. Schließlich beorderte er Jacqueline und die überlebende Leibgarde mit einer ausladenden Geste zum Rückzug. Auch Vicentes verbliebene Handlanger schlichen davon. Alle bis auf Tolino, den großen, dunklen Wolf, der etwas abseits stand, als wollte er sich ehrenvoll ergeben. Innerhalb von Sekunden zeugten nur noch raschelndes Gebüsch und einige leblose Körper von den anderen.

Lena setzte schnell zur Landung neben Sergio an. Das Manöver gelang ihr so reibungslos, dass sie sich ein verhaltenes Nicken zugestand. Als sie beide Füße fest auf dem Boden hatte, drehte sie sich Sergio zu.

Er hätte alles Mögliche sagen oder tun können. Aber er lächelte sie nur mit einem Ausdruck an, der vermittelte: *Ich wusste, dass du es schaffst.* Mit stolz geschwellter Drachenbrust wirbelte Lena zu den anderen eintreffenden Drachen herum. Die Flügel behielt sie breit wie einen Schutzschild, und sie fletschte die Zähne. Falls es irgendjemand wagte, sich auf ihren Gefährten zuzubewegen. . .

Sergio drängte sich vor sie und bestand wie üblich darauf, stattdessen sie zu beschützen. Aber die ersten beiden Drachen rasten direkt an ihnen vorbei und verfolgten Enzo und seine Truppe. Auch ein riesiger Adler flog vorüber. Er wirkte so wild, dass Lena erzitterte. Marco schloss sich ihnen an, und sie alle hetzten hinter den Lombardis her. Dann setzte ein weiterer Drache gleitend zur Landung an – ein alter, grauer Drache, der aussah, als hätte er den Untergang des Römischen Reichs miterlebt.

Sergio neigte respektvoll das Haupt. *Dante.* Das Wort klang wie ein leises Bellen, trotzdem verstand Lena es irgendwie.

Langsam richtete Dante den Blick auf Lena und ergriff mit einem kehligen Krächzen das Wort. „Na so was, na so was. Das ist unerwartet."

Lena hätte beinah geschnaubt. *Unerwartet* fasste ihre Nacht ziemlich gut zusammen. Tatsächlich ihre gesamte Woche.

Ein anderer Drache kreiste einmal über ihnen, bevor er neben Dante aufsetzte – ein jüngeres Ebenbild, das nur sein Sohn sein konnte. Mehrere Wölfe sprangen in Sicht, gefolgt von einem Land Rover. Das Fahrzeug rollte hinter Dante. Ein kräftiger Fahrer stieg aus, bevor er einer elegant gekleideten, älteren Frau auf dem Rücksitz die Hand reichte, um ihr beim Aussteigen zu helfen.

Lena warf einen nervösen Blick zu Sergio, aber er ließ ein mattes Wolfslächeln in ihre Richtung aufblitzen. Gleich darauf verwandelte er sich in menschliche Gestalt. Der Vorgang faszinierte Lena trotz allem anderen, was vor sich ging. Die Verwandlung lief so flüssig ab, so natürlich. Innerhalb weniger Augenblicke steckte Sergio wieder in seinem gewohnten, menschlichen Körper – besser gesagt seinem unheimlich definierten menschlichen Körper – und zog die zuvor abgelegte Hose an.

„Verbündete. Alle“, sagte er leise. „Keine Sorge. Ariana ist die Anführerin der Hüter.“

Die ältere Frau trat vor und seufzte nachsichtig in Sergios Richtung. „Signore Monserratti. Wie ich sehe, waren sie nicht untätig.“

Dante gähnte. „Zu unchristlicher Stunde.“

Sergio nickte. „Ja, Signora. Ich war in der Tat beschäftigt.“

Er warf Lena einen Blick zu, und sie errötete, als sie an die Teile des früheren Abends zurückdachte. Oh, und wie beschäftigt sie gewesen waren.

Ariana schaute zu Lena. Ein Lächeln spielte dabei um ihre Mundwinkel.

„Meine Liebe, möchten Sie sich nicht in menschliche Gestalt verwandeln?“

Lena hob erst einen krallenbewehrten Fuß, dann den anderen. Würde sie gern, aber da ihre Kleidung zerfetzt worden war. . .

Ariana gab dem Fahrer ein Zeichen, der etwas aus dem Heck des Wagens holte. Eine Decke?

Eine Robe, wie sie feststellte, nachdem Sergio sie für ein wenig Privatsphäre um die Seite des Land Rover herumgeführt hatte. Offenbar planten Gestaltwandler für solche Eventualitäten voraus.

„Weißt du noch, was ich gesagt habe? Konzentrier dich auf deine Finger. Stell dich dir als Mensch vor", wies er sie an.

Für einige lange, bange Herzschläge erstarrte Lena und sorgte sich, dass sie sich nie wieder zurückverwandeln könnte. Aber Sergios leises Murmeln half ihr, ruhig zu bleiben. Sie schloss die Augen und konzentrierte sich. Finger... Finger mit Gelenken, um die Hand ihres Geliebten halten zu können. Glatte menschliche Lippen, die jeden Bluterguss, den er sich eingehandelt hatte, küssen konnten. Seidiges menschliches Haar, durch das er mit den Händen fahren konnte...

Sie hatte ihren Körper nie wirklich geliebt, eher mit ihm gelebt. Aber plötzlich wollte sie ihn mit all seinen Unvollkommenheiten zurückhaben. Mit ihrem zu großen Mund. Ihren knochigen Schultern. Diesen Innenseiten der Oberschenkel. Alles, was Lena zu ihr machte, wollte sie zurück – dringend.

„Lena", flüsterte Sergio und legte eine Hand auf ihre Wange.

Sie schluckte und scheute sich davor, hinzusehen. Aber als er sie küsste...

Ihre angespannten Nerven beruhigten sich, ihre gesamte Seele seufzte vor Erleichterung. Nicht nur Sergios Lippen fühlten sich so wundervoll an. Auch die ihren waren wieder normal.

Sie öffnete die Augen, als Sergio die Robe um sie wickelte und behutsam den Gürtel zuschnallte.

„Bist du bereit?" Er deutete mit dem Kopf zur Vorderseite des Wagens.

Sie sah an sich hinab. Um den Hütern gegenüberzutreten – in einer Robe? Nicht wirklich, aber sie hatte ja keine große Wahl. Lena folgte Sergio um das Auto herum und bemühte sich, ihre Verlegenheit zu überspielen. Zum Glück handelte es sich bei der Robe um ein elegantes, fließendes Design, das wie eine ungemein würdevolle Toga anmutete. Und da Sergio ihre Hand innig festhielt, verflog ein Teil ihrer Beklommenheit.

Dann zauderte sie, als sie zum letzten von Vicentes Leibwächtern starrte. Tolino, der nie von der Seite seines Bosses gewichen war. Auch er hatte sich in Menschengestalt verwandelt und trug wie Sergio eine Hose unter der nackten Brust. Erschrocken sah sich Lena um. Wollte ihn niemand bewachen?

Aber Ariana nickte ihm nur unbekümmert zu und begrüßte ihn mit einem herzlichen Lächeln.

„Tolino.“

„*Signora.*“ Der Wolfgestaltwandler verneigte sich leicht.

Lena runzelte die Stirn. Moment. War er nicht einer der Bösen?

Aber Ariana hatte sich umgedreht, um sie zu mustern, und Lena versteifte den Körper.

„Das ist nicht die Feuertochter, die man uns hat glauben lassen...“

Da war es wieder. *Feuertochter.* Beinah hätte Lena die Hand gehoben, um eine Frage zu stellen. Doch Remo, der aufbrausendste der Hüter, winkte Tolino an seine Seite, lauschte dem Flüstern des Mannes und lief rot an. Einen Augenblick später drängte sich Remo knurrend vorwärts.

„Hier ist nichts so, wie man uns glauben lassen hat.“

Ariana runzelte die Stirn. „Wie meinst du das?“

Remo zeigte anklagend mit einem Finger auf Sergio. „Das ist ein weiterer Beweis, dass alles in der Familie bleibt.“

Lenas Finger verstärkten den Druck um Sergios Hand. Was zum Teufel sollte das?

Sergios Miene verfinsterte sich. „Was soll das heißen?“

Remo ließ ein trockenes Lachen vernehmen. „Ist wohl reiner Zufall, dass Sie, Vicente und die Lombardis alle zur gleichen Zeit hier zusammengetroffen sind.“

„Moment mal...“ Lena hob die Hand.

„Kein Zufall“, schoss Sergio zurück. „Sie sind uns hierher gefolgt. Wir haben sie abgewehrt.“

Remo schnaubte. „Sie erwarten, dass ich das glaube?“

Ein ungutes Gefühl nistete sich in Lenas Magengrube ein. „Wovon reden Sie?“

Remo wandte sich an Ariana und zeigte erneut eindringlich auf Sergio. „Vicente und er hatten sich von Anfang an verschworen. Vicente von außen, Sergio von innen.“

„Was?“, stieß Sergio ungläubig hervor.

Aber Remo war gerade in Fahrt. „Sie haben sich mit Vicente zusammengetan, um ihm unsere Feuertochter auszuliefern, nicht wahr? Ich kann nur vermuten, was Sie als Nächstes geplant hatten. Einen vollwertigen Putsch? Wollten Sie den Lombardis die Kontrolle über die Stadt gewähren, damit Sie freie Hand für Ihre schmutzigen Geschäfte haben?"

„Machen Sie sich nicht lächerlich. Sergio würde niemals... ", begann Lena.

„Wissen Sie überhaupt, wer dieser Mann ist?" Remo wirbelte herum und deutete auf Sergio. „Was seine Familie ist? Er ist nicht nur mit diesem Abschaum Vicente verwandt... "

Ariana und die anderen zogen überrascht die Augenbrauen hoch.

„... er hat Sie auch hierher gelockt, um mit seinen geheimen Verbündeten Pläne zu schmieden."

„Geheimen was?" Sergio lief hochrot an. „Wir haben sie nur abgewehrt."

„Oder es so erscheinen lassen", höhnte Remo.

„Das kann nicht Ihr Ernst sein." Lena stemmte die Hände in die Hüften und erwiderte Remos finsteren Blick.

Ariana streckte eine Hand zwischen die beiden Männer. „Aber, aber, Remo. Wir haben keine Beweise... "

„Denk doch darüber nach", ließ Remo nicht locker. „Er hat gerade seinen eigenen Cousin getötet."

„Cousin?" Dante runzelte die Stirn.

Remo nickte Tolino zu, der ihn offensichtlich informiert hatte. „Ja, seinen eigenen Cousin. Genau, wie Sergio seinen Onkel getötet hat. Und wer weiß? Vielleicht hat dieser Mann auch seinen eigenen Vater auf dem Gewissen."

„Ich war sieben, als mein Vater gestorben ist", warf Sergio knurrend ein.

„*Signore*", meldete sich Tolino eindringlich murmelnd zu Wort, doch Remo winkte ab.

„Signore Monserratti hätte die ganze Zeit mit den Lombardis unter einer Decke stecken können. Bedenkt nur, was er bei unseren Treffen alles gehört haben könnte. Genau davor habe ich gewarnt. Wir hätten diesen Verbrecher nie in unseren inneren Kreis lassen dürfen."

„Verbrecher?“ Sergio knurrte und trat näher.

Marco schob sich zwischen die beiden. Er siedete sichtlich vor Zorn. „Dieser Mann hat gerade Ihren größten Feind beseitigt. Er hat Ihre Feuertochter gerettet. Herrgott noch mal, Wolf. Leben Sie immer noch in einer Zeit, in der ein Mensch nach seinen Wurzeln und nicht nach seinen Taten beurteilt wird?“

Der Bartwuchs an Sergios Kiefer verdichtete sich, und Lena sah vor sich, was sich weiter abspielen würde. Sergio würde sich verwandeln und Remo damit einen Vorwand für einen Kampf liefern. Schlimmer noch, er würde Remos verrückter Andeutung damit Glaubwürdigkeit verleihen. Marco würde sich prompt auf Sergios Seite schlagen, und danach konnte die Lage praktisch nur noch eskalieren.

„Aufhören! Halt.“ Lena drängte sich dazwischen. „Jetzt beruhigen sich mal alle.“ Rasch ergriff sie Sergios Hand. „Nicht verwandeln“, flüsterte sie. „Finger. Menschliche Finger. Konzentrier dich darauf.“

Sergio schien kurz vor dem Explodieren zu sein. Aber durch ihre Berührung kroch etwas Wärme in seinen eisigen Blick.

„Das ist es nicht wert“, sagte sie leise. „Wir kriegen das schon hin.“

Ariana sah Remo mit zerfurchter Stirn an. „Deine Anschuldigungen sind in der Tat schwerwiegend.“

„So schwerwiegend wie der Putsch, den er plant“, gab Remo knurrend zurück.

Lena wandte sich an Remo und unterdrückte den eigenen Zorn. „Sie irren sich. Er hat mich gerettet.“

Remo schnaubte verächtlich und deutete auf seine Leibwächter. „Das werden wir ja sehen.“

Ariana kam näher, stellte sich einen halben Schritt vor die Wachleute. Wie Lena legte sie Sergio eine Hand auf den Arm. „Tun Sie, was die Feuertochter sagt. Ich verspreche Ihnen, dass wir der Sache auf den Grund gehen.“

Sergio öffnete den Mund zum Protestieren, genau wie Lena, denn die Wachen setzten dazu an, sie voneinander zu trennen. Aber wenn sie die Fassung verlöre, würde Sergio endgültig explodieren und Remos Vorwürfe rechtfertigen.

„Es wird alles gut. Wir brauchen nur eine Gelegenheit, es zu erklären", flüsterte sie.

Sergios Augen blitzten. „Glaubst du wirklich, dass sie uns zuhören werden?"

Remo nicht. Ariana schon. Ein Blick in die Augen der älteren Frau, und Lena war überzeugt davon.

„Oh, und ob Sie eine Erklärung liefern werden", spie Remo hervor. Sein Tonfall klang nach einer unverhohlenen Drohung, was der Befehl bestätigte, den er darauf folgen ließ. „Wachen – bringt ihn weg."

Kapitel 13

Sergio lief in der winzigen Kammer der Anlage der Hüter in Rom auf und ab, in die man Marco und ihn gebracht hatte. Es hatte ihm alles an Selbstbeherrschung abverlangt, die Wachen nicht zu zerfleischen und sich zurück an Lenas Seite zu kämpfen.

Wo hielten die Hüter sie fest? Ging es ihr gut? Hatte sie die Gelegenheit für eine Erklärung erhalten?

Tief in seinem Innersten spürte er, dass es ihr gutging. Er hätte es gefühlt, wenn Lena in Gefahr schwebte. Aber bis er sich mit eigenen Augen davon überzeugen konnte...

Sein Wolf heulte. *Bring Remo um. Finde Lena. Schaff sie weit, weit weg.*

Sergio stand so, so kurz davor, diesen verrückten Plan auszuführen. Eigentlich einen selbstmörderischen Plan. Und genau das wollte Remo.

„Was genau geht hier ab?" Marco knurrte so leise, dass es die Wachen vor der Tür nicht hören konnten.

Mann hatte sie beide in diesen zellenartigen Raum eskortiert und ihnen etwas zum Anziehen, Brot und Wasser gegeben, aber nicht die geringste Information. Waren sie Gefangene? Und falls ja, was hatten sie angeblich verbrochen?

Sergio verzog das Gesicht zu einer Grimasse. „Mein Onkel Salvatore – Vicentes Vater – hat Remos Bruder ermordet. Man kann getrost sagen, dass er einen wunden Punkt hat, wenn meine Familie ins Spiel kommt."

„Du bist aber nicht deine Familie", entgegnete Marco. „Du bist kein Verbrecher."

Sergio warf die Hände hoch. Er wusste das, aber Remo nicht.

In der Vergangenheit hätte er auf seine animalische Seite gehört und die Angelegenheit durch einen Kampf ausgefochten. Aber Lena hatte recht. Dadurch würde er die Lage nur verschlimmern.

Seine einzige Hoffnung war Ariana. Sie war immer die Stimme der Vernunft unter den Hütern gewesen.

Vertrauen Sie mir, hatten Arianas Augen gesagt. *Vertrauen Sie dem Schicksal.*

Er musste an sich halten, um nicht mit der Faust durch die Tür zu schlagen. Das Schicksal warf ihm schon sein Leben lang Prügel zwischen die Beine. Warum also sollte er ihm jetzt vertrauen?

Andererseits vertraute er Ariana. Und wenn sie die anderen Hüter nicht umstimmen könnte...

Dann bringen wir Remo um. Finden Lena. Flüchten, schlug sein Wolf knurrend vor und klang, als könnte er es kaum erwarten, den Plan in die Tat umzusetzen.

„Ich glaube das einfach nicht", murmelte Marco und klatschte mit einer Hand gegen die Wand. „Wir haben gerade die größte Einzelbedrohung für die Hüter abgewehrt, und dennoch sind wir zu Verdächtigen geworden." Seine Stimme schwoll vor Wut an, bevor er sie zu einem kehligen Flüstern senkte. „Weißt du, wir könnten hier im Handumdrehen ausbrechen."

Sergio nickte erschöpft. „Könnten wir, aber die haben Lena."

Das lange Schweigen, das darauf folgte, verriet ihm, was Marco davon hielt. Trotzdem trat sein Freund näher und legte ihm die Hand auf die Schulter. „Na schön. Wir holen sie auf dem Weg nach draußen. Dann verschwinden wir nach Portugal. Sollen diese gottverdammten Hüter doch versuchen, uns aufzuhalten."

Sergio legte den Kopf schief. „Was ist denn aus >Sie ist es nicht wert< geworden? Und aus >ein Fehler<?"

Marco verdrehte die Augen. „Liebe ist immer ein Fehler. Trotzdem lasse ich auf keinen Fall zu, dass man dich so behandelt."

Ein verhaltenes Lächeln brach durch Sergios skeptische Miene. Er wusste, dass er sich unter dem Strich immer auf Marco verlassen konnte. Sie waren praktisch Brüder.

Wahre Brüder, brummte sein Wolf und dachte an Vicente. Biologie könnte zwei Männer niemals so eng miteinander verbinden wie Kampferlebnisse.

Er klopfte Marco auf die Schulter, bevor er müde zur Tür schaute.

„*Grazie,* aber nein. Wir müssen das aussitzen.“

Es war ein Test, das wusste er. Ein weiterer Test – der entscheidendste von allen. Das Schicksal prüfte, ob er der Liebe einer Feuertochter würdig war.

„Ich verstehe immer noch nicht, warum das nötig ist“, klagte Marco.

Sergio reckte das Kinn vor. „Meine Familie wurde für immer aus Rom verbannt. Mich hat man nur zurückkehren lassen, um Vicente zu beschatten.“

„Und jetzt beschuldigt man dich, du hättest dich gegen sie verschworen?“ Marco schnaubte. „Sind die verrückt?“

Sergio seufzte. „Remo vielleicht. Was den Rest angeht…“ Sergio verstummte. Er war sich so sicher gewesen, dass er letztlich das Vertrauen der Hüter erlangt hatte. Mittlerweile war er sich nicht mehr so sicher.

Zu Tode erschöpft lehnte er sich an die Wand. Irgendwie kümmerte ihn das alles nicht mehr wirklich. Das Einzige, was noch zählte, war Lena. Wo steckte sie?

Draußen ertönten Schritte, und sowohl Marco als auch Sergio versteiften die Körper. Wortlos gingen sie zu beiden Seiten der Tür in Stellung, zu allem bereit.

Aber der Wachmann, der die Tür öffnete, war weder bewaffnet noch unfreundlich. Er winkte sie nur nach draußen.

„Die Hüter empfangen euch jetzt.“

Sergio warf Marco einen Blick zu. Alles wirkte so surreal. Steckten sie bis zum Hals in Schwierigkeiten oder würden man sie in die Freiheit entlassen?

Die Anlage der Hüter umspannte ein riesiges Areal, weshalb der Marsch zur Ratskammer eine gefühlte Ewigkeit dauerte. Sergios Beine fühlten sich bleiern an, seine Schulter schmerzte von einem der vielen heftigen Schläge, die Vicente ihm verpasst hatte. Aber als ihm der schwache Duft von Jasmin und Oleander entgegenwehte, verflüchtigten sich die Schmerzen. Er beschleunigte zuerst in schnellen Gang, dann in gemächlichen Lauf. Als er die Tür der Ratskammer erreichte, sprintete er bereits.

Marco seufzte hinter ihm. *Ich hoffe, sie ist es wert.*

Sieben Köpfe drehten sich um, als er durch die Doppeltür stürmte. Mehrere Wachen eilten ihm entgegen. Aber Sergio nahm nur ein einziges Gesicht wahr: das von Lena. Besorgt und doch erleichtert, müde und zugleich glücklich. Alles vermischt, ähnlich wie bei ihm.

„Sergio", flüsterte sie.

Oder schrie sie es? Er vermochte es nicht wirklich zu sagen, denn Lena rannte auf ihn genauso zu wie er auf sie, während sein innerer Wolf Freudensprünge vollführte.

Nach drei Schritten stießen sie mit einer innigen Umarmung zusammen. Einer Umarmung wie einer Naturgewalt, die eine gefühlte Ewigkeit andauerte und besagte: *Nichts wird uns je auseinanderreißen.* Alle anderen im Raum Anwesenden verschwanden im Hintergrund, bis es nur noch sie, ihn und seinen Herzschlag gab, der laut durch seine Ohren pulsierte.

Zuhause, murmelte sein Wolf. *Es fühlt sich wie ein Zuhause an.*

Seine Arme schlossen sich so weit um sie, dass sie sich überlappten, und er atmete ihren Duft ein.

„Es ist so schön, dich zu sehen", flüsterte sie immer wieder.

Es ist so schön, dich in den Armen zu halten, hätte Sergio geantwortet, wenn er ein Wort herausgebracht hätte.

„Geht's dir gut?", erkundigte sie sich und drückte die Wange gegen seine.

Offen gestanden war sich Sergio nicht sicher. Er war noch nie so glücklich gewesen – oder so besorgt darüber, was als Nächstes passieren könnte. Für ihn ein völlig neues Gefühl, denn Typen wie er verbrachten nicht viel Zeit mit Gedanken über die Zukunft. Sie verlebten bloß einen bedeutungslosen Tag nach dem anderen.

Aber mit einer Gefährtin änderte sich alles. Plötzlich schien die Zukunft voll von strahlenden, wunderschönen Möglichkeiten zu sein, die er sich auf keinen Fall entgehen lassen wollte.

„Nein, geht's dir gut?", brachte er schließlich heraus. „Wo hat man dich untergebracht?"

Sie drückte ihn fester. „Mir geht's gut. Wirklich. Dafür hat Ariana gesorgt."

Sergio blies langsam die Luft aus. Ariana. Er schuldete der weisen Wölfin so schon viel, nun jedoch das Doppelte dafür, dass sie sich um seine Gefährtin gekümmert hatte.

„Es wird alles gut", flüsterte Lena. „Du wirst schon sehen."

Dennoch blieb Sergio auf der Hut. Als hinter ihm ein Schuh über den Boden schrammte, wirbelte er herum, bereit, sich den Weg aus der Anlage der Hüter zu erkämpfen.

Aber es war nur Ariana, deren Gesichtsausdruck sanft, ja geradezu verständnisvoll wirkte.

„Signore Monserratti, Signorina Castamolino. Gestatten Sie mir, mich für die… Verzögerung von heute Morgen zu entschuldigen." Die silberhaarige Wölfin warf Remo einen scharfen Blick zu.

Der graue alte Wolf saß an dem massiven Tisch aus Eichenholz, hatte die Arme vor der Brust verschränkt und das Gesicht zu einer Grimasse zerfurcht.

Sergio knurrte leise, hörte aber auf, als Lena seine Hand drückte.

„Bestimmt können Sie nachvollziehen, dass uns die Ereignisse von heute Morgen keine Möglichkeit gelassen haben, ordentlich zu tagen oder die Beweise zu prüfen", fuhr Ariana fort. „Nun, da wir es getan haben, möchten wir Sie für Ihr schnelles Handeln loben. Ein Feind – Vicente – wurde beseitigt, ein noch größerer Feind wurde zurückgeschlagen."

„Die Lombardis", murmelte Marco. „Und diese Drachenfrau, Jacqueline. Wo sind sie jetzt?"

Dante, der greise Drache, deutete nach Westen. „Mein Sohn ist ihnen über das Tyrrhenische Meer bis nach Stromboli gefolgt."

Sergio stellte sich die ferne Insel mit ihren dampfenden Vulkanschloten vor. „Und dann?"

Dante schüttelte den Kopf. „Leider musste er dort umkehren. Aber wir haben Verbindung mit den Hütern von Sardinien aufgenommen, damit sie nachfassen."

„Wenn man mir gestattet hätte, ihnen zu folgen, wäre kein Nachfassen nötig gewesen", raunte Marco.

Alle sahen wortlos Remo an, bevor sie sich wieder von ihm abwandten.

„Ich habe getan, was ich für die Stadt am besten hielt", brummte Remo zu seiner Verteidigung. „Die Beweise haben ein doppeltes Spiel nahegelegt."

Ariana ergriff in ihrem beruhigenden Tonfall das Wort. „Deine Sorge ist bewundernswert, Remo. Allerdings war sie in diesem Fall auch fehl am Platz. Signore Monserratti hat unsere Feuertochter gerettet."

Sergio schnaubte. „Sie hat sich selbst gerettet."

Lena schüttelte den Kopf. „Nur dank dem, was du mir gesagt hast. Und hättest du nicht Vicente aufgehalten... und hätte sich nicht Marco um die anderen gekümmert..." Lena schauderte. „Nennen wir es eine Teamleistung."

Ariana lächelte. „Gesprochen wie eine wahre Feuertochter."

Sergios verspürte einen Stich im Herzen. Niemand hätte stolzer auf Lena sein können als er, aber es gab einen Haken. Die Hüter würden niemals gutheißen, dass sich eine Feuertochter mit einem Monserratti paarte. Niemals.

„Mir ist immer noch nicht ganz klar, was das bedeutet", gestand Lena.

Langsam nickte Ariana. „Entschuldigung. Wir haben vergessen, wie neu das alles für Sie ist. Sie sind eine Feuertochter – eine Nachfahrin der großen Königin Liviana, die jeder ihrer Töchter eine der großen Städte Europas zugewiesen hat, um darüber zu wachen."

Lena schluckte schwer, und Sergio drückte ihre Hand. Sie war für diese Aufgabe geboren worden. Lena wusste es nur noch nicht.

„Liviana hat die mächtigsten Hexen ihrer Zeit damit beauftragt, einen Schutzzauber für ihre Töchter, Enkeltöchter und alle weiblichen Nachkommen der Familienlinie zu wirken. Dieser Zauber liegt noch immer über der Stadt, allerdings schwankt seine Kraft. Die Gegenwart einer Feuertochter belebt den Zauber, und der Schutz, den er bietet, erstreckt sich auf die gesamte Stadt."

„Was genau müsste ich also für Sie tun?", fragte Lena.

„Dauerhaft in Rom bleiben. Die Stadt so lieben wie wir. Ein Teil von ihr werden. Und im Idealfall eines Tages Kinder bekommen." Arianas Augen funkelten. „Am stärksten ist der Zauber, wenn die Feuertochter Kinder hat, weil ihre Beschützerinstinkte dann seine Macht erwecken und er die gesamte Stadt beschützt."

Sergio ertappte Lena dabei, wie sie ihm einen vielsagenden Blick zuwarf. *Kinder?* fragten ihre Augen. *Bist du dazu bereit?*

Sein Wolf brummte glücklich. *Wenn du bereit bist, bin ich es auch, meine Gefährtin.*

Dann errötete sie und senkte den Blick, was Sergio nachempfinden konnte. Das war ein Thema, das sie unter vier Augen besprechen sollten, nicht im Beisein all dieser mürrischen Hüter.

„Mit einer heimischen Feuertochter erlebt die Stadt ihre größten Zeiten des Friedens und der Stabilität." Ariana fuhr fort. „Ohne Feuertochter hingegen schlummert diese Macht, und unsere Arbeit als Hüter wird schwieriger."

Schweigen senkte sich über die Ratskammer, und alle Hüter betrachteten Lena.

„Was denken Sie, meine Liebe?", fragte Ariana freundlich. „Bleiben Sie als unsere Feuertochter in Rom? Mit allem, was damit einhergeht?"

„Ja, was denken Sie?", wollte Gaius wissen.

Sergio wäre beinah vorgetreten, um Lena ein wenig Freiraum zu verschaffen. Aber sie hob das Kinn und hielt den Blicken dieser respekteinflößenden Ratsmitglieder unbeirrt stand.

„Ich hätte wohl nichts dagegen, zu bleiben", antwortete sie schließlich.

Äußerlich gab sie sich cool und gefasst, aber Sergio konnte ihren inneren Freudensprung spüren. Sein Wolf wedelte wild mit dem Schwanz, und beinah wäre Sergio in ein Grinsen verfallen, statt einen wilden, warnenden Blick aufrechtzuerhalten.

Sie ist der Boss, besagte sein Gesichtsausdruck.

Der kurzsichtige alte Dante jedoch meldete sich sofort zu Wort, als wäre die Abmachung bereits besiegelt.

„Wir sollten uns auch über einen angemessenen Gefährten für unsere Feuertochter unterhalten. Zum Beispiel meinen Sohn. Wer wäre besser für eine Feuertochter geeignet als ein Drache von edlem Blut?"

Sergio knurrte, und Lena hob die Hand. „Wie bitte?"

Marco verdrehte die Augen. „Mir ist ein Rätsel, warum überhaupt jemand eine Gefährtin haben will. Aber so etwas überlässt man mit Sicherheit am besten dem Schicksal."

Sergio dachte an den Moment zurück, als er Lena zum ersten Mal gesehen hatte. Schicksal. Er würde diese Naturgewalt nie wieder verfluchen.

Gaius strich sich übers Kinn. „Oder wie wäre es mit einem Adlergestaltwandler? Man denke nur an die Möglichkeiten."

„Mach dich nicht lächerlich", konterte Ernesto Orsini, und einen Moment lang sah Lena aus, als könnte sie ihn umarmen. Dann jedoch fuhr der Bärengestaltwandler fort. „Ein Drache ist sinnvoller. Und es versteht sich von selbst, dass ihr Gefährte dem Adelsstand entstammen muss."

Dann plapperten alle gleichzeitig drauflos und gaben ihre Visionen von Lenas Zukunft kund. Sergio ballte die Hände zu Fäusten, drauf und dran, sie mit einem wilden Knurren zum Schweigen zu bringen.

Aber Lena kam ihm zuvor und räusperte sich so laut, dass sich alle umdrehten. „Tatsächlich habe ich meinen Gefährten schon gefunden. Ist also alles geregelt, schönen Dank auch." Sie hakte sich bei Sergio ein und klopfte ihm auf die Brust.

Die vor lauter Stolz anschwoll.

Siehst du? Sie liebt mich. Sie hat mich erwählt, brummte sein Wolf.

„Aber...", setzte Dante an.

„Aber...", begann Ernesto.

„Aber was?" Lena knurrte beinah.

Sergio durchbohrte sie alle mit einem wilden Blick.

„Meine Liebe. . . “ Dante versuchte einen anderen Kurs. „Sie sind noch so jung. So neu in der Welt der Gestaltwandler. Wie können Sie wissen, was das Beste für Sie ist?“

Ariana hob eine Hand. „Sie hat die Augen einer Seherin. Natürlich weiß sie, was das Beste ist.“ Ariana beugte sich näher zu Dante. „Hast du es nicht bemerkt?“

„Eine Seherin. . . “ Dantes Kinnlade klappte auf.

Sogar Ernesto wirkte sprachlos.

Sergio warf einen ehrfürchtigen Blick auf Lena.

Sie jedoch sah sich um wie ein Reh im Scheinwerferlicht eines heranrasenden Lkw.

„Was ist eine Seherin?“, flüsterte sie Sergio ins Ohr.

Kapitel 14

Sergios Lippen bewegten sich zwar, aber er brachte kein Wort heraus. Dass Lena erstaunlich war, wusste er bereits. Aber nicht nur eine Feuertochter, sondern auch eine Seherin?

Ariana nickte weise. „Eine Seherin besitzt die Gabe, in die Seele eines Menschen zu blicken. Eine überaus seltene Gabe. Sagen Sie mir, was haben Sie von Vicente gehalten?"

Lena runzelte die Stirn. „Böse. Das reine Böse."

„Und Jacqueline?"

Lena schwenkte abweisend die Hand. „In ihr habe ich nur Gier gesehen."

Ariana zeigte auf Remo. „Was sehen Sie in ihm?"

Sergio knurrte beinah. Er wusste, was er in Remo sah.

Der Wolfgestaltwandler setzte sich aufrechter hin und wirkte aufgebracht. „Was soll das heißen, in mir?"

Aber Ariana ließ nicht locker. „Was sehen Sie?"

Lena zögerte, bevor sie sich widerwillig Remo zuwandte. Ihre Blicke verhakten sich ineinander, und einen Moment lang verharrten sie beide, als stünde die Zeit still.

Schließlich schüttelte sich Lena ein wenig und antwortete leise. „Ich sehe Pflichtgefühl. Ehre. Und Schmerz." Kurz verstummte sie. „Vor allem sehe ich einen Mann, der sich für seine Anliegen engagiert."

Remo atmete langsam aus, dann spannte er den Körper an, als Lena fortfuhr.

„Ein Mann, der manchmal etwas voreilig sein kann."

„Voreilig?", entfuhr es Remo.

Ariana lachte. „Oh, das ist in der Tat Remo."

Lena nickte langsam und drehte sich von Remo zu Sergio. „In gewisser Weise erinnern Sie mich an Sergio. Irgendeine Verwandtschaft – oder ist das eine Wolfseigenart?"

Sergio runzelte die Stirn. Er war ganz und gar nicht wie Remo. Und Remo wirkte seinerseits geradezu beleidigt. Dafür lachten alle anderen herzlich.

„Eindeutig eine Wolfseigenart." Marco grinste.

Hey, brummte Sergio in den Gedanken seines Freunds. *Auf wessen Seite stehst du eigentlich?*

Auf deiner, versicherte ihm Marco. *Aber weißt du, sie hat schon recht.*

Sergio zog herausfordernd eine Augenbraue hoch. *Soll ich sie mal fragen, was sie in dir sieht?*

Blitzschnell riss Marco die Hände hoch. *Vielleicht lieber nicht heute.*

Ariana winkte die Flut von Vorschlägen weg, in wen Lena als Nächstes blicken sollte.

„Auf Sehergaben greift man nicht leichtfertig zurück. Ich denke, mein Standpunkt wurde verdeutlicht."

„Ich finde immer noch nicht, dass er ein geeigneter Gefährte ist", schimpfte Dante in Sergios Richtung.

Pech gehabt, wäre Sergio beinah herausgerutscht.

„Es spielt keine große Rolle, was du findest", sagte Ariana unbekümmert. „Wir leben in einer neuen Ära, mein Freund, in der sich Liebende gegenseitig finden, statt einander zugewiesen zu werden."

„Zu meiner Zeit. . . ", begann Dante, der nach wie vor zerknirscht klang.

Ariana schnitt ihm das Wort ab. „Unsere Feuertochter ist besser als wir alle in der Lage, einen guten Mann zu beurteilen."

„Ist Ihnen sein familiärer Hintergrund bekannt?", fragte Dante an Lena gewandt.

Sergio knirschte mit den Zähnen. Würde er je frei von diesem Fluch sein?

Lenas Hand verstärkte den Griff um seine, und sie schäumte praktisch vor Zorn.

„Mir ist vor allem sein Mut bekannt. Seine Ehrlichkeit. Seine Hingabe Ihnen gegenüber. Und *Ihnen*.“ Sie deutete auf jeden Gestaltwandler im Raum, bis sie einer nach dem anderen verstummten. „Sergio war bereit, sein Leben zu opfern, um Rom zu beschützen – und mich.“ Sie ließ einen Herzschlag verstreichen, bevor sie fortfuhr. „Niemand kann kontrollieren, in welche Familie er hineingeboren wird. Aber wir können den Kurs kontrollieren, den wir im Leben einschlagen. Und sehen Sie.“ Lena zeigte auf Sergio. „Sehen Sie richtig hin. Finden Sie irgendeinen Makel an etwas, das Sergio getan hat?“

Ihr Blick bohrte sich in Remo. Sergio rechnete mit einem weiteren Protest, aber der rachsüchtige alte Wolf senkte stattdessen den Kopf.

„Nein“, räumte Remo ein. „Finde ich nicht.“

Sergio verengte die Augen. Konnte er Remos Sinneswandel vertrauen?

Wie immer schien Ariana seine Gedanken zu lesen. „Ich möchte dem Zeugen danken, der geholfen hat, dieses Missverständnis aufzuklären.“ Sie deutete auf eine Gestalt in einer entfernten Ecke des Raums. „Tolino, bitte treten Sie vor.“

Sergios Alarmstufe Rot schlug an.

„Tolino“, stieß er knurrend hervor, als der Wolfgestaltwandler mit der breiten Brust vortrat. „Was zum Teufel macht er hier? Er arbeitet für Vicente.“

„Nein, er arbeitet für uns.“ Ariana lächelte. „Glauben Sie wirklich, wir hätten nur einen Mann entsandt, um Vicentes Organisation zu infiltrieren?“

Tolino ließ ein entschuldigendes Lächeln aufblitzen. Und plötzlich ergab alles einen Sinn. Wie sich Tolino beim Kampf zurückgehalten hatte. Wie er sich, als der Edelstein an Bord der Jacht aufgeflammt war, vor Lena gestellt und Vicente die Sicht versperrt hatte.

Tolino streckte eine Hand aus. Langsam und ungläubig schüttelte Sergio sie.

„Ich habe ihnen von Vicentes Angebot und von deiner Antwort erzählt“, sagte Tolino mit seiner leisen, rauen Stimme. Dann wandte er sich an Remo. „Dieser Mann ist ebenso wenig ein Verräter wie Sie oder ich.“

Remo kniff die Lippen zusammen. „Ist notiert."

Ariana warf dem Wolfgestaltwandler einen etwas verärgerten Blick zu, aber Sergio verstand schon. Ihm würde es genauso schwerfallen, seinen Stolz hinunterzuschlucken. Eine weitere Wolfseigenschaft.

Marco jedoch klopfte auf den Tisch. „Das ist alles? Man behandelt einen Mann wie Dreck, und plötzlich ist wieder alles gut?"

Sergio blies langsam die Luft aus. Früher einmal wäre er genauso aufgebracht gewesen wie Marco. Aber jetzt hatte er Lena, die einige Emotionen glättete, während sie andere zum Leben erweckte. Wut und Frustration ereilten ihn nicht mehr so heftig, während ihn Freude müheloser als je zuvor durchströmte.

Er hob eine Hand und teilte Marco mit, dass alles in Ordnung sei. Er hatte seine Gefährtin. Nur das zählte.

Ariana nickte traurig. „Remos Vorwürfe sind bedauerlich – jedoch verständlich, denke ich. Aber wir werden nach vorn schauen, nicht zurück. Signore Monserratti, was sagen Sie zu einer Verlängerung Ihres Vertrags? Dauerhaft, meine ich."

Die anderen nickten zustimmend, und sogar Remo protestierte nicht.

Sergios Kinnlade klappte auf. Man würde ihn in Rom bleiben lassen – dauerhaft?

Ariana lächelte. „Wir brauchen junges Blut, das uns hilft, Rom zu beschützen. Eine frische Perspektive."

Sergios Lippen bewegten sich, aber er brachte kein Wort heraus. Er konnte kaum denken. Dass er nicht mehr geduldet, sondern begrüßt wurde – und eine feste Stelle hatte –, übertraf seine kühnsten Träume. Er sah Lena an, aus deren Augen purer Stolz sprach.

„Ich denke, das ist ein Ja." Sie grinste.

Verdammt, ja. Sergio schloss die Augen. Der schlimmste Morgen seines Lebens verwandelte sich in den besten Tag seines Lebens. Er hatte seine Gefährtin für sich gewonnen *und* die Hüter von Rom.

„Es wäre mir eine Ehre", brachte er endlich heraus.

Ariana wandte sich an Lena. „Womit wir zu Ihnen kommen, meine Liebe."

Lenas Lippen bebten. „Zu mir?"

Sergio verstärkte den Griff um ihre Hand. Was immer Ariana von Lena verlangte, er würde da sein, um seiner Gefährtin beizustehen.

Ariana lächelte freundlich. „An unserem Tisch wartet ein leerer Platz darauf, besetzt zu werden. Wenn Sie bereit dazu sind, meine ich."

Lena biss sich auf die Unterlippe. „Bereit für... "

Ariana stand auf und zog den freien Stuhl heraus. „Bereit, die Rolle einer Feuertochter zu erfüllen – und dem Vermächtnis Ihres Vaters zu folgen."

Jäh klappte Lenas Mund zu. „Meines Vaters?", fragte sie schließlich.

Sergio schaute auf, ebenso überrascht. Lenas Vater?

Ariana nickte. „Leonardo D'Accardi, ein schmerzlich vermisster Freund und legendärer Hüter. Wissen Sie, er ist dabei gestorben, die Stadt zu beschützen."

Lenas Augen wurden groß, genau wie die von Sergio. Lena war die Tochter von Leonardo D'Accardi - einem Drachen, der von der legendären Liviana abstammte, Königin aller Drachen?

Mehrere der Hüter äußerten sich überrascht. „Ihr Vater? Wie kann das sein? Leonardo hat keine Erben hinterlassen."

Ariana schüttelte traurig den Kopf. „Leonardo hat sein Geheimnis gut gehütet. Das musste er, um das Leben seiner Tochter zu schützen. Ich war die Einzige, der er sich anvertraut hat."

Lena schüttelte ebenfalls den Kopf. „Mein Vater hat meine Mutter und mich vor meiner Geburt verlassen. Wissentlich. Was ist das für ein Vermächtnis?"

Ariana betrachtete den leeren Stuhl, bevor sie Lena mit ernster Miene ansah. „Ihr Vater hat Sie nicht im Stich gelassen, meine Liebe. Er hat fieberhaft Vorkehrungen für Ihre Sicherheit getroffen, als er getötet wurde."

Lenas Augen blitzten. „Er wollte nur einen Sohn. Kaum hatte er erfahren, dass meine Mutter mit einem Mädchen schwanger war, hat er sie so weit wie möglich weggeschickt."

„Um Sie vor seinen Feinden zu schützen", erklärte Ariana.

Sergio legte Lena einen Arm um die Schultern, als ihre Knie wackelig wurden. „Aber meine Mutter hat gesagt…"

„Sie wusste es nicht. Sie konnte es nicht wissen. Wenn Leonardos Feinde herausgefunden hätten, dass er eine Tochter hatte – den ersten weiblichen Drachen seiner edlen Blutlinie seit Generationen…" Ariana verstummte kurz, dann seufzte sie. „Er musste Sie gehen lassen. Er hat sein Geheimnis mir anvertraut, und nur mir. Kurz danach wurde er getötet. Leider hatte er die Spur Ihrer Mutter so gut verwischt, dass ich sie nicht mehr ausfindig machen konnte, um Unterstützung anzubieten."

Lena schloss die Augen, und eine einzelne Träne kullerte ihr über die Wange. „Wir haben uns die ganze Zeit in ihm getäuscht." Sie wischte sich die Augen ab. „Meine arme Mutter dachte, er hätte uns sitzen gelassen."

„Er hat sie geliebt." Arianas Stimme klang sanft. „So sehr, dass er die Kraft gefunden hat, sie wegzuschicken. Das höchste Opfer für ihr Wohl, und für Ihres."

Lena schluckte. Sergio auch. Er mochte keiner beispielhaften Familie entstammen, aber seine Mutter hatte ihr Bestes getan, und über Aufopferung wusste er alles.

Gaius seufzte. „Das klingt wirklich nach Leonardo. Und der Edelstein…"

Lena legte die Hand auf den Diamanten. „Der hier?"

Gaius nickte. „Der Eruzzi-Diamant aus dem Schatz von Augusta, einer direkt von Königin Liviana abstammenden Feuertochter."

„Der Schatz ging auf Leonardo über, einem direkten Nachkommen dieser Familienlinie", fügte Dante hinzu.

„Verzauberte Edelsteine erwachen durch die Berührung einer Feuertochter", erklärte Ariana. „Aber nur durch eine Erbin Leonardos kann sich die volle Kraft des Juwels entfalten."

„Eine würdige Erbin, nicht diese Amber", murmelte Dante angewidert.

Lena schnappte nach Luft und hob die Hand an den Mund. „Ach du meine Güte – Amber. Geht es ihr gut?"

Tolino trat mit amüsiertem Gesichtsausdruck vor. „Ich habe mit dem dritten Offizier vereinbart, dass er sie in Sicherheit bringt, sobald Vicente die Jacht verlassen hatte." Er lachte. „Sorgen müssen wir uns nur um den dritten Offizier machen. Wenn Amber ihn mit ihren, äh, Reizen bearbeitet…"

Sergio schnaubte. Er selbst würde sich glücklich schätzen, wenn er nie wieder etwas mit Amber zu tun haben müsste. „*Reize* ist nicht das richtige Wort."

Indes fuhr Lena mit einem Finger über die Oberfläche des Edelsteins. „Ich habe seine Kraft gespürt. Ich konnte sie beim Fliegen fühlen."

Sergio betrachtete das Juwel. Auch er hatte diese Macht wahrgenommen. Die Luft hatte praktisch vor Elektrizität geknistert und ihm in den dunkelsten Augenblicken des Gefechts Hoffnung verliehen.

„Die Macht Ihrer Vorfahren war mit Ihnen, meine Liebe", sagte Ariana leise.

Sergio ließ die Szene noch einmal in Gedanken ablaufen. Während er selbst mit Vicente beschäftigt gewesen war, hatte er Lenas Kampf gegen Enzo nur flüchtig mitbekommen. Aber was er sehen konnte, hatte ihm die Sprache verschlagen. Lenas Drachengestalt war noch zu neu für sie, um so gut fliegen und kämpfen zu können. Aber mit der Hilfe des Diamanten…

„Du hast es geschafft", flüsterte er und küsste ihre Hand.

Sie schaute zweifelnd drein. „Mit der Hilfe des Edelsteins."

Ariana schüttelte den Kopf. „Selbst der stärkste Zauber vermag nicht, einen Feigling in die Schlacht zu führen. Meinen Sie nicht auch, Signore Monserratti?"

Sergio nickte, und Ariana lächelte Lena an. „Durchgestanden haben Sie das mit ihrer eigenen Stärke."

Lenas Brust hob sich mit einem tiefen Atemzug. Dann betrachtete sie das Juwel. „Mein Vater…" Als sie aufschaute, glänzten Tränen in ihren Augen. „Warum wurde er umgebracht?"

Remo räusperte sich. „Vor einer Generation hat sich die Gestaltwandlermafia so schnell ausgebreitet, dass etwas unternommen werden musste."

Sergio trat von einem Bein aufs andere. Seine Familie – schon wieder.

„Leonardo hat sich der Aufgabe angenommen", fügte Remo hinzu. „Und er hat auch Fortschritte erzielt, Teile der Organisation zerschlagen. Die Anführer einen nach dem anderen vor Gericht gebracht. Dann wurde er eines nachts von Salvatore Monserratti in eine Falle gelockt…" Remo verstummte, den Blick auf Sergio gerichtet.

Sergio erstarrte. Salvatore war sein Onkel gewesen. Der Mann, den er töten musste.

Er sah Lena an. War es reiner Zufall oder Schicksal, dass er unwissentlich ihren Vater gerächt hatte?

„Damit schließt sich der Kreis", durchbrach Ariana das Schweigen. „Wir haben zwar einen guten Mann verloren, aber jetzt haben wir seine Tochter entdeckt. Sie wird eine genauso würdige Hüterin sein, wenn ihre Zeit kommt."

Auf ein Zeichen von Ariana hin fuhr Lena mit den Fingern langsam über die Rückenlehne des leeren Stuhls aus Eichenholz.

„Sie müssen natürlich ausgebildet werden", murmelte Ariana. „Es gibt so viel Geschichte zu lernen und so viel, was Sie über die Welt der Gestaltwandler wissen müssen. Aber wenn Sie bereit sind, gehört dieser Platz Ihnen."

Lena öffnete und schloss den Mund, brachte aber kein Wort heraus.

„Ja, das ist eine Menge zu verarbeiten", räumte Ariana ein. „Und es war ein langer Vormittag. Vielleicht sollten wir unser Gespräch morgen fortsetzen. Was meinen Sie, meine Herren? Genug für einen Tag?"

Lena sah aus, als hätte sie genug für ein ganzes Leben, was Sergio nachvollziehen konnte. Die letzten Stunden hatten auch für ihn einige Überraschungen parat gehalten.

„*Basta.*" Dante griff nach seinem Weinkelch. *Genug.*

„*Basta*", murmelte Gaius und trat zurück.

Remo sah Sergio in die Augen, dann nickte er und sagte leise: „*Basta.*"

Es war eine Entschuldigung, wenn auch eine lahme. Aber das störte Sergio nicht. Er nickte nur zurück und schloss sich den anderen an.

„*Basta.*" Danach zog er Lena näher zu sich und wandte sich an Ariana. „Können wir gehen?"

Arianas Augen funkelten. „Ja, können Sie." Dann hob sie einen Finger und vermittelte bewusst Strenge. „Aber achten Sie darauf, pünktlich zu unserem nächsten Treffen zu erscheinen. Morgen um... sagen wir um zehn."

Alle nickten, und Marco ging zur Tür voraus. Unter anderen Umständen hätte Sergio draußen eine Minute damit verbracht, seinem Freund gegenüber zu nörgeln. Eine Angewohnheit von der Fremdenlegion – sich über kleine, unbedeutende Dinge zu beschweren, um die tieferen Emotionen im Inneren zu verschleiern. Zum Beispiel das Gefühl: *Heilige Scheiße, wir hätten alle draufgehen können.*

Aber Lena lehnte sich an ihn, obwohl sie wie immer eine tapfere Miene zur Schau stellte. Die drei marschierten mit schnellen Schritten durch die langen Gänge der Anlage der Hüter, bis sie hinaus in blendendes Sonnenlicht traten. Der Fluss gurgelte zu beiden Seiten der kleinen Insel vorbei, die Blätter säuselten im Wind. Irgendwo nicht allzu weit entfernt hupte ein Auto, und Dutzende andere hupten zurück.

„Ah", meinte Marco nüchtern. „Rom."

Sergio sah sich um, während sein Wolf flüsterte: *Heimat.*

Die wahre Heimat. Für immer. Kein Grund, je wieder wegzugehen. Es sei denn, Lena und er entscheiden sich dafür.

„Wow", murmelte sie und sah sich ebenfalls um. „Es ist alles so... normal."

Eine Gruppe von Touristen tummelte sich an der Ponte Fabricio und schoss Selfies auf der antiken Brücke. Ein vorbeischlenderndes Kind leckte an einem *gelato* mit Kirschgeschmack. Eine Gruppe von Radfahrern sauste auf altmodischen Rennrädern den Uferweg entlang.

„Normal?" Marco prustete. „Rom?"

Sergio schmunzelte. Rom war in keiner Bedeutung des Wortes normal. Die Stadt war chaotisch. Bröcklig um die Ränder. Bei Touristen beliebter, als ihr gut tat. Aber Rom war stolz. Wunderschön. Stoisch.

„Zuhause", murmelte er.

„Was hast du gesagt?“, hakte Lena nach und drehte sich ihm zu.

Er räusperte sich. „Ich habe gesagt, es ist an der Zeit, nach Hause zu gehen.“

Sie lächelte müde. „Zu dir oder zu mir?“

Kapitel 15

„Bist du sicher, dass es bei mir in Ordnung für dich ist?" Sergio deutete den Gianicolo-Hügel hinauf.

Lena nickte. Ja, ja und nochmals ja. Es würde nämlich unmöglich sein, Sergio an Signora Donatelli vorbei in ihre eigene Wohnung zu bekommen. Im besten Fall würde er nicht lange unbemerkt bleiben, und es würde sich kein Gefühl des Friedens einstellen.

Und Frieden brauchte Lena. Dringend. Dazu erholsamen, ausgiebigen Schlaf, gefolgt von einem mit Liebesspiel verbrachten Tag. Mehr an Zukunft konnte sie vorläufig nicht bewältigen.

Schritt für müden Schritt bahnten sie sich den Weg durch die Straßen von Trastevere und erklommen den Gianicolo-Hügel mit all seinen Villen und dem riesigen grünen Park. Wo sie Sergio zum allerersten Mal begegnet war.

Lena lächelte darüber, wie sich der Kreis zu schließen schien. Eine nervenaufregende Episode ihres Lebens neigte sich langsam dem Ende zu, aber ein neues Kapitel stand unmittelbar bevor. Ein ruhigeres, sichereres Kapitel – hoffte sie zumindest.

„Da sind wir", murmelte Sergio und führte sie zu einem vertrauten Tor. Er tippte einen Code auf einem Tastenfeld und winkte sie hinein. Lena aber stand fassungslos mit weit aufgerissenen Augen da.

Es handelte sich um genau das Haus, vor dem sie früher immer angehalten hatte, um es zu bewundern. Das, zu dem sie sich seit ihrem ersten Tag in Rom hingezogen fühlte.

„Hier wohnst du?"

Sergio nickte nüchtern. „In dem Häuschen auf der Rückseite. Komm, ich zeige es dir."

Äußerlich gelang es Lena, sich zusammenzureißen und ihm zu folgen. Innerlich hingegen...

Ihre Gedanken überschlugen sich. Jedes Mal, wenn sie dieses Haus in der Vergangenheit passiert hatte, war ihre Vorstellungskraft mit Fantasien davon, hier zu leben, außer Rand und Band geraten.

Schicksal. Konnte es wirklich sein?

„Gleich hier hinten", murmelte Sergio und ging an einer breiten Treppe vorbei, die zu einem prunkvollen Eingangsbereich führte.

Lena schaute unterwegs bald hierhin, bald dorthin. Efeu rankte sich an der Seite der Villa empor und an den hohen Steinmauern, die das Grundstück von der Straße abgrenzten. Vögel krächzten aus dem Blätterwerk, und irgendwo in dem verwinkelten Garten hinter dem Haus plätscherte ein Springbrunnen.

„Wow", flüsterte sie.

Eine Oase der Ruhe und Erhabenheit in einer Stadt, in der Tag und Nacht emsiges Treiben herrschte.

Sergio führte Lena zu einem Häuschen auf der Rückseite. Man hatte es mit genauso vielen wunderschönen Details wie das Haupthaus gestaltet, von den um die Fenster gemalten Spiralen bis hin zu Granitblöcken, die eine Terrasse an der Eingangstür bilden. Obwohl das Häuschen winzig war, sorgten hohe Decken und luftige Fenster für ein Gefühl von Größe. Der gesamte vordere Bereich bildete eine große Kombination aus Küche, Esszimmer und Wohnzimmer. Türen zu einem separaten Schlaf- und Badezimmer zweigten davon ab. Die Wohnung erwies sich als kahl und spärlich eingerichtet, wie Lena es von Sergio halb erwartet hatte.

„Das ist toll. So viel Charakter", murmelte sie, während sie die kunstvollen Muster der Stuckdecke und der antiken Bodenfliesen betrachtete.

Sergio lachte. „Das ist nur die Unterkunft für Bedienstete." Dann ereilte ihn eine Erkenntnis, und er erstarrte.

Lena beschlich ein mulmiges Gefühl. Was denn jetzt? Sie sah sich um und fragte sich, welches ungeschriebene Gesetz der Welt der Gestaltwandler sie auf die harte Tour erfahren würde.

Dann jedoch kroch ein Lächeln in Sergios Züge, und seine Augen funkelten. Gleich darauf nahm er sie an der Hand und führte sie nach draußen.

„Warte…" Ihre Füße schleiften über den Boden. War er nicht genauso müde wie sie?

Aber Sergio tastete entschlossen in den Blumentöpfen neben dem Haupteingang, bis er einen Schlüssel hervorholte.

„Äh, Sergio?" Lena war erschöpft. Das musste er auch sein. Warum wollte er ihr unbedingt sofort die Villa zeigen? „Wird der Besitzer nichts dagegen haben?"

Er schüttelte den Kopf, während er das Schloss öffnete, dann zog er Lena in eine weitläufige Eingangshalle.

„Hier wohnt seit Jahren niemand. Komm mit."

Ihre Schritte hallten über einen schimmernden Marmorboden, bevor sie pochend eine Treppe erklommen, breit genug für vier Personen nebeneinander. Lena drehte den Kopf, um die lebhaften Fresken an den Wänden zu bewundern. Die Ersten zeigten Rom in der Antike mit mehr Wiesen als Gebäuden. Auf den Nächsten stieg Rom erst zu seinem glorreichen Höhepunkt auf, bevor die Stadt verfiel und letztlich wiederauflebte. Aber unter den mit Togen bekleideten Senatoren der frühen Szenen, unter der Ladenbesitzern eines geschäftigen Markts und über den Dächern aus mittelalterlicher Zeit entdeckte Lena weitere Details. Drachen schwebten über der Stadt und sorgten für ihre Sicherheit. Wölfe spähten durch Bäume und um Ecken, patrouillierten auf den sieben Hügeln. Adler kreisten über dem Fluss, wild wirkende Bären standen aufrecht auf den Hinterbeinen.

„Sind das alles Hüter?"

Ihr Flüstern durchbrach die Stille im Haus. Eine irgendwie traurige Stille, als sehnten sich diese Mauern nach einer neuen Familie, die sie zu ihrem Zuhause machte.

Sergio nickte. „Hüter und ihre Streitkräfte."

Sie passierten den ersten und zweiten Stock, wo von der Treppe riesige, luftige Räume abzweigten. Das Haus erwies sich als prunkvoll und doch auch gemütlich. Die Läden der meisten deckenhohen Fenster waren geschlossen. Durch die wenigen anderen jedoch flutete Licht herein, das die Umgebung einladend und hell wirken ließ.

„Das ist atemberaubend. Was für ein Ort zum Leben", murmelte Lena, während Sergio sie noch höher führte.

Schließlich schob er eine Tür auf, und Geräusche von draußen wurden wieder lauter. Eine riesige Terrasse bedeckte das gesamte Dach, außer an einer Ecke, wo der imposante Turm der Villa emporragte. Eine Mauer mit Zinnen verlief um die Terrasse und verlieh dem Ort das Flair einer Burg.

„Wow", hauchte Lena.

Die Villa stand auf der Kuppe des Hügels. Ganz Rom lag darunter als Stadtlandschaft aus Türmen, Kirchen und Hügeln ausgebreitet. Der Rest der Aussicht war ein Traum in Grün, den ein riesiger Laubwald bot, der sich bis zum Vatikan erstreckte. Die Kuppel des Petersdoms lugte zwischen jahrhundertealten Bäume hervor, und auf einer Seite...

Erinnerungen stiegen aus Lenas Gedächtnis auf. „Das ist der Park, in dem wir uns zum ersten Mal begegnet sind."

Sergio nickte langsam, wirkte immer noch verblüfft darüber. „Schicksal."

Lena legte den Kopf schief, und er fuhr fort.

„Weißt du, wem dieses Haus gehört?"

Langsam schüttelte sie den Kopf. Hoffentlich nicht Vicente. Oder Dante. Oder, schlimmer noch, Remo.

„Es hat einem früheren Hüter gehört", verriet Sergio. „Leonardo D'Accardi."

Lena nickte automatisch. Aber als der Name schließlich ihren Verstand erreichte, klappte ihr Mund auf.

Sergio legte ihr die Hände auf die Schultern. „Deinem Vater."

Die vergangenen Stunden hatten Lena eine schier unfassbare Offenbarung nach der anderen beschert. Ihre Knie wurden so weich, dass sie beinah zu Boden gesunken wäre. All die Male, als sie an dem Haus vorbeigegangen war und es bewundert hatte... All die Male war da diese unerklärliche Anziehungskraft gewesen. Hatte sie die Verbindung irgendwie gespürt?

„Es gehört jetzt dir", flüsterte Sergio. „Leonardos einziger Erbin."

Lena schwankte auf den Beinen, bevor sie sich langsamen und ungläubig im Kreis drehte. „Mir?"

Sergio nickte. „Dir."

Lena betrachtete den Wald, dann sah sie Sergio an, und schließlich wiederholte sie flüsternd, was er gesagt hatte. „Schicksal."

Schicksal, bestätigte etwas in ihrem Inneren.

Schließlich holte sie tief Luft und drückte sich Sergios Hände an die Brust. „Ich will das nur, wenn es auch dir gehört. Nein, warte. Ich meine mehr als das. Ich meine, ich will… will… " Sie schluckte. „Ich will dich."

Seine Augen leuchteten strahlender denn je zuvor. „Ich will dich auch. Aber Wölfe… Weißt du, wir paaren uns auf Lebenszeit. Das tun alle Gestaltwandler."

Sie zog sich seine Hand an die Wange und schloss die Augen. „Das will ich. Für immer. Mit dir."

Die nächste Minute lang genügte es, nur diesen kleinen Teil von ihm zu knuddeln, und jeder Herzschlag fühlte sich wie ein freudiges Lied an. Irgendwann jedoch trat Sergio näher, und aus dem Halten der Wange wurde eine innige Umarmung.

„Ich liebe dich." Ihre Stimme erklang gedämpft an seiner Schulter, trotzdem hörte Sergio sie. Er nickte sofort und antwortete mit erstickter Stimme.

„Ich liebe dich."

Eine Zeit lang hielt er sie einfach fest, und sie wiegten sich wie bei einem Tanz. Dann drehte Sergio den Kopf und küsste ihr Ohr… ihre Wange… ihr Kinn…

Lena war müde. Verwirrt. Überwältigt. Aber Sergios Berührungen entfachten jeden Nerv in ihrem Körper und verliehen ihr neuen Schwung. Bevor sie wusste, wie ihr geschah, gingen sie zu immer leidenschaftlicheren, hungrigeren Küssen über. Ihre Hüften pressten gegen die von Sergio, ihre Arme schlangen sich um seine Schultern. Nach und nach wurden ihre Sinne empfänglicher und empfänglicher für die Berührungen, während alles andere in den Hintergrund verblasste.

Das Tier in ihr regte sich, und sie konnte fühlen, wie es langsam die Kontrolle übernahm. Zuerst leistete sie Widerstand. Dann ereilte sie ein Sinneswandel. Warum sollte sie sich Liebe, Lust, Vergnügen versagen? Warum sollte sie Sergio all das verweigern?

Dennoch brach sie den Kuss keuchend ab. „Eine Sache."

Sergio schaute auf, zerzaust davon, wie sie die Finger in sein Haar gekrallt hatte.

„Das will ich mehr als alles andere. Ich will dich", versicherte sie ihm.

Er legte den Kopf schief. *Wo liegt dann das Problem?*

Sie deutete um sich. „All dies ist ein bisschen viel zu verarbeiten. Können wir zurück zu dir nach Hause?"

Sergio lachte laut. Das Geräusch hallte in den umliegenden Wald davon. „Das liebe ich an dir."

Sie runzelte die Stirn. „Was meinst du?"

„Da hast du gerade eine Villa geerbt, aber dir ist die Bedienstetenunterkunft lieber?"

Lena kicherte, dann nahm sie sein Gesicht in die Hände. „Ja. Vielleicht bekomme ich das alles eines Tages in den Kopf. Aber im Moment... erscheint mir deine Wohnung gemütlicher. Sie ist mehr... mehr..." Lena rang kurz um Worte, bis sie schließlich hinzufügte: „Mehr wie du. Und das ist alles, was ich brauche. Keine Titel. Keine Villen. Keine Schätze. Nur dich."

Sergio hob die Hände an ihr Gesicht und streichelte mit den Daumen ihre Wangen. „Der einzige Schatz, den ich will, bist du."

Lena lächelte, wenngleich nicht lange, weil sie in einem weiteren Kuss versanken. Einem dieser trügerisch süßen Küsse, die innerhalb weniger Herzschläge von einem Flüstern zu unbändigem Hunger ausarteten. Sie fuhr mit den Händen über Sergios harten Körper, wollte ihn unbedingt überall berühren.

Dann krächzte ein Vogel, und Lena zwang sich, von ihrem Gefährten abzulassen. Wenn sie sich beeilte, würde sie genug Selbstbeherrschung aufbringen, um es zurück zu Sergios Häuschen zu schaffen. Wenn nicht, würde es damit enden, dass sie es gleich hier auf der Terrasse mit ihm trieb. Was angesichts des blauen Himmels und der unglaublichen Aussicht durchaus seinen Reiz hätte. Aber es wäre nicht richtig – nicht, bevor sie Gelegenheit gehabt hätte, das Haus zu erkunden. Sie wollte auf den Stühlen verweilen, die ihr Vater berührt haben musste, und aus Fenstern blicken, durch die er zu Lebzeiten hinausgeschaut hatte. Sie wollte alle Verbindungen aufspüren, die sie finden konnte, aber nicht überstürzt.

Und nicht im Augenblick. Und mit Sicherheit hatte sie nicht vor, es an diesem Tag versaut auf dem Dach zu treiben. Im Gegensatz dazu war Sergios Häuschen sein Hoheitsgebiet, nicht das ihres Vaters. Und der Aufbau dieser Beziehung war dringender, wenn man bedachte, was Sergio und sie durchgemacht hatten.

Lena sah sich noch einmal auf der Terrasse um, dann führte sie Sergio die Treppe hinunter und durch den Vordereingang hinaus. Als sie den Weg zum Häuschen hinter der Villa erreichten, lief sie bereits.

„Warte." Sergio brachte sie zum Stehen, bevor sie in das Häuschen stürmen konnte.

Sie drehte sich um und sorgte sich, ihm könnten Zweifel gekommen sein. Aber seine Augen leuchteten so strahlend wie zuvor, und er hielt ihre Hände fest.

„Was ist?"

Er drängte sie mit dem Rücken an die Mauer neben der Tür und drückte den Körper an ihren. „Nennen wir es ein Aufwärmen", murmelte er und eroberte ihren Mund mit einem sengenden Kuss.

Warm war eine Untertreibung. *Fieberhaft* traf es schon eher, denn kaum hatte er angefangen, fiel es schwer, klar zu denken. Das kam Lena gerade recht. Vom Denken hatte sie für den Tag ohnehin genug.

Gefährte, brummte ihre innere Stimme wieder und wieder.

Eine Zeit lang wanderten ihre Hände über Sergios Rücken, während sie sich im Inferno seines Kusses verlor. Dann jedoch hob er ihr die Arme über den Kopf und hielt sie an der Mauer fest, wodurch sie wehrlos war. Wehrlos auf gute Weise – nämlich so, dass sie sich winden und stöhnen konnte, während er ihren Körper mit dem Mund und der freien Hand erforschte.

„Mmm", murmelte sie und legte den Kopf in den Nacken.

Sergio küsste an ihrem Hals entlang. Auf halbem Weg verweilte er an einer Stelle, um sie zu küssen, daran zu knabbern, sie zu erkunden. Je länger er es tat, desto leidenschaftlicher räkelte sich ihr Körper und desto sinnlicher wurden die Visionen, die durch ihren Geist tanzten. Lena stellte sich vor, wie er fester knabberte. Wie er sogar zubiss – tief, aber vorsichtig. Liebevoll, wenn man es so nennen konnte.

Was hatte Sergio gesagt? *Gestaltwandler heiraten nicht. Sie gehen durch einen Paarungsbiss eine lebenslange Verbindung ein.*

Ihre Zehen kringelten sich. War es verrückt, sich das innig zu wünschen?

Sergio kratzte mit den Zähnen über ihre Haut, und sie schloss die Augen, wartete auf leichten Schmerz. Doch dann hörte er auf und drückte keuchend die Wange an ihre Brust.

„Mi stai facendo morire." *Frau, du machst mich fertig.*

Ihr Kichern drang heiser aus ihr. „Ich bin hier die mit den hochgestreckten Händen, mein Lieber. Aber hör nicht auf. Wag es bloß nicht, aufzuhören."

Seine Stimme ertönte als leises Grollen. „Habe ich nicht vor. Nur sollte man eine Paarung nicht überstürzen."

Lena hatte noch nie in ihrem Leben etwas überstürzt. Selbst mit der Entscheidung, nach Rom zu ziehen, hatte sie wochenlang gehadert. Im Moment jedoch erschien ihr etwas Überstürztes ein rundum vernünftiger Plan zu sein. Warum warten?

„Nicht lange", versprach er und glitt an ihrem Körper hinab.

Lena wollte gerade protestieren, als seine Hände nach oben kamen und sie mit einer effizienten Bewegung ihres Oberteils entledigten. Und ihres BHs. Als sich sein Mund über ihrer Brustwarze stülpte, leerte sich ihr Geist. Sergio hatte ihre Arme dafür losgelassen, doch Lena brauchte eine geschlagene Minute, um daran zu denken, die Hände zu senken und die Finger durch sein dichtes Haar zu fädeln. Er legte die großen Pranken auf ihre Brüste und streichelte mit den rauen Daumen über die empfindlichen Spitzen.

„So gut." Sie stöhnte.

Er schüttelte den Kopf. „Noch nicht, echt nicht. Wart's nur ab."

„Abwarten?"

„Ich sorge dafür, dass es sich lohnt."

Und verdammt, das tat er, indem er sie vollständig entblätterte und eine Hand zwischen ihre Beine schob. Die er bewegte, bis Lena zu explodieren drohte.

„Deine Haut fühlt sich wie Seide an", murmelte er.

Lenas Augen verengten sich zu Schlitzen, und sie erhaschte Blicke auf den Himmel… auf die Bäume im Garten… auf die Vögel. Sergio wirkte entschlossener, als sie ihn je erlebt hatte.

Und oha: Sie sah auch sich selbst. Nackt. Im Freien. Hilflos unter Sergios Berührung. Aber verdammt, was fühlte sich das gut an.

„Ja… ja… ", flüsterte sie, als er sie tief in ihrem Inneren berührte.

Tauben gurrten von den Traufen des Häuschens, aber als Lena erzitterte und mit einem Aufschrei kam, stoben sie davon. Sergio ließ ein verruchtes Lächeln aufblitzen, das besagte: *Das war noch gar nichts.*

Als Lena erschlaffte, hielt er sie angenehm fest. Und ein paar Sekunden lang war das alles, was sie wollte. Doch an ihrem Hals juckte es, und plötzlich wollte sie alles.

„Sergio… "

Er hatte ihre Gedanken gelesen und trug sie bereits hinein, ließ die Eingangstür offen. Die Schlafzimmertür auch. Im Nu lag seine Kleidung auf dem Boden verstreut, und er legte Lena behutsam und zärtlich aufs Bett. *Zärtlich* beschrieb auch, wie er ihren Körper von oben bis unten liebkoste. Aber als sie die Beine spreizte und er die Lippen an ihrer Scham ansetzte, passte *zärtlich* überhaupt nicht mehr. Er verschlang sie geradezu. Inhalierte sie. Leckte sie geradewegs zu einem zweiten Orgasmus, der sie die Finger in die Laken krallen und immer wieder aufschreien ließ.

„Ich bin dran", flüsterte sie, nachdem sie wieder zu Atem gekommen war.

Ihre Hände zitterten anfangs, aber je mehr sie seinen harten Schaft streichelte, desto ruhiger wurden sie.

Zeig es ihm, meldete sich schnurrend ihr inneres Tier. *Zeig unserem Gefährten, wie gut wir uns durch ihn fühlen.*

Sie drückte gegen seine Brust, bis er auf dem Rücken lag, ihren Befehlen ausgeliefert. Zumindest fühlte es sich so an, obwohl Sergio jederzeit den Spieß so umdrehen könnte, dass stattdessen sie seiner Gnade ausgeliefert wäre.

Und verdammt, *seiner Gnade ausgeliefert* hörte sich überaus verlockend an. Vorerst jedoch hatte sie eine eigene Mission. Eine Mission, die mit einem Kuss auf seine seidige Spitze und einem gemächlichen Lecken um die Eichel begann.

Etwas raschelte. Als Lena aufschaute, sah sie, wie diesmal Sergio die Hände in die Laken krallte. Jeder Muskel in seinem Körper war straff gespannt, und er presste die Kiefer zusammen.

Sie grinste. Ob sie ihn so zum Heulen bringen könnte, wie sie geheult hatte?

Sie öffnete den Mund weiter, nahm ihn auf, einen harten Zentimeter nach dem anderen. Dann zog sie sich zurück und senkte den Kopf erneut darauf. Zuerst langsam, dann schneller, um den richtigen Rhythmus zu finden. Bald wippte sie gleichmäßig auf und ab, entlockte ihrem Gefährten ein Stöhnen nach dem anderen. Sergios Hände wanderten von den Laken zu ihrem Kopf, und er murmelte zusammenhanglos vor sich hin. Aber als sie schon sicher war, dass er gleich kommen würde, schob er sie zurück.

Sie hielt inne. „Nicht gut?“

„Zu gut.“

Seine Augen loderten, seine Hände führten sie entschlossen auf die Knie. Obwohl er kein Wort hinzufügte, verstand sie das Wesentliche. Kein Warten mehr. Sie würden das Schicksal nicht länger dazu herausfordern, sich etwas Hinterhältiges einfallen zu lassen, um sie voneinander zu trennen.

Du gehörst mir, verkündete jede seiner Bewegungen.

„Ist das in Ordnung?“ Sein Flüstern klang rau wie Schleifpapier.

Sie schaute über die Schulter. Heiß und hart in der Hündchenstellung? Oh ja.

Zu gern hätte sie mit einer kessen Erwiderung gekontert, aber durch die Vorfreude schlug ihr das Herz bis in den Hals, und sie konnte nicht sprechen. Stattdessen wackelte sie mit dem Hintern, und Sergio kniete sich hinter sie. Nachdem seine Hände über ihren Körper gestrichen waren, packte er sie an den Hüften, und sie holte tief Luft.

Aber er verharrte in dieser Haltung, küsste ihre Schulter und murmelte: „*Tesoro mio.*" Die Worte brachten Lena zum Schmelzen.

Dann glitt er in sie, und sie konnte nur noch einen stummen Freudenschrei auszustoßen. Sergio hielt sich zurück, das merkte sie.

Härter. Schneller, bettelte ihre Drachenseite.

Zögern wir das Vergnügen hinaus, konterte ihre menschliche Seite.

„Gut?" Sergios Stimme klang erstickt vor Verlangen.

Oh, und wie gut es ihr ging – abgesehen davon, dass sie alles gleichzeitig wollte. Schneller *und* langsamer. Härter *und* gemächlicher. Alles.

Die Antwort lieferte ihr Körper, der sich ihm entgegenschob und mehr verlangte. Sergio zog sich zurück, bis er zitternd an dem Punkt verharrte, an dem sie kaum noch miteinander verbunden waren. Dann stieß er zurück in sie und brachte sie zum Lodern.

Lenas Geist begann zu strudeln, überwältigt von Empfindungen. Der Duft von Sergio auf den Laken. Das weiche, flauschige Kissen. Die Enge seiner kraftvollen Gleitbewegungen. Dann flogen ihr Bilder durch den Kopf – buchstäblich. Sie stieg auf, schwebte und ging in den Sturzflug über. Brüllte dabei ihre Ekstase in die Nacht. Natürlich herrschte noch Tag, und in Wirklichkeit stöhnte sie lediglich in die Laken. Trotzdem fühlte sie sich mächtig. Stolz. Unbesiegbar, da sie nun ihren Gefährten hatte.

Sergio beugte sich vor und schlängelte die Finger in ihr Haar. Sie wölbte den Rücken durch, neigte instinktiv den Kopf.

Genau da, säuselte eine Stimme in ihrem Geist, als Sergio ihren Hals berührte.

„Ja…" Lena stöhnte, als seine Zähne über ihre Haut schrammten.

Ja, hauchte ihre Drachenseite. *Das wird so, so schön.*

Sie umklammerte die Laken, um sich abzustützen, als Sergios Stöße heftiger wurden. Jeden Moment würde es soweit sein…

Dann spannte sich sein gesamter Körper an, und er ließ ein leises Stöhnen vernehmen, umklammerte Lena und kam. Seine Kiefer zuckten, und er biss tief zu.

In Lenas Geist ging ein Feuerwerk los. Hitze strömte durch ihre Adern und flutete einen Teil ihres Leibs nach dem anderen. Neue Empfindungen erfüllten ihren Geist, bis sie sah, was Sergio sah, und empfand, was er empfand.

Anscheinend erfüllte nicht nur Lena dieses intensive *Es-schmerzt-so-herrlich*-Gefühl, das die Zeit stillstehen ließ. Oder dasselbe Gefühl, endlich erfüllt zu sein. Und dieselbe Frage: *Wie konnte ich so viel Glück haben?* Was komisch war, denn schließlich war sie die Glückliche, oder?

Und doch trieb Sergio in euphorischen Gedanken, die besagten: *Sie liebt mich.* Er hielt sie fest wie eine Göttin und staunte über sein Glück.

Als Sergio behutsam die Zähne zurückzog, stöhnte Lena, und eine weitere Welle der Ekstase überkam sie. Eine gewaltige Flutwelle, durch die ihr beinah entging, wie sorgsam Sergio die Zunge über die Bissspuren hielt und sicherstellte, dass ihre Haut heilte. Dann plumpsten sie beide auf die Laken, und die Zeit setzte wieder ein, wenngleich in einem trägen, verträumten Takt.

Sergio seufzte und säuberte sie beide mit einem Zipfel des Lakens. Lena rollte sich in seine Arme und fragte sich am Rande, was ihre Wange kitzelte.

Eine Träne, wie sich herausstellte. Sergio wischte sie sanft weg.

„Ich habe dir doch nicht wehgetan, oder?"

Lena schüttelte den Kopf, drauf und dran, zu lachen und zu sagen: *Ich habe mich nie besser gefühlt.* Doch der ersten Träne folgten weitere. Viele warme Tränen des Glücks, die ihr einen Kloß im Hals und einen Knoten in der Zunge bescherten.

Der arme Sergio hielt sie fest und wirkte ratlos. „Lena... “

Sie ergriff seine Hand und versuchte, ihn zu beruhigen. Noch nie hatte sie sich vollständiger gefühlt. Doch mit der Empfindung ging die Erkenntnis einher, wie hohl ihr Leben bis dahin ohne ihren Gefährten gewesen war.

Also, ja. Es war alles in Ordnung. Großartig sogar.

Sie tätschelte Sergios Arm. „Mir geht's gut. Bin nur ein bisschen... emotional, könnte man sagen.“

„Aber du weinst.“

Rasch wischte sie sich über die Wangen und schluckte den Kloß im Hals hinunter. „Na ja, es kommt nicht jeden Tag vor, dass eine Frau ein Happy End bekommt.“

Sergio schlang die Arme um sie und zog ihren Kopf unter sein Kinn. „Das ist kein Ende. Das ist erst der Anfang, meine Gefährtin.“

Epilog

Drei Wochen später...

Lenas Hals kribbelte, als Sergio und sie Hand in Hand den Hügel hinaufschlenderten. Der Himmel schillerte in den Farben des Sonnenuntergangs, der die Bäume in Schattierungen von Gold tünchte.

„Gott, ich liebe es hier", murmelte sie und blieb an einer Stelle stehen, an der sich die Straße krümmte und eine herrliche Aussicht offenbarte. Die gesamte Stadt erstreckte sich vor ihnen, vom unverwechselbaren Monument des Kolosseums bis hin zu den anmutigen Kirchenkuppeln, in denen sich die schillernden Farben des Himmels spiegelten.

Sergio beugte sich zu einem Kuss vor. „Ich liebe dich."

Sie schlang die Arme um ihn und schloss die Augen. Sergios Küsse waren so gut, dass Lena sie mit einem Sinn nach dem anderen genießen musste. Wie bei einer Verkostung. Indem sie die Zunge über seine Lippen gleiten ließ. Oder indem sie den holzigen Wolfgestaltwandlerduft ihres Gefährten einatmete. Und durch Berühren all der Muskelstränge entlang seiner Schultern. Dann blendete sie das alles aus, um sich auf die Geräusche zu konzentrieren. Nun ja, eigentlich ihre eigenen Geräusche. Ein fröhliches, leises Summen, das sie sich nicht verkneifen konnte, jedenfalls nicht in seiner Gegenwart.

Schließlich seufzte sie und zog sich zurück. „Hoppla. Warte kurz. Wir sollten doch die Aussicht bewundern."

„Ich bewundere meine Gefährtin. Ist das nah genug dran?", murmelte Sergio und küsste sich dabei an ihrem Ohr entlang.

Lena neigte den Kopf zurück, gab sich ihm eine Weile hin und achtete nicht auf eine Frau, die mit einem Lächeln im

Gesicht vorbeiging.

„*Amore.*"

Ja, es war *amore*. Der tiefsten, reinsten Art, wie sie nur einigen wenigen Glücklichen zuteilwurde. Wenn nur ihre Mutter und ihr Vater so viel Glück gehabt hätten.

Einen Moment lang spülte Kummer über sie hinweg. Ihr Vater war ohne seine Gefährtin gestorben und hatte nie seine eigene Tochter kennengelernt. Ihre Mutter hatte über Jahrzehnte geglaubt, ihr Geliebter hätte sie verschmäht, obwohl er in Wirklichkeit das ultimative Opfer gebracht hatte. Lena hatte sich bereits fest vorgenommen, das beim nächsten Treffen mit ihrer Mutter richtigzustellen.

Aber vorerst… Kummer beseitigte keine Ungerechtigkeiten der Vergangenheit. Also war Lena stattdessen fest entschlossen, das Beste aus der Chance zu machen, die ihre Eltern nie gehabt hatten.

„Mmm. Warum ich?", murmelte sie.

Sergio blieb stehen und legte die Hand an ihre Wange. „Wie meinst du das?"

„Ich glaube, Arthur Ashe, der Tennisspieler, hat es am besten ausgedrückt: Man sollte nicht dann fragen, >Warum ich?<, wenn einem Schlechtes widerfährt, sondern dann, wenn man Glück hat. Weise Worte, findest du nicht auch?"

Sergio zog sie in eine innige Umarmung. „Das liebe ich an dir. Na ja, das und so viel mehr." Er rieb mit dem Kinn über ihre Wange. „Dann sollte ich mir die Frage besser auch stellen. *Perché io?*" *Warum ich?*

Lena umarmte ihn leidenschaftlich. Sie kannte die Antwort nicht, aber sie wusste, wie entschlossen sie war, ihr Glück künftig zurückzuzahlen.

Die letzten Wochen waren wie im Flug vergangen, und Lena war noch dabei, in dem Häuschen hinter der Villa ihr Fotostudio einzurichten. Sergio und sie waren in das Hauptgebäude hoch auf dem Gianicolo-Hügel gezogen, und es war unglaublich. Aufwachen durch die Laute der Vögel unter den Traufen, danach ein gemächliches Frühstück auf der hinteren Terrasse. Abendessen bei Kerzenschein auf der Dachterrasse… Friedliche, glückliche Zeiten. Lena war überzeugt davon, dass sie den Geist ihres Vaters zum Lächeln brachten. Natürlich vergnügten sich Sergio und sie den Großteil ihrer freien Zeit mit körperlicher Liebe, und Lena hoffte inständig, dass *dabei* keine Geister zusahen.

Allzu viel Freizeit hatten sie nicht, da Sergio regelmäßig durch die Stadt patrouillierte und Lena etliche Stunden damit verbrachte, von den Hütern zu lernen. Mittlerweile waren sie mit allen per du. Ariana erwies sich als wunderbare Mentorin und behandelte Lena wie eine lange verschollene Nichte. Auch Ernesto Orsini war großartig. Er nahm sie auf ausgedehnte Spaziergänge mit und ging wie ein geduldiger Universitätsprofessor die Geschichte der Gestaltwandler der Stadt mit ihr durch. Ein überraschend unterhaltsamer, witziger Professor, der sie an Orte abseits der ausgetretenen Pfade führte.

„Siehst du den Bären auf dem Springbrunnen? Das ist nicht irgendein Bär", meinte er beispielsweise als Einleitung für lebhafte Geschichten über den Adel und Intrigen von Gestaltwandlern.

Zweimal pro Woche besuchte Lena außerdem Dante, der dazu neigte, in die ruhmreiche Geschichte der Drachen abzuschweifen. Aber sogar das war faszinierend. Gaius hingegen erörterte mit militärischer Effizienz Karten und Konten mit ihr.

„Das gehört alles mir?", hatte sie gefragt, als sie betrachtete, was sie geerbt hatte.

Nicht nur die Villa, sondern ganze Schatzkammern. Anlagevermögen. Liegenschaften auf dem Land. Ja, *Liegenschaften*. Mehrzahl.

„Natürlich. Jetzt konzentrier dich, Kind."

Sie gab ihr Bestes, aber offen gestanden fand sie diesen Teil immer noch überwältigend. Ihr Vater hatte ihr ein über Generationen angehäuftes Vermögen hinterlassen, und es lag an ihr, es sinnvoll zu verwalten. Zum Glück stand ihr mit Gaius ein vertrauenswürdiger, wenn auch strenger Berater zur Seite.

Aber es war von allen Hütern ausgerechnet Remo, der sie am meisten überraschte. Er hatte sie so schweigend durch die gesamte Anlage der Hüter geführt, dass sie sich schon über seine Absichten gesorgt hatte. Aber als sie unzählige Stufen einer Wendeltreppe hinaufgestiegen waren, bis sie hoch oben auf einem Turm herauskamen, ließ Remo nur den Blick über die umliegenden Viertel wandern und seufzte tief.

„So vieles verändert sich, und doch bleibt so vieles gleich." Er richtete die dunklen, gequälten Augen an den Horizont. „Es braut sich immer Ärger zusammen. Als Hüter der Stadt müssen wir ständig wachsam sein." Dann sah er Lena mit reumütigem Blick an. „Aber nicht zu wachsam, sonst unterlaufen uns Irrtümer, und wir beschuldigen Verbündete als Feinde."

Allein beim Gedanken daran stieg Lena ein Kloß in den Hals. Remo war ein stolzer Mann, und sich zu entschuldigen – und sei es nur indirekt – erforderte Demut.

„Ein guter Rat", hatte sie geantwortet und dabei ein verhaltenes Lächeln gewagt.

Und Wunder, oh Wunder, auch Remos Lippen hatten sich zu einem verzogen.

Das war vor einer Woche gewesen. Nun, da die Sonne unterging, spielten sich all diese Momente auf dem Heimweg mit Sergio erneut in ihrem Kopf ab.

Er fuhr mit einem Finger über ihre Wange und musterte ihr Gesicht. „Was ist?"

„Ich musste gerade daran denken, wie interessant es war, die Hüter kennenzulernen. Nach außen hin geben sie sich grimmig und streng, aber in Wirklichkeit sind sie wie ein Haufen Tanten und Onkel."

Sergio seufzte. „Sie mögen dich. Mich hingegen... "

Sie legte einen Finger an seine Lippen. „Dich mögen sie auch. Es fällt ihnen nur schwerer, es zuzugeben."

Sergio schnaubte. „Wohl so wie Signora Donatelli, was?"

Lena lachte. „Sie mag dich immer noch nicht. Und ihr Hund auch nicht."

Sergio schaute finster drein und korrigierte sie. „Nager."

„Aber hey, ich weiß zu schätzen, dass sie auf mich aufpassen."

Widerwillig nickte Sergio dazu. „Da hast du wohl recht."

„Und da ich inzwischen ausgezogen bin... " Lena deutete auf die Tasche, die sie trug. Auch Sergio hatte eine. Sie enthielten Lenas letzte paar Kleinigkeiten für die Villa. „Kein

Umgang mehr mit Signora Donatelli. Wir haben unser eigenes Zuhause."

„Unser eigenes Zuhause", wiederholte Sergio. „Gefällt mir, wie das klingt." Seine Augen funkelten. Nachdenklich wandte er sich wieder der Aussicht zu.

Lena grübelte über seine Worte und ihre erstaunliche Reise nach. *Feuertochter.* Sie konnte es immer noch nicht recht glauben.

Sergio seufzte, küsste ihre Hand und zog sie dann weiter. Vorbei an Zeitungsständen, die – Gott sei Dank – nicht mehr vor spekulativen Schlagzeilen über den Tod des Multimillionärs und Playboys Vicente Romano strotzten, dessen Leiche eine Woche nach seinem mysteriösen Verschwinden an Land gespült worden war. Manche behaupteten, es wäre ein Anschlag der Mafia gewesen, andere hielten es für einen Unfall auf See.

Lena kannte die Wahrheit, wollte sie aber offen gestanden am liebsten vergessen.

Dann war da noch Amber, die mit dem dritten Offizier von Vicentes Jacht durchgebrannt war. Zuerst hatte sie alles aus ihrem Status als Vicentes letzte Geliebte herausgeholt, eine Geschichte, die sie in allen pikanten Einzelheiten jedem Reporter erzählt hatte, der bereit war, ihr zuzuhören. Anschließend reisten Amber und der dritte Offizier nach Griechenland, wo ihre Beziehung – leider – in die Brüche ging. Dafür hatte sich Amber einen neuen Liebhaber geangelt – einen Großreeder, dreimal so alt wie sie.

Lena schüttelte den Kopf und fragte sich, ob Amber je ihr Glück finden würde.

Unwahrscheinlich, meinte ihre Drachenseite. *Zumindest kein Glück wie unseres.*

Sie hängte sich bei Sergio ein, schloss die Augen und staunte darüber, wie sich alles gefügt hatte.

„Lass uns gehen", schlug Sergio vor. „Ich würde zu gern vor dem Abendessen noch einen Lauf hinlegen."

Er meinte in Wolfsgestalt, und Lenas inneres Tier brummte zur Antwort. *Gefällt mir, wie das klingt.*

Sie nickte, obwohl sie in ihrem Inneren eine winzige Prise Kummer wahrnahm. Sie hatte beachtliche Fortschritte erzielt und genoss die Verwandlung mittlerweile sogar. Aber Sergio war ein Wolf, sie hingegen ein Drache. So viel Spaß es ihr auch bereitete, über ihrem Gefährten zu fliegen, ein Teil von ihr wünschte, sie könnten Seite an Seite mit ihm herumtollen.

Dann straffte sie die Schultern. Man sollte nicht so wählerisch sein. Sie hatte ihren Gefährten und einen großartigen neuen Gestaltwandlerkörper. Was konnte sie noch mehr verlangen?

Das Betreten der Villa – *ihrer* Villa – verstärkte das Gefühl zusätzlich. Und kaum hatten sie ihre Sachen abgelegt und waren zurück hinaus in den Park gegangen, konnte sie es nicht mehr erwarten, sich zu verwandeln und zu fliegen. Die Dunkelheit setzte rasch ein, und der Wind war perfekt.

Es war nur so, dass sich ihre Schultern steif anfühlten und ihre Finger schmerzten. War sie in der vergangenen Nacht zu viel geflogen? Oder lag es daran, dass sie den ganzen Tag Sachen von ihrer Wohnung in die Villa geschleppt hatte?

Lena schüttelte das Gefühl ab – zusammen mit ihrer Kleidung, sobald Sergio und sie einen geschützten Platz tief im Park gefunden hatten. Sergio gab ihr einen flüchtigen Schmatz auf die Wange, dann trat er zurück.

„Bereit?"

Sie nickte. „Nach dir, mein Lieber."

Sergio lächelte, bevor er auf die Hände und Knie sank. Die ersten paar Sekunden lang berührte er die Erde wie ein Bauer. Dann krümmte er sich, und die feinen Härchen auf seiner Haut verdichteten sich. Lena beobachtete die Verwandlung fasziniert. Sie vollzog sich so reibungslos. Sein Körper war vollkommen, sowohl in menschlicher als auch in tierischer Gestalt. Einen Augenblick später schüttelte er sich kräftig. Es begann an der Nase und setzte sich bis zur Schwanzspitze fort. Dann schaute er grinsend auf, durch und durch ein Wolf.

Lena kniete sich hin und streichelte staunend das dichte Fell um seinen Hals. Äußerlich erinnerte der Wolf überhaupt nicht an Sergio, und doch waren all die Kleinigkeiten, die zählten, genau wie bei ihrem Gefährten. Der gefühlvolle Blick. Das freudige Wedeln seines Schwanzes. Die Liebe, die sein Blick verströmte.

Er schmiegte sich kurz an sie, dann ließ er ein leises Jaulen vernehmen. *Bereit?*

Lena trat einen Schritt zurück. „Bereit.“

Sie schloss die Augen und stellte sich vor, wie sich ihre Arme zu Flügeln streckten und ihre Finger zu Klauen wurden. Aber etwas fühlte sich falsch an. Etwas, das sie sich nicht recht erklären konnte.

Als sie die Augen aufschlug, legte Sergio den Kopf schief. *Was ist los?*

Lena rang sich ein verhaltenes Lächeln ab und versuchte es erneut. *Nichts. Ich bin heute Abend wohl nur ein bisschen schwerfällig.*

Als er schnaubte, flutete ein Ansturm heißer Bilder ihren Geist und ließ sie wissen, wie sehr er ihren agilen Körper liebte – und was er gern damit anstellen würde, wenn sie nach Hause kämen.

Lena rollte die Schultern und versuchte es abermals. *Arme zu Flügeln, Finger zu Klauen...*

Normalerweise wurden ihre Schultern zur Vorbereitung auf die Verwandlung breiter. An diesem Abend jedoch krümmten sie sich stattdessen. Gleichzeitig weigerten sich ihre Knie, sie so in die Hocke gehen zu lassen, wie es ihrem Drachenkörper gefiel. Ein Jucken setzte in ihrer Kieferpartie ein, und sie kratzte sich ungeduldig. Was stimmte nicht?

Alles in Ordnung. Perfekt sogar, beteuerte ihr inneres Tier.

Auch das war merkwürdig, denn die Stimme klang höher und weniger grollend als sonst.

Sie konzentrierte sich intensiver, dachte an Baumwipfel, die unter ihr vorbeizogen, während sie Sergio durch den Wald folgte. Aber die Bilder verzerrten und veränderten sich, bis sie sich selbst neben ihm rennen sah.

Eine kleine Fantasie, vermutete sie. Drachen mochten die Könige der Lüfte sein, auf dem Boden jedoch gebärdeten sie sich nicht allzu anmutig.

Lena, flüsterte Sergio ehrfürchtig.

Sie schüttelte den Kopf und weigerte sich, die Augen zu öffnen. Merkte er denn nicht, dass sie sich konzentrieren musste?

Aber ihre Wahrnehmung war überall verteilt, galt ihren Gliedmaßen. Statt die Arme seitlich von sich zu strecken, landete sie auf allen vieren. Auch mit ihrem Schwanz stimmte etwas nicht. Er weigerte sich, auf die volle Länge anzuwachsen, die sie für Stabilität in der Luft brauchte.

„Verdammt", murmelte sie, aber es drang stark gedämpft aus ihrem Mund.

Lena, hauchte Sergio in ihrem Geist. *Sieh dich an.*

Sie wollte nicht hinsehen, weil sich alles völlig falsch anfühlte. Wie bei den ersten paar Verwandlungen, als sie zwischen Mensch und Tier festgesteckt hatte.

Aber aus irgendeinem Grund klang Sergio vergnügt. *Sieh dich an.*

Lena öffnete erst ein Auge einen Spalt, dann das andere. Sie fürchtete sich davor, welche schreckliche Kombination sie womöglich entdecken würde. Eine Hand menschlich, die andere eine Klaue? Flügel, die in kleinen Stummelfingern endeten?

Weder noch, wie sich herausstellte. Das Erste, was sie sah, waren zwei pelzige Pfoten. Durch die schnelle Drehung flatterte ihr rechtes Ohr wie vorher noch nie, und ihre Zunge baumelte herum. Sie runzelte die Stirn über den überwältigenden Drang, sich mit dem Fuß an einem Ohr zu kratzen. Was ging hier vor sich?

Wolf, flüsterte Sergio mit einem leisen Schnauben.

Lena hob erst eine Pfote, dann die andere. Schließlich warf sie einen Blick nach hinten und sichtete zwei weitere. Gleichzeitig drehte sich ihr Körper, und dabei entdeckte sie ihren Schwanz. Einen pelzigen Hundeschwanz, keinen langen, dünnen Drachenschwanz.

Um sich zu vergewissern, drehte sie sich in die andere Richtung, aber hoppla: Ihr Vorderbein knickte ein, und sie rollte. Einen Moment lang geriet sie in Panik. Durch Herumrollen würde sie ihre Flügel beschädigen, oder? Allerdings gab es keine Flügel, die beschädigt werden konnten, denn sie war durch und durch Wölfin.

Und wow: Sich auf dem Rücken zu rollen, erwies sich als lustig. Sie schaukelte erst in die eine Richtung, dann in die andere und stieß sich schließlich ab, um auf der anderen Seite auf die Beine zu kommen. Wackelig stand sie da und wedelte mit dem Schwanz.

Wow. Bin ich wirklich eine Wölfin?

Sergio sprang zu ihr herüber. Sein Schwanz wedelte auf Hochtouren. *Bist du. Bist du! Che bella.*

Sein Mund verzog sich zu einem breiten Hundegrinsen. Lena hatte Sergio noch nie so aufgeregt erlebt. Tatsächlich wirkte er wie ein übermütiger Welpe, als er um sie herumhopste, bis sie keine andere Wahl hatte, als sich wirklich *bella* zu fühlen.

Moment. Schön? Als Wölfin?

Sie blickte erneut an sich hinab. Nun ja, eigentlich schon. Sie war ziemlich *bella,* dank des dichten braunen Fells, das an den Spitzen zu einer helleren Schattierung von Gold wurde.

Sergio stupste sie so ungestüm in die Seite, dass sie umkippte.

He!

Es drang als hohes Jaulen heraus, und Sergio schnupperte bang an ihr, bis sie es unstet wieder auf die Beine schaffte.

Scusi.

Lena schüttelte sich und fiel prompt erneut um. Langsam rappelte sie sich auf die Beine.

Moment. Das verstehe ich nicht, sagte sie mit einer Reihe von wimmernden und bellenden Lauten. *Wie ist das möglich?*

Sergio ließ die Ohren hängen. *Gefällt es dir nicht?*

Es ist großartig, versicherte sie ihm. Ein wahrgewordener Traum. Aber wie konnte es möglich sein? Und hoppla – würde sie sich ab sofort jedes Mal in ein anderes Tier verwandeln?

Sergio schmiegte sanft die Schnauze an sie. *Menschen, die sich mit Gestaltwandlern paaren, nehmen die Gestalt ihres Gefährten an. Du hattest zwar bereits Drachenblut, aber ich nehme an, die Wölfin kommt trotzdem durch.*

Kann sich Gemma in eine Löwin verwandeln? fragte sie und dachte dabei an die Feuertochter in London, mit der Sergio sie bekannt gemacht hatte.

Nicht, dass ich wüsste. Andererseits ist ihr Gefährte nur ein halber Löwe. Er tauchte unter ihren Hals und zog den Körper an ihrer linken Flanke entlang. *Wie auch immer, das ist erstaunlich. Bereit, es zu versuchen?*

Lena machte einen vorsichtigen Schritt, dann noch einen. Überrascht stellte sie fest, dass sich das Gehen auf vier Beinen beinah so anfühlte, als liefe man mit schlenkernden Armen. Es stellte sich völlig natürlich ein. Selbstverständlich legte Sergio die Latte prompt höher und trabte voraus. Schließlich warf er einen Blick zurück.

Kommst du?

Sie wankte dahin und bemühte sich, nicht über die eigenen Füße zu stolpern. *Wohin?*

Nicht weit.

Nach wenigen Schritten verschwand er zwischen den Bäumen, tauchte jedoch gleich darauf mit wild wedelndem Schwanz wieder auf. Er war so aufgeregt, dass er geradewegs über sie hinwegsprang und sie dreimal umkreiste.

Sieh dich an. Du bist eine Wölfin!

Lena konnte es selbst kaum glauben. *Heißt das, du könntest dich eines Tages in einen Drachen verwandeln?*

Sergio erstarrte, als hätte sie gefragt, ob er sich in einen Kürbis verwandeln könnte.

Das glaube ich nicht. Er blinzelte. *Ich habe noch nie von einem geborenen Gestaltwandler gehört, der eine neue Gestalt angenommen hat.* Dann wedelte sein Schwanz weiter. *Ich denke, für mich wäre in Ordnung, mich in alles zu verwandeln, solange es zusammen mit dir ist.*

Lena lachte, was in Wolfssprache als hechelndes Hüsteln aus ihr drang. *Sogar in einen Kürbis?*

Sergio runzelte die Stirn. *Es gibt keine Kürbisgestaltwandler.*

Der arme Mann dachte, sie meinte es ernst, also schmiegte sie sich mit der Nase an das dichte Fell seines Nackens. *Egal.*

Und Junge, fühlte sich Schmiegen als Wölfin gut an. Sie schlängelten die Hälse umeinander, markierten sich gegenseitig mit ihrem Geruch.

Wohin, Romeo? fragte Lena, als Sergio sich zurückzog, um sie zu bewundern.

Er ließ ein verschmitztes Lächeln aufblitzen und bewegte sich auf eine Baumgruppe zu. *Mir nach.*

Das Unterholz wurde dichter, und Zweige peitschten gegen Lenas Seiten. Zum Glück war ihr Fell so dick, dass es nur kitzelte. Als sie eine kleine Senke in der Mitte der Bäume erreichten, drehte sich Sergio zu ihr um und stellte ein Ohr auf.

Lena sah sich um und schnüffelte. Die Luft roch nach Harz und trockenen Blättern, darunter schimmerten Rückstände von Menschen durch – verschwitzte Jogger, unachtsame Picknicker, verliebte Paare. Aber Sergio sah sie an, als wäre das ihr ganz besonderer Ort.

Als sie sich die Lippen leckte, um Zeit zu schinden, wäre ihr vor Überraschung über ihre lange Wolfszunge beinah ein Jaulen herausgerutscht. Dann räusperte sie sich und scharrte mit einer Pfote auf dem Boden, während sie überlegte, wie sie reagieren sollte.

Äh… schön?

Sergio schnaubte. *Nicht allzu schön, nein. Nicht wie einige andere Orte, die ich dir gern zeigen möchte. Aber die Stelle ist besonders. Hier sind wir uns zum ersten Mal begegnet.*

Lena stockte der Atem, als sie sich noch einmal umsah und die Umgebung letztlich erkannte. Gleich darauf grinste sie und tänzelte schwanzwedelnd um ihren Gefährten.

Das macht den Ort wirklich besonders. Eigentlich haben wir viele besondere Orte. Den Trevi-Brunnen. Meine frühere Wohnung, in der du mich an dem Tag besucht hast…

Sergio schnaubte. *So romantisch, als uns deine Vermieterin vom Treppenabsatz aus nachgeschnüffelt hat.*

Na gut, dann unsere erste gemeinsame Nacht bei den Aquädukten und unsere erste Nacht bei dir zu Hause.

Sergio lächelte. *Das ist eigentlich dein Anwesen, schon vergessen?*

Sie schüttelte den Kopf. *Jetzt gehört es uns.*

Sergio zog den Körper erst an ihrer linken Flanke entlang, dann an der rechten. *Gefällt mir, wie sich das anhört.*

Ihr gefiel es auch. Aber verflixt, dieses viele Schmiegen entfachte das Verlangen, das ständig in ihrer Gestaltwandlerseele zu schwelen schien. Sie kuschelte sich mit immer langsameren, sinnlicheren Bewegungen an ihren Gefährten und berechnete in Gedanken, wie lange es dauern würde, zurück nach Hause und ins Bett zu kommen.

Aber nach einigen hitzigen Momenten zog sich Sergio zurück. Seine Augen funkelten. *Noch eine Sache, bevor wir nach Hause gehen. In Ordnung?*

Er wirkte so enthusiastisch, dass sie es nicht übers Herz brachte, nein zu sagen, obwohl in ihr das Verlangen tobte, versaute Dinge mit ihrem Gefährten anzustellen. Also folgte sie Sergio weiter zu einer kleinen Hügelkuppe. Ein flüchtiger Blick in die Gedanken ihres Gefährten offenbarte ihr all die Freuden, die er mit ihr teilen wollte. Durch Bäche trotten, über Hügel springen und... heulen?

Lena verbarg ihre Skepsis. Wie konnte etwas so kläglich Klingendes wie Geheul Spaß machen?

Sergio blieb stehen, drehte sich im Kreis, bis er genau die richtige Stelle fand, dann wartete er darauf, dass sie sich an seine Seite schmiegte. Schließlich hob er die Schnauze und schloss die Augen. Stille senkte sich über den Park, und Lena hielt den Atem an. Das Licht des Viertelmonds erhellte die Kuppe und verlieh ihr ein besonderes, fast spirituelles Flair.

Sergio holte tief Luft, bevor er die Schnauze in die Luft streckte und zu heulen begann. Er fing mit einem leisen Ton an, holte schnell Luft und ließ längeres, lauteres Geheul folgen. Eine langgezogene, an- und abschwellende Melodie. Für Menschen mochte sich sein Lied traurig anhören, aber Lenas Hundeohren entdeckten in der Ballade eine völlig neue Bedeutung. Ja, es schwang darin Trauer wegen der dunklen Zeiten in Sergios Leben mit. Aber das war nur ein Strang seiner Melodie. Der Rest entsprang reiner Freude – einer Freude, die durch all die Zeiten der Verzweiflung umso üppiger war.

Lena schloss die Augen, lehnte sich an Sergios Seite und lauschte aufmerksam. Ihr Herz schwoll an, und sie hob ebenfalls die Schnauze, reagierte auf den Ruf des Monds. Und eh sie sich versah, heulte sie mit Sergio. Sie konnte einfach nicht anders. All die Freude in ihr sprudelte heraus und musste irgendwohin. Also vereinte sie die Stimme mit der ihres Gefährten, und gemeinsam sangen sie in die Nacht. Ein vibrierendes, hündisches Duett, das durch die Bäume dem Mond entgegenstrebte. Natürlich nicht zu laut – nicht in Rom. Aber das war in Ordnung. Liebe, Hoffnung und Glück maß man nicht an der Lautstärke. Man konnte sie flüstern, und die Empfindung wäre genauso stark.

Lena holte tief Luft, dann sang sie weiter. Als Mensch war sie nie eine gute Sängerin gewesen. Aber Wölfe mussten sich anscheinend nicht den Kopf darüber zerbrechen, gut zu klingen, solange sie meinten, was sie zum Ausdruck brachten.

Und Mann, das tat Lena, denn ihr Glück übertraf ihre kühnsten Träume. Sie konnte neben ihrem Gefährten laufen. Sie konnte fliegen und Feuer speien. Sie konnte mit dem Mann, den sie liebte, durch die Straßen einer wunderschönen Stadt spazieren und sie ihr Zuhause nennen. Obendrein konnte sie sich sinnvoller Arbeit widmen, für die sie sich begeisterte.

Plötzlich bemerkte sie, dass nur noch ihr Geheul die Nacht erfüllte. Sergio war verstummt und lauschte. Dabei hatte er denselben ehrfürchtigen Ausdruck im Gesicht wie schon bei vielen anderen Gelegenheiten – den Ausdruck, wenn er sich fragte, wie er so viel Glück haben konnte.

Tja, in Wirklichkeit war sie die Glückliche.

Lena schluckte, verstummte und lauschte dem Echo ihres eigenen Geheuls. Dann kuschelte sie sich an Sergio.

Ich bin so glücklich. Warum ich?

Weil du es verdienst, sagte Sergio so überzeugt, dass sie ihm spontan das Gesicht leckte. *Außerdem könnte ich dasselbe sagen.*

Dann jedoch wanderte sein Blick in die Ferne und füllte sich mit einem Hauch von Kummer.

Lena neigte den Kopf und ließ die Ohren wieder hängen. *Was ist los?*

Sergio seufzte. *Ich denke nur gerade an Marco.*

Langsam nickte Lena. Marco hatte Rom nicht lange nach dem Kampf gegen die Lombardis verlassen, um nach Lissabon zurückzukehren und sich dort um irgendwelche Angelegenheiten zu kümmern. Er hatte sich letztlich für Lena erwärmt und war sogar so weit gegangen, ihr vor seiner Abreise einen Schmatz auf jede Wange zu drücken, was Glück bringen sollte. Allerdings hatte er sich nicht für das Konzept der Paarung erwärmt. Tatsächlich hatte er Rom mit dem Gelübde verlassen, sein Herz niemals jemandem auszuliefern.

Das überlasse ich euch zwei, hatte er bei der Verabschiedung gesagt.

Lena war noch nie so versucht gewesen, ihre Fähigkeiten als Seherin einzusetzen, um herauszufinden, wodurch er so verbittert geworden war. Aber irgendwie hatte es sich nicht richtig angefühlt.

Ich wünschte, er wüsste, wie schön das Leben mit einer Gefährtin sein kann. Sergio blickte in die Ferne.

Lena wedelte matt mit dem Schwanz. *Wer weiß? Vielleicht findet er jemanden.*

Sergio wirkte nicht überzeugt. Es würde schon eine Wahnsinnsfrau nötig sein, um die Mauern um Marcos Herz einzureißen.

Na ja, man kann nie wissen. Ich hätte auch nie damit gerechnet, dich hier kennenzulernen.

Sergio lachte. *Stimmt. Ich hätte jedenfalls nie damit gerechnet, dich kennenzulernen.* Dann stupste er ihre Schulter. *Ich bin so froh, dass es so gekommen ist.*

Alles, was sich ereignet hatte, blitzte Lena durch den Kopf – Gutes ebenso wie Schlechtes. Sie ließ den Blick über die Lichter Roms wandern, hinauf zu den Sternen über ihr und schließlich zu ihrem Gefährten. Dann stieß sie ein tiefempfundenes Seufzen aus.

Warum ich?

Sergio schmiegte sich an sie. *Dasselbe habe ich mir auch gerade gedacht. Ich habe dich bekommen – meine Gefährtin. Und ich darf in meiner Heimat bleiben, in Rom.*

Wäre Lena keine Wölfin gewesen, hätte sie vielleicht ein paar Freudentränen vergossen. Stattdessen grub sie die Pfoten in die Erde und rieb das Fell an dem ihres Gefährten. Sie schmiegten sich an den Hälsen aneinander, dann über die gesamte Länge ihrer Körper, und allmählich wurde es wieder hitziger. Sinnliche Bilder breiteten sich in ihrem Geist aus, und bald sehnte sie nach einem Bett.

Sie stupste Sergio in Richtung des Parkausgangs. *Bereit, nach Hause zu gehen?*

Sergio ließ die Zähne zu einem Hundegrinsen aufblitzen. Oh ja. Er wusste genau, was sie wollte, und er war gern bereit, es ihr zu geben. Für immer.

Bereit, meine Liebe.

Sneak Peek: Töchter des Feuers: Portugal

Ein abgebrühter Krieger, der sich nicht einmischen will... Eine geheimnisvolle, verwundbare Drachenfrau, der er einfach nicht widerstehen kann.

Jahrhundertelang haben die Hüter von Lissabon die verschiedenen Gestaltwandler – Drachen, Vampire und Hexen – unter Kontrolle gehalten. Mittlerweile schwinden ihre Kräfte, und sind sie zu beschäftigt, um auf den Hilferuf einer einzelnen Frau zu reagieren.

Die unerfahrene Drachenfrau Laura Sampao rennt um ihr Leben. Ihre letzte Hoffnung ist ein mysteriöser, abgebrühter Krieger, der sie vor einem Vampirangriff rettet. Aber Marco da Silva, Erbe einer uralten Drachendynastie, wurde schon einmal von jungen Frauen in Not enttäuscht. Deshalb ist er fest entschlossen, sich nicht einzumischen. Aber irgendwie kann er Laura einfach nicht widerstehen.

Ehe er sich dessen bewusst wird, schafft er Laura zu seinem persönlichen Inselversteck, und sein innerer Drachen gelobt, sie zu beschützen. Denn sein Herz ist nicht die einzige leichtsinnige Kraft, die sich in der Welt der Gestaltwandler rührt. Auch skrupellose Feinde sind in Bewegung und schrecken vor nichts zurück, um sich Laura zu holen – und die Kontrolle über den gesamten Kontinent.

Weitere Titel von Anna Lowe

Töchter des Feuers - Billionaires & Bodyguards

Töchter des Feuers: Paris (Buch 1)

Töchter des Feuers: London (Buch 2)

Töchter des Feuers: Rom (Buch 3)

Töchter des Feuers: Portugal (Buch 4)

Töchter des Feuers: Irland (Buch 5)

Töchter des Feuers: Schottland (Buch 6)

Töchter des Feuers: Venedig (Buch 7)

Töchter des Feuers: Griechenland (Buch 8)

Töchter des Feuers: Schweiz (Buch 9)

Aloha Shifters - Juwelen des Herzens

Der Ruf des Drachen (Buch 1)

Der Ruf des Wolfes (Buch 2)

Der Ruf des Bären (Buch 3)

Der Ruf des Tigers (Buch 4)

Die Verlockung des Drachen (Buch 5)

Der Ruf des Fuchses (Buch 6)

Aloha Shifters - Perlen des Verlangens

Drachenrebell (Buch 1)

Bärenrebell (Buch 2)

Löwenrebell (Buch 3)

Wolfsrebell (Buch 4)

Herzensrebell (Die Vorgeschichte zu Buch 5)

Alpharebell (Buch 5)

The Wolves of Twin Moon Ranch

Die deustche Ausgabe ist ab Juli 2021 bei Amazon erhältlich. Im englischen Original sind die folgenden Titel bereist verfügbar.

Desert Hunt (die Vorgeschichte)

Desert Moon (Buch 1)

Desert Blood (Buch 2)

Desert Fate (Buch 3)

Desert Heart (Buch 4)

Desert Rose (Buch 5)

Desert Roots (Buch 6)

Desert Yule (eine Kurzgeschichte)

Desert Wolf: Complete Collection (vier Kurzgeschichten)

Sasquatch Surprise (ein Ableger der Twin Moon Story)

Blue Moon Saloon

Im englischen Original bei Amazon erhältlich.

Perfection (die Vorgeschichte in Kurzform)

Damnation (Buch 1)

Temptation (Buch 2)

Redemption (Buch 3)

Salvation (Buch 4)

Deception (Buch 5)

Celebration (ein Festtagsschmaus)

Shifters in Vegas

Paranormal romance with a zany twist. Im englischen Original bei Amazon erhältlich.

Gambling on Trouble

Gambling on Her Dragon

Gambling on Her Bear

Serendipity Adventure Romance

Im englischen Original bei Amazon erhältlich.

Off the Charts

Uncharted

Entangled

Windswept

Adrift

Travel Romance

Im englischen Original bei Amazon erhältlich.

Veiled Fantasies

Island Fantasies

www.annalowe.de

Über Anna Lowe

USA Today und Amazon Bestseller Autorin Anna Lowe schreibt fesselnde Romane mit tatkräftigen Heldinnen und unwiderstehlichen Helden in exotischen Umgebung, mit jeder Menge Zündstoff für scharfe Romantik.

Sie liebt Hunde, Sport und Reisen, die auch die Inspiration für Ihre Bücher liefern. Wenn Anna nicht gerade in die Arbeit an ihrem nächsten Buch vertieft ist, kannst Du Sie am Wochenende beim Wandern in den Bergen antreffen. Egal wo und wie – sie wird den Tag mit einem leckeren Stück Zartbitterschokolade ausklingen lassen.

Einfach mal vorbeischauen, auf www.annalowe.de